verstehen, weshalb ein „Herzmensch“ bestimmte Dinge unternimmt, die sich weder rational noch rationell erklären lassen. Gefühle braucht man nicht erklären, man muss sie einfach fühlen! `:-))

Der Autor

Manfred Segerer, geb. 1966 in Regensburg, ist Journalist, Verleger und Fotograf im Bereich „Lifestyle, Celeb, Music, Fashion“. Mit über 9.000 gedruckten Bildern in Hochglanz-Magazinen, zählt er zu den renommiertesten Fotografen in Deutschland. Seine Star-Pics aus Hollywood, Cannes, Venedig und dem Rest der Welt, werden in 46 Ländern publiziert. Er war 19 Jahre Chief-Editor von *mixage* und ist Kolumnist diverser Lifestyle-, Reise- und Foto-Magazine. Aktuelle Infos findet ihr auf der Facebook-Fanpage. Als Art-Photographer erscheint 2013 eine selektive Kollektion von 30 Großformat-Motiven, exklusiv bei: Leinwandbilder.com

LIEBES GLÜCK - WO BIST DU?

„Ein Leben voller Heimlichkeiten!"

Adam Schmidt ist ein erfolgreicher TV-Kameramann der seit Jahren den Globus bereist und bei allen wichtigen „Red Carpet"-Events im Dauereinsatz ist. *Der feinfühlige Schöngeist* und *„über das Leben-Nachdenker"* ist ein natürlicher Typ mit Ausstrahlung, wachem Verstand und Esprit. Im Alltag dokumentiert der Weitgereiste messerscharf was er fühlt, ohne ein Blatt vor den Mund zu nehmen. Seit seiner Volljährigkeit träumt er von *einer monogamen Beziehung zu einer einzigen Frau*, für die es sich zu leben lohnt!
Beruflich hat er längst all das erreicht, was in seinem Job möglich ist. Seine Schäfchen sind im Trockenen und doch fehlt ihm noch etwas Entscheidendes zum Glück. Mit Ende 30 hat er eine Hand voll Beziehungen hinter sich, aber lebt immer noch allein und kinderlos. Dann trifft er unverhofft auf *seine große Liebe* „Eva", das bezauberndste Wesen, das ihm je begegnet ist (ein Volltreffer!) ... und er sehnt sich mit ihr zum ersten Mal im Leben nach einer eigenen Familie inkl. Kindern. *Er strebt nach wahren Werten wie Respekt, Ehrlichkeit, Treue, Vertrauen und ist voller Sehnsucht nach dem leichten Glück der Zweisamkeit.*
Sein Weg zeigt auf, was manche Menschen bereit sind, für ***die große Liebe*** zu tun ...und wie sprunghaft, oberflächlich und unbeständig die Menschheit in Zeiten von Smartphone und Internet geworden

ist. *„LIEBES GLÜCK - WO BIST DU?“* offenbart *eine ungewöhnlich intensive Liebesbeziehung* und tiefschürfende Erkenntnisse über *die Zerbrechlichkeit des Glücks*, das sein Leben für immer verändert. Der Protagnist Adam schildert u.a. in Tagebuchform die Kraft der Liebe zu einer „in vielfacher Hinsicht“ einzigartigen Frau mit Hindernissen. Ein Roman, der kluge Lebensweisheiten und Erkenntnisse über unsere Gesellschaft spiegelt. ***„Aufgeben kann man einen Brief - aber never ever seine große Liebe!“***

LIEBES GLÜCK - WO BIST DU? - ist ein scharfsinniger und unterhaltsamer Roman für Menschen mit Geist, Sinn, Herz, Verstand und Seele. Jene werden ihr Glück beeinflussen, denn sie sind „Schöpfer“ ihrer eigenen Realität. Ab einem gewissen Alter sollte man unabdingbar vorwärts gehen, sofern ein selbstbestimmtes, sinnerfülltes Leben angestrebt wird, um dem eigenen Glück eine Chance einzuräumen. Es gibt die ewigen Träumer auf der einen Seite und es gibt lebensbejahende Zeitgenossen, die ihr Dasein selbst in die Hand nehmen, weil sie ihrem Instinkt vertrauen und auf die Stimme ihres Herzens hören. Eines der Kernthemen im Buch ist die „Verlässlichkeit“, die uns immer weniger umgibt in einer oberflächlichen Welt, in der man vor lauter Bäumen den Wald nicht mehr sieht. Alles ist scheinbar austauschbar in einer morallosen Welt der „unverbindlichen Verbindlichkeit“, in die immer mehr Menschen „anonym und unerkannt“ abtauchen. Ein reiner Kopfmensch wird nicht

Manfred Segerer

LIEBES GLÜCK - WO BIST DU ?

„Ein Leben voller Heimlichkeiten!“

Gesellschaftskritischer
Liebesroman

Segerer Media Verlag
Regensburg

*... verpasse niemals eine Gelegenheit
dich für etwas einzusetzen, das dir wirklich wichtig ist,
um zu sagen, was du fühlst und denkst.
Eine Chance kann in einem Augenblick verloren gehen,
das Bedauern jedoch hält ein Leben lang!*

Segerer Media Verlag
established 1988
Band-Nr. 01/911/2013

Originalausgabe

Umwelthinweis:
Das Buch wurde auf chlor- und säurefreiem Papier gedruckt

1.Auflage
01/2013

by Segerer Media Verlag, Postbox, 93027 Regensburg
Printed 12-2012

Umschlaggestaltung / Satz: Irene Daxer
Fotos: Manfred Segerer
Druck / Bindung: ScandinavianBook

ISBN 978-3-00-040447-4

... für all jene,
die aus tiefem Herzen
an die große Liebe glauben

<< *one love* >>

Liebes Glück - wo bist du?
„Ein Leben voller Heimlichkeiten!“
... auch als eBook und Hörbuch verfügbar

Alle in diesem Buch geschilderten Handlungen und Personen sind frei erfunden
Ähnlichkeiten mit lebenden oder verstorbenen Personen wären zufällig und nicht beabsichtigt

Liebe Christina...
„All we need is love"!

Inhalt

Vorwort

Hallo,

mein Name ist Adam. Ich befinde mich gerade in den besten Jahren meines Lebens, ... ich war noch nie verheiratet, habe keine Kinder, und vor vier Jahren ist etwas geschehen, das mein Leben für immer verändert hat. Ich weiß, es gibt viele Menschen in meinem Umfeld, die mich verwundert anschauen, wenn ich das erzähle. Sie betrachten mich häufig fragend, denn sie wollen gerne wissen, was sich genau zugetragen und abgespielt hat, aber meine Geschichte lässt sich nicht einfach auf ein paar Sätze minimieren. Sauber kann ich sie nur dann erzählen, wenn ich von Anfang an berichte, was passiert ist. In gewisser Weise ist meine Story auch für dich interessant, weil du vielleicht schon mal was ähnliches durchgemacht hast in deinem Leben. Ich bin Anfang 40 und kann mich selbst an die kleinste Einzelheit genau erinnern, denn ich versetze mich häufig zurück und durchlebe es aufs neue ... dann steigt in mir eine Mischung aus Traurigkeit und Freude auf. Gerne würde ich die Zeit zurückdrehen um manche Dinge noch mal zu erleben. Ich mach mir eben viele Gedanken (verdammt viele Gedanken) über das Leben und die Zukunft. Ich glaube, jeder soll im Leben das tun, was ihm wichtig ist. Vor mir lagen mehrere Straßen und ich wählte die am wenigsten begangene ... und genau das machte den Unterschied!

Bevor ich mit meiner eigentlichen Geschichte beginne, möchte ich noch ein paar Sachen loswerden, die zum besseren Verständnis beitragen:

Immer wieder stellt sich mir die Frage, woran ein glückliches Leben scheitert. Ich glaube, es liegt häufig an der Angst! Man muss zu gegebener Zeit einfach den Arsch hochbekommen, rausgehen, und genau das tun, wovor man sich am meisten fürchtet: Es bedeutet, alle Masken ablegen und gegen die Sonne anblinzeln. Das alles kann niemand für dich tun -nur du selbst kannst es in Angriff nehmen- und je früher du damit anfängst, ein ehrliches und aufrechtes Leben zu führen, um so besser. Ab einem gewissen Alter ist es quasi unabdingbar, ein selbstbestimmtes Leben zu führen, sofern man dem eigenen Glück eine Chance einräumen möchte. Niemand erträgt auf Dauer eine verlogene Scheinwelt, umzingelt von Affären und bedeutungslosen Liebschaften (so was gibt`s an jeder Ecke auf diesem Planeten -but nobody needs a bullshit like that!).
Jene Menschen, die sich nur auf Fakten und Beweisbares stürzen, sollten besser gleich den Sargdeckel von innen zunageln -dann ist Schicht im Schacht `:-)). Bereits an dieser Stelle im Vorwort empfehle ich den geistlosen Zeitgenossen, dieses Buch beiseite zu legen: Es geht um Liebe, Seele, Geist, und den Sinn des Lebens -das sind Dinge, die man nicht zählen kann, wie Geldbündel. Man kann sich dafür nix kaufen -also bringt`s euch nicht weiter, im grauen, tristen und traurigen Dasein, das ihr führt.

Es gibt die ewigen Träumer auf der einen Seite und es gibt jene lebensbejahende Zeitgenossen, die ihr

Glück selbst in die Hand nehmen, weil sie fest daran glauben und auf die Stimme ihres Herzens hören ... sie lassen sich „vollgas“ drauf ein, weil sie fühlen, dass dies die einzige Alternative ist ...und sie wissen auch, wofür sie`s tun. Was du tust, ist wichtig ... noch wichter aber ist, wovon du träumst, und dass du an deine Träume glaubst. Eine Widmung, an die ich mich immer gerne erinnere: ***„Träume sind die Flügel, die uns in eine andere Wirklichkeit tragen, und uns zu einer glücklichen und erfüllten Existenz führen!“*** -wie wahr!

Menschen, die sich gegenseitig immer wieder um ihren Partner bemühen (das tut man gerne, wenn man wirklich liebt), erreichen dauerhaft den Weg zum Glück -davon bin ich überzeugt. Der Begriff „Beziehung“ steht nach meinem Ermessen nicht für ein zwangsbelastetes, soziales Konstrukt, was Frau und Mann im Wege steht, sondern es geht vielmehr um starke und elementare Gefühle, die man dort (und nur dort) auslebt, wo man sich fallen lassen kann -“bei einem einzigen Menschen“!

Wie wir sozial programmiert sind, ist abhängig von unserer Abstammung und Erziehung (der entgegengebrachten Liebe unserer Eltern), von unserer moralischen Einstellung, von unserem Freundeskreis (hier ist äußerste Vorsicht geboten -“trau, schau, wem“- dazu kommen wir später!), sowie vom Umfeld, in dem wir uns beruflich und privat bewegen. In Zeiten des World Wide Web spielt sicher auch das Internet eine große Rolle. Viele Menschen führen heute ein Doppelleben und sind einzig am Eigennutz interessiert. Selbstloses Handeln gibt`s nur noch selten, die kognitive Dissonanz ist allgegenwärtig in unserer oberflächlichen, materialistisch geprägten Gesellschaft. Es gibt unzählig viele Versprechungen, aber den Worten müssen irgendwann auch Taten folgen!

Sofern du noch an die heile Welt glaubst, dann finde heraus, wohin du gehörst; setze einen Stein auf den anderen und bau sie dir zusammen -Stück für Stück! Und merke: Niemand ist unfehlbar, auch du nicht. Tiefe Verletzungen aus der Vergangenheit plagen manchen von uns ... aber müssen wir deshalb die Liebe mit aller Kraft bekämpfen? Vielleicht sollten wir ab und an über den eigenen Schatten springen und unsere bisherige Lebensplanung umkrempeln, um der Zerbrechlichkeit des Glücks zu entrinnen. Nur wer seinen Verstand ganz den Gefühlen unterordnet, ist auch bereit für das wahre Wunder der Liebe. Merke: Liebe = Glück!

Falls du jemanden an deiner Seite hast, der zu dir hält und für dich da ist, der dich so liebt und akzeptiert wie du bist, dann lass diese Person niemals los, denn diesem Menschen ist es egal, was andere über dich denken, wie andere Personen dich gerne hätten. Dieser Mensch hat sich ein eigenes Bild über dich gemacht, und weiß genau das an dir zu schätzen, was für andere wertlos ist. Es zählt im Leben nicht was du hast, sondern wen du hast ... und es ist sicher nicht die Schönheit, welche entscheidet, wen wir lieben, sondern es ist einzig die Liebe, die entscheidet, wen wir schön finden!

BE YOURSELF ... sei immer du selbst, glaube an dich, tue was immer du liebst, sag was du fühlst. Diejenigen, die das stört, sind nicht wichtig, und jene, die wichtig sind, stört`s nicht.

Höre auf dein Herz - und du wirst dein Glück im Leben finden !!!

Wake up and live

Auf den folgenden Seiten geht`s um menschliche Sehnsüchte, die Partnerwahl, die Liebe, Treue, Ehrlichkeit, Vertrauen, das leichte Glück und um meine eigene Geschichte über „die große Liebe", die mich dazu bewegt hat, dieses Buch zu schreiben! Ich zeige auf, was manche Menschen bereit sind, für *die große Liebe* zu tun ... und wie sprunghaft, oberflächlich und unbeständig die Menschheit in Zeiten von Smartphone und Internet allgemein geworden ist. *„LIEBES GLÜCK - WO BIST DU"* offenbart tiefschürfende Erkenntnisse über die Zerbrechlichkeit des Glücks und eine ungewöhnlich intensive Liebesbeziehung, die mein Leben für immer verändert hat.

Auch wenn ich von Astrologie nicht besonders viel halte, habe ich über mich, bzw. den „Fisch“ gelesen, dass er uneigennützig, bescheiden, ein wenig weltfremd durchs Leben schwimmt. Oft vertraut er auf sein Glück, aber wenn er ein Ziel vor Augen hat, ist er zu riesigen Kraftanstrengungen fähig. Und weil er so sympathisch ist, hat er viele Gönner, die ihm weiterhelfen („wo ist der „Gefällt mir“-Button?“). Ihm fehlt das Talent, die Ellenbogen einzusetzen („mag zutreffen!“). Er sucht beständig die Wahrheit, Vorurteile kennt er nicht („stimmt!“). Für seine Freunde geht er durchs Feuer; er versucht sie selbst dann noch zu verstehen, wenn sie ihm einen Streich spielen („wie wahr!“). In künstlerischen Berufen leistet er überdurchschnittliches. Die Phantasie, die Fische aus ihren Träumen schöpfen, lässt sie auch zum Schriftsteller oder zum Verleger geistvoller Literatur werden. Fische-Männer sind die verträglichsten Menschen unter der Sonne („grundsätzlich ja!“). Wenn man sie nimmt, wie sie sind, muss man sie lieben („amüsant!“). Fische lieben den Frieden und schätzen ein gepflegtes Heim („Yessss!“). Harmonie bedeutet ihnen sehr viel („alles!“). Die Liebe ist für sie etwas, das man fühlen muss, ohne viele Worte zu machen („genau so ist es!“).

All das kann ich mehr oder minder unterstreichen, ohne mit der Wimper zu zucken, mit Ausnahme der „Weltfremdheit“, denn selbst wenn 99,9% der Bevölkerung anders tickt, bedeutet dies nach meinem Ermessen nicht zwangsläufig, dass meine Sichtweise die verkehrte ist. In einer höchst oberflächlichen Gesellschaft, gibt es sicher nur wenige Artgenossen, die sich einer Sache mit Leib und Seele verschreiben -egal, welches besch... Sternzeichen an ihnen heftet. Ich gehe nie den bequemsten Weg, sondern ich kämpfe für meine Ziele. Ich bin nicht willensschwach, sondern agiere spätestens dann, wenn es an der Zeit ist, den Stier an den Hörnern zu packen. So und nicht anders sollten Männer von heute bestückt sein -für was haben wir Eier? `:-)).

Es gibt so endlos viele Zweibeiner, die lassen ALLES auf sich zukommen, wenn sie auf ihr Glück hoffen (jaaaanz langsam kommen lassen) -aber dazu fehlt mir „als aktiver und mündiger Bürger“ die Zeit. Sie ist neben der Gesundheit das kostbarste Gut, das uns zur Verfügung steht, so bald wir erwachsen sind. Ab einem gewissen Alter sollten wir unabdingbar zu dem stehen, was wir sagen und uns selbst treu bleiben. In Zeiten, als ich noch ein Jungspund war, da galt das gesprochene Wort und hatte dementsprechend Bestand. Heute faseln „alle“ Individuen und lassen scheinbar alles über sich ergehen, statt sich dem Leben zu stellen und zu agieren.

Deshalb ein klarer und unmissverständlicher Gedanke:
KÄMPFE FÜR DAS GLÜCK, SOFERN ES SICH LOHNT !!!

Das Vorspiel ...

Bevor ich zur eigentlichen Story gelange, möchte ich dir gewissermaßen ein (verbales) Vorspiel anbieten, im dem ich ein paar grundliegende Ansichten erwähne, die mich (als wachen Zeitgeist und „nicht“ als Weltverbesserer!) bewegen. Eine leichte Kost ist es wahrlich nicht, aber Klartext liegt mir näher, als weichgespült und halbgar!

QUO VADIS? (Wohin gehst du?)

überall auf der Welt hören wir vom Elend, denn Kinder verhungern und verdursten, Naturkatastrophen verwüsten Länder und lassen Menschen ohne Dach über`m Kopf zurück, Epidemien und Krankheiten sorgen für Schicksale die nicht schlimmer sein könnten. Unsere täglichen Nachrichten sind voll mit Meldungen dieser Art. In diesem Buch geht`s mir nicht darum, die Welt im Ganzen zu retten -das überlasse ich Greenpeace und denen, die mehr Erfahrung darin haben.

Ist es nicht so, dass die Richtung, in die wir uns (in der westlichen Welt) bewegen, von zahlreichen Faktoren bestimmt wird? Im Kindesalter sind die Eltern ausschlaggebend, später hauptsächlich Freunde, Bekannte, Arbeitskollegen und nicht zu vergessen die Medien, sowie das gesamte soziale Umfeld. Sie prägen unseren Geschmack und unseren Stil in verschiedensten Bereichen (wie Fashion, Musik, Kultur, Food, etc.); deshalb halten einige Fastfood für die ultimative

Nahrung, andere hingegen wissen ein Spinatrisotto mit Pinienkernen zu schätzen. Ob wir gesund leben, oder zum Kettenraucher mutieren, uns jeden Tag mit Alk zuschütten oder Pillen einwerfen, hat jeder von uns selbst in der Hand. Wer fett ist kann abnehmen, wer dumm ist kann sich bilden, wer stinkt kann sich waschen -es gibt unzählige Möglichkeiten der Veränderung: Wer seine Schwächen nicht kennt, hat eine Stärke zu wenig!

„Es wäre nichts so wie es ist, wäre es nicht gewesen wie es war!"

Der Mensch erhält eine Basis, die durch seine Jugend geprägt wird; ob sich daraus etwas entwickelt, liegt an einem selbst. Manchmal ist es von Vorteil, die alten Bahnen zu verlassen und Neuland zu erkunden. Derjenige, der viel unterwegs ist, andere Länder und Kulturen, sowie neue Dinge (Literatur, Modestile, Musikrichtungen, u.v.m.) kennenlernt, wird seinen Horizont beständig erweitern. Um aussortieren zu können, was einem gefällt oder nicht, sollte man erstmal viel sammeln! Deshalb empfehle ich an dieser Stelle, das berüchtigte Spinatrisotto zu probieren, um beurteilen zu können, ob es mundet oder nicht. Je mehr Dinge man kennt, desto leichter und einfacher lässt sich zwischen „gut und schlecht" unterscheiden. Es ist vor allem wichtig, bestimmte Werte für sich zu entdecken (...die eigenen Werte). Voraussetzung dafür ist ein gewisses Interesse, bzw. eine grundsätzliche Neugierde, die wir an den Tag legen. Geistreichen Menschen fällt das Denken nicht schwer, sie tun es ohnehin unentwegt. Im Umgang mit den Geistlosen führt es zu gelegentlichen Kopf- und Magenschmerzen, ... manchmal gesellt sich auch Brechreiz hinzu `:-)).

Ein banales Beispiel: Die Deutschen sind im allgemeinen dafür bekannt, dass sie gerne reisen, andere Länder „entdecken“ ...aber viele haben das Sammeln leider nie gelernt, sondern suchen häufig nur das, was sie ohnehin schon kennen. Sie sagen, sie mögen Italien ...weil sie nach Jesolo, Lignano, an den Gardasee (gibt`s dort überhaupt noch Italiener?), nach Rimini, Riccione, Catolica (der einstige Teutonen-Grill) oder in die Toskana (Töpferkurs für Anfänger) reisen. Klar ist das alles Italien, aber nur in geographischer Hinsicht. Ich habe häufig das Gefühl, dass etliche Menschen bereits in jungen Jahren keine neuen Erfahrungen mehr sammeln wollen. Manche Dinge werden zur Gewohnheit (quer durch alle Lebensbereiche) und aus diesem Grund verpassen wir Menschen genau durch dieses immer währende Dahinvegetieren im Alltag (Alltagstrott), den Blick auf`s Wesentliche! Ich vermute, Christopher Columbus war glücklich ...oder vielleicht auch nicht, denn der amerikanische Kontinent wurde bereits 500 Jahre früher durch einen Isländer entdeckt. Ärgerlich! `:-)).

Egal in welchem Alter wir uns befinden ...auf Dauer wird unser Leben nur dann spannend, aufregend und befriedigend, wenn wir aus dem alltäglichen Dornröschenschlaf erwachen und aktiv werden, ansonsten bleiben wir mit unserem armseeligen Wissen in einer der vielen Sackgassen stecken. Derjenige, der viele Fragen stellt und neugierig bleibt, wird schlau und open-minded. Wir sollten dankbar sein, in einem Land zu leben, das uns so viele Möglichkeiten bietet, um immer wieder neue Erfahrungen zu sammeln. Ich glaube, dies ist ein wichtiger Aspekt, um Glück zu erleben!

Bevor ich mit meinen Ausführungen fortfahre, möchte ich ein paar Dinge über meine Vita vom Stapel lassen (kein Ego-Geschwafel, sondern eine authentische Darstellung, die meine Sichtweise auf das Leben im weiteren Buchtext verständlicher macht), damit du verstehen kannst, mit wem du`s hier zu tun hast. Keine Angst, ich werd nicht bei den Pyramiden beginnen? `:-)).

Ich bin Adam Schmidt, als Einzelkind der Mittelschicht in der Umgebung von München aufgewachsen, ...und hatte eine Kindheit, die vermutlich nicht schöner hätte sein können, denn meine Eltern haben mich von der ersten Stunde an immer liebevoll und korrekt behandelt. Ich war ein „Wunschkind", ...das ist die allerbeste Voraussetzung, um Liebe zu erfahren. Das soll nicht bedeuten, dass man mich verhätschelt hat -ganz im Gegenteil. Obwohl meine Mutter während meiner ganzen Schulzeit nur halbtags im Job war, sich wirklich viel Mühe gegeben hat und stets um mich bemüht war, wurde mir „Erziehung" beigebracht. Ich will nicht sagen, dass meine Eltern immer streng mit mir waren, aber wenn`s nötig war, dann ja. Es gab einen Rahmen, in dem ich mich bewegen durfte. Falls ich mal entgleist bin, oder mich nicht wie vorgeschrieben verhalten habe, dann hatte das immer Konsequenzen. Es gab außerhalb von diesem „festgesteckten" Rahmen keinen Verhandlungsspielraum. Ich konnte einschätzen, wann „Schicht im Schacht" war. Und genau aus diesem Grund, weil sie nach einer Weile wussten, dass sie sich auf mich verlassen können (ebenso wie umgekehrt) hat man mir scheibchenweise immer mehr Freiheiten gelassen. Es sind ganz einfache Deals, die man sich eben verdienen muss -in dem man die

Rangordnung befolgt (auch wenn sich das blöd anhört) und in dem man gar nicht erst versucht, den Bogen zu überspannen. Als sie bemerkt haben, dass ich sanft „in der Spur“ laufe und zu einem selbständigen und zuverlässigen Wesen heranwachse (es ist ein langer Weg zum Erwachsenwerden), wurde mein Freiraum immer größer und größer. Und genau dieser Punkt war für meine persönliche Entwicklung unbeschreiblich wichtig. Anders umschrieben könnte man auch sagen, ich habe gelernt, was Respekt bedeutet. Das sind klare Ansagen -durchgehend, konsequent und linientreu- die man grundsätzlich einhält, ohne Widerspruch und ohne zu meckern. Wenn ich das heute betrachte, mit Kindern und Erziehung, dann könnte ich manchmal kotzen! Jeder tut was er will, egal in welchem Alter -viele laufen aus dem Ruder, egal wie klein oder groß sie sind. Und selbst bei einigen Erwachsenen stelle ich fest, dass sie viel reden und versprechen, aber was sie auch sagen, es ist und bleibt bedeutungslos für sie. Viel Schaum und wenig Milch `:-)).

Der Weg zum glücklichen Dasein hat etwas mit Disziplin zu tun, davon bin ich überzeugt. Es gibt Regeln, die man sich selbst auferlegen muss, ansonsten fehlt auch hier die Möglichkeit zur Entfaltung. Nicht alle haben das Glück, in einem intakten Elternhaus groß zu werden, manche müssen einfach das Beste aus der Situation machen. Es gibt Menschen, die haben die Arschkarte schon ab dem ersten Lebenstag in der Hand. Manche schaffen den „Freischwimmer“ gerade deshalb, weil sie raus wollen aus ihrer alten Welt, andere rudern ein Leben lang wie verrückt und kommen nicht von der Stelle. Ich glaube, mit einem gesunden Optimismus laufen viele Dinge einfacher.

Bei uns daheim war`s fast immer harmonisch (und falls mal nicht, dann hatte es mit mir zu tun `:-)). Meine Freunde haben mich darum beneidet, denn fast überall wo ich hingekommen bin, wurde in Familien laut und heftigt diskutiert -so was war mir gänzlich fremd. Meine Eltern haben mir viele Geschichten über das Leben erzählt und zugegeben, wollte ich auch viel wissen ...all das hat meine Fantasie angeregt. Einziges, leidvolles Streitthema war immer die Schule, denn ich habe mich im Unterricht häufig gelangweilt. Was ich in meiner Jugend aufgenommen und gelernt habe, rührt außer der Schule zum überwiegenden Teil aus meinem Elternhaus, von Freunden und den von mir selbst gewählten Interessen. Ich wollte früh die Welt erkunden -meine eigene Welt. Mich haben die Medien interessiert, Bücher, Musik, mobile Gerätschaften, Design, Architektur und andere Länder. Ich hatte viele Träume und ich denke, dass einige davon deshalb wuchsen, weil ich die Gelegenheit hatte, viel zu lesen. Durch meine Eltern habe ich früh genug erfahren, wie bedeutsam und wichtig es ist zu reisen und neue Kulturen kennen zu lernen (...umzäunte „All inclusive Hotels“ bieten in dieser Hinsicht wenig Futter für`s Hirn!). Das Reisen hat über all die Jahre meinen Horizont erweitert. Die Animation von Geist und Seele erlangt man am einfachsten als neugieriger und aufgeweckter Erdling. Es gab viele reizvolle Dinge, die Faszination ins eigene Leben brachten. Was aus heutiger Sicht ganz entscheidend war, wenn ich es mal rückwirkend betrachte, ist ein „stinknormaler“, lockerer, lässiger Umgang in der Familie, eben geerdet, freigeistig, bodenständig und bürgerlich. So was wie einen Höhenflug kann ich nicht erleiden, denn ich mache keinen Kniefall vor dem Geld (auch nicht vor dem, das ich selbst verdiene -weil`s mir ziemlich „wurscht“ ist). Ich werfe erst mal einen Blick hinter die Kulissen und wenn ich sehe, wieviele Menschen geknechtet werden, damit so mancher Neureiche gut lebt, dann weckt das in mir weder Neid noch Begeisterung, sondern häufig Erbarmen mit dem finanziell Begünstigten! Wenn jemand glaubt, dass nur Geld ihn glücklich macht, dann soll er diesen Weg gehen. Ich habe bei all meinen Reisen mehr Glückliche in der Unter- und Mittelschicht erlebt, als in der Oberschicht. Ausgeglichene Menschen sind jene, die Spaß an der Arbeit haben, Erfüllung im Beruf finden und in einer gesunden Familie integriert sind, für die es sich zu leben lohnt.

Geld haben mir meine Eltern nicht vermacht in jungen Jahren (damals hätte ich das schön gefunden), aber dafür eben die wertvolle Erkenntnis, wie man ehrlich und aufrecht durchs Leben geht (vielleicht sollte ich besser sagen, durch`s Leben marschiert, denn Bewegung und Dynamik gehören schon dazu, sofern sich was bewegen soll + eine klare Marschrichtung) und sie haben mir vorgelebt, wie man dauerhaft ein liebevolles Leben führen kann. Die beiden sind inzwischen 42 Jahre verheiratet und ich kann mir nicht vorstellen, dass sie je auf die Idee gekommen wären, eine Affäre anzufangen, denn sie respektieren sich gegenseitig (seit dem ersten Tag ihrer Begegnung) und wenn`s nur irgendwie möglich ist, verbringen sie jede freie Minute gemeinsam („das ist Liebe“, zumindest eine Variation). In erster Linie beginnt es damit, dass man anderen Menschen immer auf Augenhöhe begegnen soll. Ein Verhalten an den Tag zu legen, dass man herumzickt, unkontrolliert und instabil durchs Leben geht, vollkommen planlos umherschwirrt und keine wirklichen Ziele konsequent verfolgt, könnte mir nicht passieren, denn trotz meiner lockeren Art finde ich immer eine klare Richtung und die wird vorher festgelegt -"und los geht`s!" Gute Beobachter schätzen geradliniges, lineares Denken und rationales Handeln. Das ganze Leben ist für mich wie malen nach Zahlen. Hürden gehören zum Alltag, aber wer klar im Kopf ist und ein wenig Verstand besitzt, der geht unaufhaltsam seinen Weg (vorausgesetzt, man erleidet keine gesundheitlichen Gebrechen). Ich rede mich nicht leicht, sondern ich lebe mich leicht, denn ob ich glücklich sein möchte oder nicht, das entscheide ich selbst durch meine eigene Gangart. Seine Ziele hat man im Kopf!

Wer in jungen Jahren noch kein finanzielles Polster besitzt, muss sich eben durchbeißen und Gas geben (nicht ohne Rücksicht auf Verlust, sondern gepaart mit Menschenverstand). Und nach dem Erreichen der ersten Ziele war es zumindest für mich wichtig, das finanziell Gewonnene zukunftsorientiert anzulegen und Stück für Stück zu vermehren, ohne auf elementare Dinge zu verzichten. Ich hab`s einfach gemacht, aber das Glück habe ich zumindest nicht in der Geldvermehrung gefunden. „Glücklich macht, was Sinn macht!"

Das soziale Umfeld, unsere engsten Freunde, mit denen wir unser Leben teilen, das sind die Pfeiler um ein zufriedenes und erfülltes Leben zu erlangen. Menschen, auf die man immer zählen kann, mit denen man heranwächst und auch noch nach vielen Jahren mehr oder weniger enge Kontakte pflegt, ...all jene die uns nicht enttäuschen und uns mögen, obgleich sie unsere seltsamen Eigenheiten im Laufe der Jahre kennen, sind unser Rettungsschirm, sie sind die Krönung und der Schlüssel zum Glück. Wer einsam lebt, wird einsam sterben und allein ist es im Himmel nicht schön. Wie sehr ich auch daran glaube, dass manche gerne Single sind, so sehr wage ich zu bezweifeln, dass die stabile Zweisamkeit zwischen Mann und Frau doch viel mehr bietet, als die unverbindliche Abwechslung von Liebesbeziehungen. Ich sehne mich total nach „Familienzusammenhalt", dieser Form von Stabilität, ...denn mir geht`s viel besser, wenn ich mich gut aufgehoben fühle -mir geht`s um Sicherheit, ohne den geringsten Zweifel `:-)).

Mein beruflicher Werdegang ist nichts, dem ich viele Zeilen widmen möchte. Ich machte zunächst eine völlig unspektakuläre, kaufmännische Ausbildung in einem Verlagshaus, dann leistete ich Wehrdienst bei der Bundeswehr (verlorene Lebenszeit, umgeben von vielen tragischen Gestalten, deren höchste Eigenschaft das „Maßband-Saufen" war ...lassen wir das lieber!) und im Anschluß begann ich als Moderator in zweiter Reihe beim Rundfunk in München. Das war nur eine Zwischenstation für`s spätere Wirken beim Fernsehen. Bei einem der großen deutschen Privatsender erlernte ich noch den analogen Schnitt im Studio, hatte jeden Tag meine Sony Betacam im Gepäck und reiste für das Boulevard-TV im Flieger durch die Welt der Reichen und Schönen, war viele Jahre am „Red Carpet" bei all den großen Preisverleihungen wie Oscar, Emmy, Grammy und Tony. Schlicht und ergreifend: Ich war Kameramann und manchmal auch Redakteur, zuerst als Angestellter, dann als

Selbständiger im Auftrag der großen Privatsender. In den ersten Jahren mag das spannend sein, sofern man sich für den Mief in fremder Unterwäsche mehr interessiert, als für seinen eigenen, aber nach 20 Jahren in diesem Job, turnt es nicht mehr an, wenn die Handy-Nummer von Promotern, Schauspielern und Sängern auf dem Display leuchtet. Dieses Geschäft ist so monoton und durchschaubar, wie der Ausgang von Kitsch-Romanen. Die Erfolgreichen beherrschen die Klaviatur der Medien wie David Garrett seine unbezahlbare Stradivari, der Rest bemüht sich vergeblich, im erlauchten Kreis der Wiedererkennbaren aufgenommen zu werden. Wenn mich einer der großen deutschen Schauspieler anruft, dann tut er`s nämlich nicht, weil er gerne mit mir über seinen letzten Urlaub quatschen möchte, sondern nur deshalb, damit sein langweiliger Seitenscheitel möglichst häufig über die Mattscheibe flimmert. Gut, es gibt da ein paar Ausnahmen, die über „den Dreh" hinausgehen, aber die sind so selten wie eine Sonnenfinsternis. Meine Erkenntnis: Oberflächliche Berufe, auch wenn sie exotisch wirken, führen nicht zum Glück!

Durch das permanente „Unterwegs sein" hat man nach ein paar Jahren ganz viele Bekannte quer über alle Kontinente verteilt, aber zum Pflegen von guten Freundschaften fehlt meist die Zeit. Man kann nach ein paar Jahren schnell einschätzen wie Menschen ticken, bekommt einen Blick für das Wesentliche, lernt schnell mit neuen Situationen umzugehen, aber dieses Leben wirkt wie ein einziges Profisorium. Es ist die Jagd nach spannenden Bildern, die der Zuschauer in seinem Wohnzimer erwartet, damit er nicht den Sender wechselt, denn am Ende geht`s immer nur um Einschaltquoten, Werbeplätze die zur Vermarktung stehen ...und sonstigen Blödsinn, der nicht unter die Haut geht. Im Sammelbecken der Medien befinden sich in solchen Jobs (bis auf seltene Ausnahmen) überall gestrandete Kreaturen, die ihr Leben nicht auf die Reihe bekommen. Jede Nacht in einer anderen Metropole an der Hotelbar von Holliday Inn, Ritz Carlton, Marriott, Hilton, Hyatt oder InterContinental mit seinesgleichen zu sitzen, ist nichts, was man über viele Jahre unbeschadet ertragen kann. Was fehlt zum Glück? Das Runterkommen und die Oase des Wohlfühlens -mit wenigen Worten umschrieben „eine Heimat", bestehend aus eigenen vier Wänden, in denen man sich fallen lassen und seine Ruhe finden kann. Im Idealfall bräuchte man dazu „nur" eine passende Frau, die auch so tickt und eine ähnliche Wertschätzung teilt.

Ich habe in meinem Fernseh-Job durch die langjährige Erfahrung und den Dauereinsatz bei großen Film-Festivals und anderen Events ordentlich Kohle verdient und es auch gewinnbringend angelegt (häufig auf Sicherheit bedacht). Was wesentlich wertvoller ist als der finanzielle Erfolg, sind meine Sinne, die sich in all den Jahren durch den Schleifstein „Leben" geschärft haben. Wenn ich heute einen Raum betrete, fange ich sofort die augenblickliche Stimmung auf und scanne die Vibrations. Hört sich vielleicht überheblich an (als würde ich die falschen Pillen schlucken), aber das ist die Realität. Der wache Verstand wächst durch eine ausgeprägte Beobachtungsgabe, die ein Feingefühl voraussetzt. Es kann nicht schaden, wenn man sich für andere Menschen interessiert, ihnen Beachtung und Aufmerksamkeit schenkt.

Wenn ich mir nun selbst die Frage stelle, ob mich meine Vita glücklich macht, dann würde ich dies mit einem „JEIN“ beantworten und zwar deshalb, weil ein Leben auf der Überholspur (ständig mit dem Bleifuß am Gaspedal) die geballte Form von Arbeitseinsatz erfordert, das Koordinieren von eng aufeinanderliegenden Terminen der Flexibilität oft jede Freiheit nimmt, die teils unüberschaubaren Reise- und Hotelkosten utopisch hoch sein können, sowie das immense und immer während Risiko, am Monatsende vielleicht weniger Geld auf dem Konto zu haben, als man in stürmischen 30 Tagen eingenommen hat. Das sind Dinge, die an die Substanz gehen. Wenn du permanent das Limit überschreitest, brennt der Körper zwangsläufig aus (man kann nur dagegen ankämpfen, indem man seinen Geist nicht ganz verkümmern lässt). Ich darf nicht klagen, denn als Finanzbeamter täglich vor einem flimmernden Monitor sitzend, oder als Verkäufer in einem Supermarkt stehend, hätte ich sicher auch Sorgen, nur wäre das finanzielle Risiko überschaubarer, wenn jeden 1. eine fixe Summe auf dem Konto eingeht. Ein weiterer Nachteil der Selbständigkeit ist jener, dass man sich dem Fortschritt nie verweigern darf, sonst ist man blitzschnell weg vom Fenster. Ich glaube, so lange man eine Sache mit Herzblut betreibt, selbst das Gefühl hat, etwas Wichtiges und Nützliches zu tun, kann man nicht verlieren. Das Glück ist ein Mosaik aus winzig kleinen Freuden. Man sollte einfach das weglassen, was nicht zum Rest passt und nach den Steinchen suchen, die noch fehlen -so lange, bis man das letzte Stück gefunden hat!

Wenn ich heute Bilanz ziehe, war ich im privaten Bereich (damit meine ich „eine eigene Familie“ auf die

Beine stellen) leider weniger erfolgreich, als es angedacht war. Privat und Beruf miteinander zu kombinieren war in meinem Fall nie einfach, denn wer viel unterwegs ist (heute London, morgen New York, übermorgen Barcelona, ...genau so war es!), dem bleibt kaum Zeit, für freie Entfaltung und Familienplanung. Das ist der Preis, den der wirtschaftliche Erfolg mit sich bringt. Meine erste (richtige) Freundin hatte ich im Alter von 22 Jahren. Mit ihr war ich über sechs Jahre zusammen und wenn`s nach ihr gegangen wäre, hätten wir „Unsere kleine Familie“ bereits nach wenigen Jahren realisiert (und es hätte funktionieren können, denn auf sie war absolut Verlass -WORD UP!). Dieser Plan ist gescheitert, denn „entweder ich, oder Fernsehen“ war keine realisierbare Option. Es war vielleicht nicht ganz so hart formuliert von ihrer Seite, aber im Kern trifft die Aussage zu. „Wenn ich etwas mache, dann mache ich es richtig!“ -nur dazu fehlte mir leider die Zeit (keine Ausrede, sondern bittere Realität, sofern man die Fakten ins Auge fasst, dass jeden Monat fette Summen vom Konto abgehen, dementsprechend groß musste das tägliche Arbeitspensum sein, um lückenlos frisches Geld zu erwirtschaften).

Sofern ich die Vaterrolle anstrebe, möchte ich mich genau wie im Business voll einsetzen und nicht nur halbherzig bei der Sache sein (dann kann man`s besser gleich lassen). Ich war fast lückenlos in Beziehungen (fünf an der Zahl) mit denen ich Lebensgemeinschaften hatte, die bis auf eine Ausnahme (eine Fremdgeherin und Falschspielerin) durchwegs harmonisch, liebevoll und geschmeidig verliefen. Ich war schon über 30, da hatte ich mich mit dem Thema der Vaterrolle mal kurz vertraut gemacht, aber der

Plan mißlang, da die attraktive Frau an meiner Seite nie so recht wusste, wohin ihre Reise gehen soll. Drei Wochen fand sie eine Sache super und war „Feuer & Flamme“, zwei Wochen später wieder etwas ganz anderes. Mit einem Menschen gemeinsam durchs Leben zu gehen und Kinder in die Welt zu setzen, erfordert für mich als alter Pirat, dass man die Segel hisst, den Kompass im Visier hat und ein festgelegtes Ziel zu zweit ansteuert, egal wie hoch die Wellen werden. Umkehren kommt nicht in Frage, wenn der „Point of no return“ mal erreicht ist. Mit Verlaub: Ich wäre beruflich sicher nicht in der Form erfolgreich geworden, hätte ich jeden Tag eine neue Richtung eingeschlagen, denn ohne Beständigkeit gibt`s keinen bleibenden Erfolg; dies gilt beruflich wie privat. So viele Beziehungen scheitern doch nur deshalb, weil die Menschen einen Entschluss fassen und kurze Zeit später wieder umdrehen und die Richtung wechseln. Glück in der Zweisamkeit bedeutet, an einem gemeinsamen Strang zu ziehen, in guten wie in schlechten Zeiten -dies erfordert Verlässlichkeit, das A&O einer Beziehung! Es zieht sich wie ein roter Faden durchs ganze Leben, denn es gibt Menschen, auf die ist quasi „immer“ Verlass und es gibt den Rest. Wer an seine Ziele glaubt, wird alle Barrieren überwinden und auch sein Glück finden `:-)). Ich glaube nicht, dass es schwer ist, sofern man den geeigneten Menschen an seiner Seite hat -eine Person, auf die man sich „absolut“ verlassen kann. Wer es versteht, das Leben zu genießen, muss sich keine Reichtümer anhäufen. Der Reichtum findet im Kopf und im Herzen statt. Wenn er bei zwei Menschen auch noch in der Seele stattfindet, dann kann man ein Gütesiegel aufstempeln und sich gechillt zurücklehnen.

Woran scheitert das beständige Glück?

Allgemein betrachtet stellt sich mir die Frage, woran „das beständige Glück“ unserer Generation so häufig scheitert?

Viele Eltern zeigten ihren Kids in den 70th noch die heile Welt und versuchten dem Leben Struktur zu verleihen. Man wurde einfühlsam, vernünftig und klarsichtig. Es gab eine spürbare Linie und es gab Grenzen; sie zu überschreiten war nicht ratsam, denn man kannte Respekt, Zucht und Ordnung! Es gab Sicherheit, einen Ort, an dem man sich zu Hause fühlt und seinen Seelenfrieden fand ...ein gefühltes, erdbebensicheres Gebiet. Von einer unübersichtlichen, unsicheren Welt, die heute in nahezu allen Bereichen ungewiss ist, hat man mir damals nichts erzählt `:-)). Es sind viele Dinge aus den Fugen geraten, in unserer schnellen Zeit, denn Absprachen und Versprechen haben längst an Bedeutung verloren. Das ungewisse Abenteuer (jenseits der Sicherheit) gehört zum Alltag, wie Sonnenschein und Regen.

Liebende sehnen sich nach Treue und Ordnung. Das Wunschdenken geht soweit, dass sich der Mythos einer monogamen Veranlagung hartnäckig hält. In vertrauten Beziehungen erwartet einer vom anderen absolute Offenheit ...und in der Phase der Verschmelzung ist der Wunsch nach grenzenloser Nähe so groß, dass nahezu alles preisgegeben wird. Man öffnet sich dem anderen und lässt ihn in die verborgensten Winkel seiner Seele blicken ...aber ist es auch das, was die Menschen heute leben? Ich habe mir viele Gedanken gemacht, was in unserer Gesellschaft quer läuft und weshalb es so viele gestörte Partnerschaften und Trennungen gibt ...wohin man blickt: <<Heimliche Liebe, verschwiegende Rendezvous, gebrochene Tabus, Schattendasein>>. Ich weiß nicht so recht, warum diese Geschichten funkeln ...und denke, dass sich Menschen, die ein aufregendes Liebesleben führen, im Grunde nur für sich selbst interessieren! Hat das Geheimnis an sich eine derart magische Anziehung? Es ist wie die andauernde Flucht in eine Gegenwelt. Langsichtig führt dieser Weg geradewegs in die Hölle. Wie kurzsichtig muss man sein, um das nicht zu checken?

Weshalb verlaufen sich erwachsene Menschen heute in Unverbindlichkeiten, suchen Trost und Abwechslung? „Irgendwann stellst du fest, dass du zahlreiche Möglichkeiten bereits verspielt hast. Du willst Aufregung, das Unerlaubte, die Sicherheit, bist unentschlossen und kommst nie an! Du willst dich in der Liebe finden und verlieren, aber nicht binden ...irgendwie willst du alles, aber nix richtig, bist getrieben, rastlos, verloren, aber zu keinem Entschluss fähig. Es kommt der Tag, da folgt die Einsamkeit nach dem Rausch!“

Wo bleibt die Indentität des Menschen im Zeitalter der Globalisierung? Hat am Ende die Illusion verloren? Wir haben nur dieses eine Leben. Ab einem gewissen Alter sollten wir dies auch realisieren. Mich persönlich hat die Vorstellung von ständig wechselnden Beziehungen oder Affären nie begeistert -ich teile wohl mit sehr wenigen Menschen eine vermutlich veraltete Moral, geprägt durch das mir Vorgelebte, was ich aus dem Elternhaus kenne. Anders formuliert: Ich bedauere den Verlust tradierter Bindungen und kann dem Wertewandel nichts abgewinnen. Der triebgesteuerte Wahnsinn (der flächendeckend an allen Ecken praktiziert und gelebt wird) lässt mich vor Gefühlskälte erfrieren. Irgendwann ist man am Nullpunkt angelangt. Die ewig Suchenden werden einsam enden, denn Liebe wird aus Mut gemacht -und sie ist nun mal verbindlich!

Es gibt mehr im Leben, als das Leben selbst. Manchen reicht der Job und ein Hobby, andere glauben an das Glück und suchen das „Einzigartige“ (und darin die Beständigkeit). Nicht alles ist austauschbar, zumindest nicht für jeden von uns. Wir selbst sind die Hauptdarsteller in unserem Leben und können entscheiden, wohin die Reise geht. Mir persönlich gefällt die unendliche Reise (mit einer einzigen Person, die „eben nicht austauschbar“ ist). Klarheit statt Brimborium! Das Leben teilt sich für mich in drei Abschnitte: Kindheit und Schule, Beruf und Karriere, erwachsen sein und eine eigene Familie inkl. Kindern realisieren. Die ersten beiden Parts kannst du alleine umsetzen (vorausgesetzt, das Elternhaus ist halbwegs intakt), für den dritten brauchst du einen Partner, der verlässlich ist und nicht umfällt. Bedenke: Eine Wirbelsäule hat jeder Mensch, aber ein Rückgrat haben nur wenige! Jene, die stark genug sind, sich so zu zeigen, wie sie wirklich sind, hab ich nicht in großer Anzahl kennen gelernt. Die „Umfaller & Schaumschläger“, welche dir im Leben mit Halbwahrheiten begegnen, sind in der Mehrzahl. Menschen, die`s nicht nötig haben zu kuschen oder zu lügen, um etwas im Leben zu erreichen, sind leider die regelrechte Ausnahme. Sie beziehen ihre Stärke und Anziehungskraft aus der

Wahrheit. Nichts, was auf Lügen aufgebaut ist, hat auf Dauer Bestand. Der Krug geht so lange zum Brunnen bis er bricht.

Rund die Hälfte aller Ehen wird geschieden; beim Rest vermute ich, dass viele Paare sich nur noch arrangieren, also Show-Ehen und Zweckgemeinschaften führen (wer`s braucht!). LIEBE bedeutet, möglichst viel miteinander zu teilen. Wer sich mit Halbherzigkeiten zufrieden gibt, will`s vielleicht nicht anders. „Leichtes Glück" erreicht man in lebendiger, kommunikativer Unbeschwertheit, bei gegenseitiger Aufmerksamkeit, um die man sich gerne „dauerhaft" bemüht, falls die Liebe von beiden Seiten existiert. Zur verlässlichen Basis wird sie dann, wenn zwei Menschen die selben Pläne im Herzen tragen, gemeinsame Ziele verfolgen ... und diese auch leben. Der größte Optimist taugt nichts, wenn er nur davon träumt. Für das Können gibt es nur einen Beweis: DAS TUN!!!

Unser Gruppenverhalten pervertiert häufig zu einer Mitläuferschaft. Konsum und Zeitvertreib mit Handy, PC und Internet sind keine inneren Stützpfeiler, die Halt fürs Leben geben. Was zählt ist Freundschaft, Treue und Ehrlichkeit. Ich kenne keinen Menschen, der durch ständig wechselnde Beziehungen glücklicher geworden ist. Dieses „heute hier und morgen da" bringt nix. Ich bin überzeugt, dass es für jeden den richtigen Partner auf der Welt gibt. Das einzige Kunststück besteht darin, sie oder ihn zu finden. Und wenn es Konflikte gibt, sollten diese mit fairen Mitteln ausgefochten werden. Heute laufen die Menschen vor den kleinsten Problemchen davon, nur früher oder später sollte man erwachsen werden, denn unsere

Lebenszeit auf Erden ist begrenzt. „Alles ist scheinbar möglich, aber nichts ist von Dauer“, in einer produktgestützten Welt ohne Wertschätzung. In Zeiten von Streichelhandy, Megapixel und Internet, hat die Menschheit in Nanosekunden verlernt, sich der wahren Werte zu besinnen. Unsere Oberflächlichkeit ist so groß geworden, dass nichts mehr zählt, als der gerade gelebte Spaß im Augenblick. Meine Welt ist das nicht, denn ich brauche Beständigkeit und Verlass!

Kluge Menschen planen das eigene Leben ab einem gewissen Alter (der Blick nach vorne ist unabdingbar). Die „Generation Maybe“ (...ich wollte ja schon gerne, aber...) ist bereits mit der kleinsten Unannehmlichkeit (nennen wir es Verpflichtung) überfordert. Sie laufen weg vor der Verantwortung (die ewigen Feiglinge, drücken sich selbst vor den wichtigsten Entscheidungen des Lebens). Einhergehend sind Egoismus und Narzissmus so gigantisch groß in dieser Gesellschaft, dass „selbstloses Handeln“ (eine enorm positive menschliche Eigenschaft) als Schwäche betrachtet wird. Die kognitive Disonanz (ein unangenehm empfundener Gefühlszustand, bzw. ein Störgefühl, das dadurch entsteht, dass Menschen mehrere Kognitionen haben ...Wahrnehmungen, Gedanken, Meinungen, Einstellungen, Wünsche, Absichten -die auf den ersten Blick nicht miteinander vereinbar sind), das ewige hin und hergerissen sein (...heute so, morgen so!) bringt die verbleibende Menschheit, also jene, die genau wissen, dass ohne Entscheidung NIEMALS etwas zum Positiven geschieht, schier um den Verstand. In Zeiten, in denen alles möglich ist, sind die Menschen hilflos und überfordert. Die Angst vor Veränderung lähmt sie „einst wie jetzt“. Früher wollten die Menschen die Welt verändern und haben für ihre Ziele gekämpft ...heute begegnen mir überwiegend Hedonisten, die auf Spaß und Erlebnis bedacht sind. Verantwortungsverweigerer, die, weil sie schon mit sich selbst nicht klarkommen, sich nicht auch noch um andere kümmern können. Diese Menschen wollen nix planen, sondern leben in den Tag hinein ...Kinderwünsche werden genau so verschoben, wie das eigentliche Leben. Den Eigenschaftslosen fehlt der Kompass, aber ohne den Mut zur Entscheidung geschieht nichts :-((. Selbstverständlich gibt`s überall auch gute Beispiele, wie`s genial funktionieren kann, das wage ich auch nicht zu bezweifeln, aber einige, die sich mein Buch gekauft haben, werden sich ebenso wie ich Gedanken machen, wie man ein einigermaßen sorgloses Leben dauerhaft auf die Reihe bekommt. Die „Dummen“ schauen immer weg, weil sie gar nicht sehen wollen, welch bunte Möglichkeiten unser Leben bietet. Die „Schlauen“ suchen Mittel, Wege und Lösungen, die zum Ziel führen.

Lieber mal die falsche Entscheidung treffen und dafür Verantwortung übernehmen, als gar keine treffen! Nicht nur ein scharfes Bewusstsein, sondern auch der Mut scheint auf der Strecke zu bleiben. Weder im Beruf, noch im Privaten wollen die Menschen „Entscheidungen“ fällen. Es ist ein Schlafwandeln durch eine vernetzte Welt voller Möglichkeiten. Das postmoderne „Anything goes“ hat viele von uns überrumpelt. Ich bin überzeugt, dass Menschen mit Geist, Seele und Verstand ihre Ziele erreichen können. Das Lebensmotto lautet: „BE YOURSELF!“ Tu nur Dinge, die von Grund auf ehrlich sind und dir langfristig Freude bereiten. Wozu haben wir ein Hirn? Man muss es nur benutzen!

Wo bleibt die Wertschätzung?

Wie unsere arbeitende Gesellschaft heute tickt:

Das Hamsterrad dreht sich immer schneller und schneller ...und viele Menschen verlernen dadurch, das wahre Leben zu genießen. Ein Mittelmaß scheint es nicht mehr zu geben, denn alles ist extrem. Hinzu kommt, dass die eigentliche Arbeitsleistung selten messbar ist. Was ist gut und was ist schlecht -und wer zum Henker kann`s beurteilen? Ein Arzt behandelt einen Patienten ...der ist anschließend entweder geheilt, oder auch nicht. Ein guter Schreiner macht aus einem Stück Holz einen schönen Tisch, der auch nach 100 Jahren auf einem Antiquitätenmarkt noch große Bewunderer finden kann. Ein begabter Ingenieur entwickelt Maschinen, dank denen ein Produktionsablauf plötzlich viel schneller, einfacher und effizienter von statten geht. Fähige Entwicklungsteams konstruieren neue Flugzeuge, dank denen wir in wenigen Stunden noch umweltschonender auf die andere Seite der Erdkugel gelangen. Ein Journalist schreibt einen umfassenden Artikel, hat dafür vielleicht lange recherchiert, zerbricht sich den Kopf ...und wenn`s blöd läuft, werden seine klugen Ergüsse nicht mal am Tag der Veröffentlichung gelesen, weil`s kein Schwein interessiert. Viele Dinge sind ohne Bestand, oder haben an Wert verloren, weil sie im Großen und Ganzen im unspektakulären Alltag gar nicht wahrgenommen werden. Die Meinung des Einzelnen ist nahezu bedeutungslos. Im Laufe der Zeit wird der Denkende müde und genervt, da die Endlosschleife der Berieselung, das immer wiederkehrende Trend-Geschwafel im Paradies des Konsums, irgendwann den inneren Kern zerstören.

Die gesamte mediale Berieselung ist die pure Hölle -ich weiß wovon ich spreche- es ist mein Job! Hilflose brauchen solche Vorgaben und als weitere Sicherheit brauchen sie Personen, die ihnen diese künstlich gepuschten Trends vorleben. Wenn sie das nötige Kleingeld haben, können sie sich ihren produktgestützten „Style" zusammenkaufen, der in seinen Signalen simpel genug ist, dass einen die anderen, gleichermaßen Ausgestatteten, an diesen Statusattributen erkennen. Geld ist heutzutage die Währung für Anerkennung -ist das nicht traurig?

Auch ich hab inzwischen so ein Streichelhandy mit Obstlogo drauf, aber nutze im Alltag lieber mein altes Slider-Phone von Samsung, weil ich nicht mit der Masse schwimmen möchte. Dieser uniformierte Look, oberflächlich und optisch an eine gesellschaftliche Klasse gekoppelt zu sein, ist in seiner Reinform materieller Natur. Diese Nichtigkeiten der „Adabeis" (wörtlich übersetzt: ich bin auch dabei) und „Wannabe`s" (wörtlich übersetzt: Möchtegern) erwirtschaften Milliardenumsätze. Wer grenzt sich denn noch ab?

In einem Interview hab ich mal gesagt, „alle laufen im Grunde genommen im Kreis, aber es gibt immer welche, die da schreien: Ich bin vorn, ich bin vorn!" Will sagen, es ist scheißegal, ob du ein 5er iPhone hast, oder ein altes Nokia -Hauptsache es funktioniert und du kannst das Quatschbrikett zum Telefonieren nutzen, wenn`s vonnöten ist. Pausenlos werden wir manipuliert durchs Fernsehen und die unzähligen Hochglanz-Magazine. Es geht immerzu um die Zugehörigkeit zu einer Klasse. Und je mehr man vom gesellschaftlichen Umfeld abhängig ist, umso schwieriger wird es, einen perönlichen Style durchzusetzen. Wirklich frei sind da nur wenige. Gefangen im System will ich nicht sein! Dieser künstlich erzeugte Lifestyle ist etwas Fiktives, bei dem man immer die Werbekosten mitfinanziert. Wer glaubt, dass er im übermäßigen Konsum sein Glück findet -der soll zuschlagen, bis die Kreditkarte bröselt. In meinen Augen fördert die heutige Gesellschaft Persönlichkeitsstörungen dadurch, dass sie mit ihrer bedingungslosen Liberalität das Abnormale schon fast zum Normalen erklärt.

Es ist schade, dass sich fast niemand mehr auf den eigenen Geschmack verlässt, was zur Folge hat, dass der Instinkt verkümmert, denn letztendlich ist es einfacher, sich auf die Entscheidung anderer zu verlassen (und im Strom der Masse mitzuschwimmen), als das eigene Gehirn zu bedienen. Die Vollkasko-Mentalität zeigt deutlich, dass kaum einer bereit ist, ein Risiko einzugehen. Das einzige was zählt, ist der wirtschaftliche Erfolg ...und exakt an diesem Punkt scheitert unsere persönliche Entwicklung. Etwas aufzubauen, an das man glaubt und von dem man wirklich überzeugt ist, erfordert Mut, Zeit und Ausdauer (privat wie beruflich). Niemand möchte in etwas investieren, das nicht innerhalb kurzer Zeit Früchte trägt (es ist bei Paarbeziehungen nicht anders, als bei Unternehmen). Querdenker haben einen schweren Stand und Individualisten sind vom Aussterben bedroht. Keiner möchte verlieren! Noch was am Rande: Ich frage Menschen die ich kennenlerne selten nach ihrem Beruf. Mir ist viel wichtiger zu erfahren, welche Leidenschaft und Sehnsüchte sie haben. Es gibt geistreiche Bauarbeiter, aber ebenso geistlose Politiker. Von einigen Bildungsfernen kann man mehr über das Leben lernen, als von Akademikern, denn manchmal sind die erstgenannten viel näher am realen Leben, als die vermeintlich „Allwissenden". Oftmals ist es so, dass die, die weniger Kohle haben „wesentlich feinere Antennen besitzen", als die Vermögenden.

Ich erinnere mich an ein kluges Zitat von Lazar Barman (R.I.P.), ein beeindruckender Weltklasse-Pianist aus Russland, den ich im Frühjahr 2000 in Südfrankreich getroffen habe: „Weil man die Musik liebt, will man Karriere machen. Aber wenn das mit der Karriere nicht klappt, bleibt einem immer noch die Musik!" Falls man es so locker und schmerzfrei sehen kann, dann ist es eindeutig ein Gewinn. Für mich ist die Hoffnung etwas positives, denn ich glaube stets an die Realität meiner Träume -und dass ich nahezu alles umgesetzt habe, was mir beruflich wichtig war (ohne anderen damit zu schaden!), zeigt mir eindeutig, dass der Glaube an sich selbst, in Verbindung mit Fleiß und Schweiß unabdingbar zielführend ist. Häufig wurde mir gesagt, ich hätte lediglich „Glück" gehabt, bei der Umsetzung. Wenn man das Glück so umschreibt, dass ich über Jahre „rund um die Uhr" quasi im Dauereinsatz war, dann mag das wohl zutreffen. Wer seine beabsichtigten Ziele erreicht, der darf auch glücklich und dankbar sein `:-)). Und all jene die aufhören, inständig an ihre Träume zu glauben, versenken sogleich ihre gesamten Visionen. THINK POSITIVE ist der Slogan für Gewinner (und denkt immer daran, dass von selbst nichts geschieht). Verlierer erfinden ein Leben lang nur Ausreden. Einzig „DAS TUN UND DAS HANDELN" führen zum angestrebten Ziel. Abwarten und Aussitzen führen in eine ausweglose Sackgasse!

Wir leben weder in der Vergangenheit, noch in der Zukunft, sondern in der Gegenwart. Überall wohin ich blicke, werden elementare Dinge aufgeschoben -das ist ein riesengroßer Fehler. Junge Menschen wissen oft nicht mehr, für was sie sich interessieren sollen, denn letztendlich ist nichts von Dauer und Bestand. Früher hat man sich „richtig“ für eine Sache interessiert, Begeisterung dafür entwickelt und im Laufe der Zeit durch dieses erlangte Wissen eine Art von Befriedigung und Bestätigung erfahren. Inzwischen ist jeder ein „Allrounder“ (alle können scheinbar alles, aber nix richtig). Die Technik ist heute wesentlich schneller als der Mensch und täglich werden wir mit „überlebensnotwendigen“ Neuheiten überschüttet, die wir in dieser geballten Form gar nicht mehr in uns reinsaugen können. Jener Overkill, von dem uns suggeriert wird, dass wir scheinbar nicht ohne ihn leben können, macht die Menschheit krank. Kaum jemand findet sich in dieser Infoflut noch zurecht, schon gar nicht Menschen im fortgeschrittenen Lebensalter. Man sieht längst vor lauter Bäumen den Wald nicht mehr, denn die Speicherkapazität des menschlichen Gehirns wird zeitlebens begrenzt sein, auch wenn jene der Computer sich auch künftig weiterhin verhundertfachen. Alles ist so unüberschaubar, dass die Unzufriedenheit zwangläufig unabdingbar ist, sofern man selbst nicht Herr der Lage ist und diesem Desaster einen Riegel vorschiebt. All diese psychischen Krankheiten, die heute unsere Menschheit plagen, gab`s früher nicht. Um dies zu erkennen, benötigt man keine Langzeitstudie, sondern lediglich eine halbwegs gute Beobachtungsgabe und einen wachen Verstand. Alle laufen schnell, ...sie laufen und laufen und laufen ...und laufen an vielem vorbei. Erschreckend!

Und wie läuft`s häufig im privaten Bereich? Hier entdecke ich das selbe Szenario in einer anderen Form. Welche Beziehung hat denn heute noch Bestand? Egal ob Freundschaften zwischen Gleichgeschlechtlichen oder Partnerschaften -die Halbherzigkeiten ziehen sich wie ein roter Faden durch nahezu alle Lebensbereiche. Alles ist möglich und nichts ist von Dauer. Ehepartner werden vernachlässigt, denn der scheinbar bequemste Weg, sich das zu holen, was man gerade braucht (Egoismus par excellence), tötet unser Seelenleben. Es kommt mir vor wie in einem Selbstbedienungsladen, in dem man sich ohne Rücksicht auf Verluste all das nimmt, was einem gerade fehlt. „Fun“ hat Vorrang -genau so wird es überall praktiziert. Das Potential jener, die aus dem Leben nach dem Job noch etwas Vernünftiges schöpfen, ist schwindend gering. Ehepartner werden vernachlässigt, weil es einfacher ist, sich das Fehlende ohne den Einsatz von Gefühlen (oder gefürchteten Diskussionen) wo anders zu holen. Von einem harmonischen Leben, sind viele weiter entfernt, als die Erde vom Mond, denn Affären gehören zum Leben unserer Zeit, wie „unser täglich Brot“. Ob dabei Gefühle verletzt werden, die Würde als solches leid nimmt, der Selbstwert verloren geht, oder unsere Träume begraben werden, scheint nicht von Belang zu sein. „Ich, ich und noch mal ich“ ...bedingungslos egoistisch ist die Vorgehensweise des Einzelnen, der denkt, er wäre ganz allein auf dieser großen weiten Welt. Auf mich wirken diese gedankenlosen Eindrücke, wie ein Besuch im Fastfood-Restaurant: „Schnell rein, schnell fressen, schnell raus“.

Was mich irritiert, wenn ich unsere Gesellschaft etwas genauer inspiziere, ist die fortwährende Maskierung und Verkleidung. Was ist noch echt? Die Kiffer mit dem Skateboard, die sind „real“ -und der Rest? Viele Marionetten, hübsche aufgebrezelte Mädels, die aussehen, als wären sie allesamt Blutsgeschwister. Kennst Du eine, kennst du alle. Die Polygamie ist doch unter diesem Aspekt völlig überflüssig, denn sie sind doch eh alle gleich. Ich glaube, die Menschheit erleidet in Zeiten wie diesen einen chronischen Gendefekt. Alles wird gevögelt, was sich anbietet -kurz und schmerzlos, ohne Scham. Für mich ist es „die Reise stromabwärts“. Die Energie, welche uns in der Regel „das Glück“ beschert, verschwindet häufig im Job und endet in einem schwarzen Loch namens „Hölle“! Gefühle die bewegen, etwas andauerndes von Bestand, Harmonie oder Hingabe, sind völlig fehl am Platz. Dieser Absatz würde Gesprächsstoff für mehrere Bücher liefern (!!!), wobei ich inzwischen der Überzeugung nahe bin, dass Zweibeiner gegenwärtig ein derart resigniertes Dasein führen, das längst als eigentliche Realität wahrgenommen wird. Unsere psychischen Regionen sind verschmolzen -wir leben auch innerlich grenzenlos!

Ich würde nie behaupten, dass ich frei von Fehlern bin, aber mir liegt`s nah, dass ich Menschen in meinem engeren Umfeld korrekt und fair behandle und mich um deren Wohlergehen bemühe. Was andere über mich sagen, die nicht zum direkten Umfeld zählen, spielt keine Rolle. Lebe ich mein Leben, oder lebe ich „ein Leben an der Oberfläche“? „BE YOURSELF“ oder ein Abziehbild -was möchtest du lieber sein? Es gibt diese ganz speziellen Scheinheiligen, deren einzige Sorge es ist, dass sie nicht zum Gespött der halben Stadt werden (obwohl sich eh kein Schwein für sie interessiert). Im Grunde genommen haben die weder Selbstbewußstein, noch Charakter, denn wer zu seinen Handlungen steht, braucht sich vor nichts und NIEMANDEM zu fürchten. Einen Menschen mit Rückgrat, kannst du zu allen Themen befragen. Er wird vermutlich nicht immer deiner Meinung sein (weil er ehrlich ist -oder zumindest bestrebt, in Wahrheit zu leben, denn er kennt und lebt ein intaktes Wertesystem von dem er im Grunde genommen nicht groß abweicht), aber dafür kannst du ihm vertrauen, denn was er auch ablässt, das hat Bestand, ...denn er handelt in den häufigsten Fällen auch geist- und sinnreich. Die Scheinheiligen sind vor allem bei den schönen Frauen beliebt, denn sie stellen sich gerne unters Licht der Sonne und lassen sich bewundern (meist für Dinge, die sie gar nicht selbst vollbracht haben). Wer mit denen zu tun haben möchte (ich nicht!) sollte sie auch belügen -die brauchen das, für`s Ego!

Zeitgenossen, die ihren Jahresurlaub in einer abgeschirmten Hotelanlage in Dubai verbringen, sich durch den „Anton aus Tirol", „Katzenberger", „Mario Barth", „Die Geissens" und Konsorten berieseln lassen, werden geistreiche und intellektuell bewegliche Individuen vom Kaliber eines Hans Magnus Enzensberger, Thomas Bernhard, Erich Fromm, Carl Jung, Immanuel Kant, Sigmund Freud, Oscar Wilde oder Francis Ford Coppola ohnehin für Außerirdische halten. Deshalb macht`s auch wenig Sinn, einem Geistlosen die atemberaubende Schönheit anspruchsvoller Literatur oder hochwertiger Musik zu vermitteln. Wenn ich heute jemandem erzähle, ich schätze Georg Solti, dann bekomme ich die Gegenfrage, bei welchem Verein „dieser Solti" spielt. Der Mann hat 31 Grammys gewonnen, mehr als jeder andere Musiker auf der Welt -famoser geht gar nicht!

Wir leben auf einem Planeten mit vielen dummen, ungebildeten Menschen. Und es gibt Mächte, die solche Zweibeiner in diesem Zustand halten wollen, ...vor allem die Industrie. Viele bedauernswerte Kleingeister finden mehr Freude am Leben, wenn sie für ihren produktgestützen Style im Strom der Masse bewundert werden (z.B. für völlig überteuerte potthässliche „kackbraune" Taschen mit Buchstaben drauf -wie einfallsreich!), den sie im Laufe ihres Lebens angehäuft haben. Die Hoffnungslosen finden selbst keinen Weg, denn dem geistig Orientierungslosen eröffnet sich letztendlich nur die Wahl, ob er lieber den neuen Audi, den BMW, oder den Mercedes wählt, um seinem Status (zeige was du hast, wenn`s nicht im Hirn ist!) gerecht zu werden. Mit Verlaub: Ich fahre selbst seit vielen Jahren schnelle Autos, aber das Lesen von hochgeistiger Lektüre, oder das Hören von niveauvoller Musik (von Mozart über die Isley Brothers, Philip Bailey, George Duke zu James Brown) geben mir persönlich weit mehr, als ein siebenstelliger Kontostand, welcher bedeutungslose Bewunderer der selben Machart verschafft, deren einziges Bestreben und Wunschdenken darin liegt, das Gewonnene (in materieller Hinsicht) endlos zu vermehren. Entscheidungen, die in erster Linie aus finanzieller Hinsicht und nicht aus Leidenschaft bzw. purer Begeisterung angestrebt werden, verdienen meinen Respekt nicht. Diese Form der Multiplikation manch bildungsferner Kapitalisten scheint so sinnfrei, als das pure Sonnenlicht mit dem Rucksack einzufangen. Wer sich durch den Konsum diktieren lässt, ist arm dran. Auf einem alten, verrosteten VW Bus entdeckte ich einen Aufkleber mit dem Zitat: „Ihr habt zwar was man zählen kann, aber ihr habt nicht was zählt!" Hoch leben die Schöngeister! Wenn kackbraune Taschen „mit Buchstaben" dich tatsächlich glücklich machen, dann bist du offensichtlich leicht zufriedenzustellen. Glückwunsch! `:-)).

Ob man sich nun lieber der traurigen Masse anschließt und unauffällig im großen Haifischbecken des Mainstream mitschwimmt, oder als Protagonist mit wachen Augen das eigentliche Leben und die Handlungen anderer Menschen hinterfragt, bleibt jedem selbst überlassen. Es ist weder mein Begehr als Neunmalkluger zu belehren, noch liegt es mir nah im realen Leben (das hier ist ein Buch!) zu provozieren ... und „everybody`s darling" wollte ich auch nie sein. Für mich ist entscheidend, (m)einen eigenen Weg zu gehen (authentisch bis ins Knochenmark), denn falls ich in 30 Jahren auf das eigene Leben zurückblicke, will ich keinesfalls bedauern, viele Dinge fremdbestimmt getan zu haben, die fern meiner „moralischen" und „ethischen" Werte liegen. Jeder soll tun und lassen was ihm gut tut, so lange er mir nicht ans Bein pinkelt `:-)). Falls es in deinem Freundeskreis Menschen gibt, die gerne deine Braut besteigen wollen und dies vielleicht auch tun, dann hast du vermutlich die falsche Frau, oder die falschen Freunde und wenn es dich nicht stört, dass dein Ehepartner in einer Daueraffäre verstrickt ist, dann leb ruhig weiter so und sei „GLÜCKLICH" mit der Situation (manche Menschen fühlen sich wohl im Elend, die brauchen`s derb und dreckig). Aber bedenke, dass dieses Leben sich irgendwann mal dem Ende neigt und genau aus diesem Grund gibt es vielleicht ein paar Dinge, die man beherzigen sollte, falls man im Sumpf feststeckt und kein Land mehr sieht.

Für mich sind Umgangsformen, ein angemessenes Sozialverhalten, Charakter, sowie die Anerkennung eines höheren Wertesystems entscheidend. Im Alltäglichen geht`s mir um Dinge wie Souveränität, Höflichkeit, Taktgefühl, Loyalität, Lebensklugheit, Auftreten, Scham, Humor, Ansichten, Wertschätzung und Respekt gegenüber anderen. Menschen mit Stil setzen sich zwangsläufig auch kritisch mit ihrer eigenen Person auseinander (so jemanden zu finden, gleicht einem Lotto-Sechser, denn Stil haben leider nur wenige).

Wer ein korrektes Leben führt, der braucht sich nicht verstecken und er muss auch niemanden belügen. Dies ist nach meinem Ermessen zwangsläufig die Grundvoraussetzung zum formvollendeten Glück in seiner reinster Form. Alles andere, was auf Lügen und Halbwahrheiten basiert, hat nie Bestand und wird jeden Menschen sowohl an der freien Entfaltung, als auch an der Umsetzung seiner Träume hindern. Ich habe eine Vorliebe für Menschen, die Begeisterung entwickeln und in der Lage sind, sich auf eine Sache zu konzentrieren, die „Feuer und Flamme" entfachen und dafür aus persönlicher Überzeugung kämpfen, egal ob dadurch ein akzeptabler finanzieller Vor- oder Nachteil entsteht.

Ich gestehe, das ist viel harter Tobak auf einen Schlag. Wer Streicheleinheiten erwartet hat an dieser Stelle, der wäre wohl im „ZDF Fernsehgarten" (mit viel guter Laune, „Holareidulijö“ und obendrein noch Kochrezepte von der heilen Welt) besser aufgehoben. Zeitgenossen, die schön brav die Basics beachten, sich stets an die wichtigsten Verhaltensregeln halten, werden vermutlich fündig und mit einem aufrichtigen Leben belohnt, das alsbald Früchte trägt. Wir ernten fast immer, was wir säen -diesen Satz werdet ihr noch öfter hören!

„Die totale Transparenz“ in gewollten Beziehungen ist einer der wichtigsten und für mich entscheidenden Indikatoren zum Glück. Beruflich und privat lassen sich viele Dinge umsetzen, wenn man sich selbst und all die Menschen die uns wirklich nahe stehen „nicht belügt“. Das eigene Leben stabilisieren bedeutet, es „aktiv“ geschehen zu lassen.

WORD UP - FUNKY FELLAS!

BE YOURSELF

Der Akt ...

Die große Liebe 2.0

Nahezu egal, ob ihr meine Geschichte auf den folgenden Seiten nachvollziehen, verstehen oder gar mögen werdet, ...es gibt im Leben manchmal Situationen, da spüre ich etwas in mir und zwangsläufig muss ich handeln ...und mein Gefühl (hervorgerufen aus dem Zusammenspiel von Geist, Verstand und Herz) hat mich bislang nicht enttäuscht. Lange Zeit habe ich überlegt, ob ich meine Geschichte über die große Liebe zu Papier bringen soll (denn „die große Liebe“ klingt in diesen Zeiten meist inflationär), dann aber sagte mir mein langjähriger Freund Paul (der später noch zu Wort kommt): „Schweigen ist feige. Wenn Geheimnisse nicht gelüftet werden, fangen sie an zu stinken! Schreib deine Geschichte nicht elaboriert, schreib sie ohne Schmock (= geschwollenes Gerede), erzähle sie genau so schnörkellos, ehrlich und gradlinig wie du denkst, fühlst und handelst. Sei du selbst und setze dich ein für die Gerechtigkeit, zerreiße die Lügengebäude und stelle dich dem Leben. Im Schreiben liegt der Glaube an die Zukunft!“ ...und da jede Tat bekanntlich mit einer Handlung beginnt, habe ich den Entschluss gefasst, dieses Buch zu schreiben ...für mich, für dich und für all jene, die noch an das ehrliche Glück, die Moral und an die wahren Werte im Leben glauben. Lasst euch keinesfalls entmutigen, wenn das Herz nach Liebe schreit, werdet aktiv und kämpft. Wenn ihr glaubt, dass es euch hilft, dann geht auf die Straße und demonstriert -wir leben in einem freien Land. Alles ist möglich (wir retten ja sogar Griechenland, Spanien und Italien -wer hätte das gedacht?). Das Geheimnis des Könnens liegt immer im Wollen `:-)).

Inzwischen wird euch aufgefallen sein, dass ich kein Blatt vor den Mund nehme. Ich war noch nie ein großer Charmeur, der den Frauen „Honig um`s Maul" schmiert -das können viele meiner Artgenossen besser (man kann nicht alles gut können). Es liegt mir fern, schmeichelhaften „Blödsinn" zu erzählen, um irgendwo einen Stich zu landen, getreu dem Motto: „Wer vögeln will, muss zwitschern!" Manche Frauen schicken mich gerade wegen meiner Direktheit in die ewige Hölle der Verachtung und manche erzählen Bullshit über mich, weil ich sie abgelehnt habe, ...aber mich interessiert nicht was sie erzählen! Die mich kennen und mögen haben ihr Urteil und schätzen diese Tugend, weil sie immer wissen, woran sie sind.

Es geht zunächst um die Liebe -und zwar nicht um irgend einen 0815 Hullepulle-Kram, sondern um etwas, das mir sehr tief unter die Haut geht: Um meine große Liebe! Vermutlich sollte man in diesen Zeiten wohl besser titeln: „Um die große Liebe 2.0" ...angelehnt an Web 2.0, denn früher ist man den Menschen in ersten Linie persönlich unter vier Augen begegnet ...und es gab ab und an mal handgeschriebene Liebesbriefe, wenn man sich besonders nah war. Heute agiert man via Smartphone und Computer miteinander, postet Lebensweisheiten und Tageslaunen auf Facebook ...immer schnell, immer am Sprung. Die Menschlichkeit kommt nur selten zum Vorschein.

Was ist heute noch herzergreifend? Kaum etwas. Nicht mal das Kino berührt die Herzen, denn unsere Welt 2.0 ist „schnell" geworden, in allen Bereichen. Es gibt nicht mehr viele Dinge, die unsere Sinne stimulieren und den Geist wachrütteln. Das Denken und Fühlen wird immer mehr unter den Teppich gekehrt, denn die Bevölkerung (2.0) hat scheinbar weit wichtigere Dinge im Kopf, als sich Gedanken um ein intensives, ausgefülltes Leben in Zweisamkeit zu machen. Aus welchem Grund viele Menschen heute die wichtigsten Angelegenheiten immerzu aufschieben und nichts mehr vollenden, bzw. aktiv in Hingabe leben, kann ich selbst nicht klar beantworten. Vereinzelt gibt es sie noch, „die Unermüdlichen", jene Krieger des Lichts, die nach klassischem Empfinden alles andere als Krieg im Sinn haben (das sind Individualisten, die für ihre Träume kämpfen und einstehen). Ich denke, man darf ruhig einen gewissen Kampfgeist im Herzen tragen ...früher waren die Menschen generell mutiger ...und vor allem waren sie verlässlich (vielleicht nicht alle, aber sicher mehr als heute). Um Glück zu erfahren, braucht man Werte, die man mit anderen Menschen teilen kann, und dieses Leben bietet wundervolle Möglichkeiten dazu: Man muss sie nur sehen und vor allem „zulassen", wenn man ihnen begegnet `:-)).

Ich warne euch jetzt schon mal vor: Irgendwann im Buch gelangt ihr an einen Punkt, an dem ihr denkt, „hatten wir das nicht schon mal?", aber ich empfehle durchzuhalten, denn nur so werdet ihr die Geschichte auch nachvollziehen können. Dies hier ist keiner der Liebesromane, wo man nach zwei Seiten das Ende absehen kann ...ganz gewiss nicht!

Der Beginn einer großen Liebe ...

Die allererste Begegnung mit der Frau meiner Träume (und bei mir werden solche Bezeichnungen nicht inflationär genutzt, sondern sie sind vollkommen ernst gemeint) hatte ich vor ein paar Jahren in einem Münchner Fitness-Studio, am Crosstrainer, rechts neben mir. Sie, eine bildhübsche, große, schlanke Schwarzhaarige, war mir sofort aufgefallen, aber ich hab sie nur ganz kurz beliebäugelt und Sekunden später inkognito mein Training gestartet `:-).

Ich bin generell ein Mensch der Bauchentscheidungen (beiläufig erwähnt) ...hatte „die Schöne" fast jeden zweiten oder dritten Tag auf meinem Radar beim Fitness, denn die zehn Bildschirme an der Decke, auf denen die übliche TV-Berieselung lief, weckten mein Interesse nur peripher. Das Regionalprogramm wurde durch ihre Anwesenheit zum Highlight meiner Tage ...zwangsläufig scannt mein Schädel chronisch visuelle Impressionen ...nennt es einfach „Berufskrankheit". Nach meiner messerscharfen Beobachtung war sie von der ersten Begegnung an eine äußerst interessante Frau, immer sehr stilvoll gekleidet, ein ganz und gar wunderschönes Wesen, das sich ausnahmslos elegant bewegt (es war quasi unmöglich, dies zu ignorieren). Ich bin ein Ästhet -und wenn meine geschulten Augen mal etwas wahrnehmen, das ihnen derart gut gefällt, kann ich meine Begeisterung kaum bändigen. Es ist mir sofort aufgefallen, dass diese Frau keinerlei Gehabe an den Tag legt, sondern sich eben so gibt, wie sie ist. Bei vielen Mädels und auch bei Männern nervt mich, dass sie anscheinend viel Zeit vor dem Spiegel verbringen und sich ziemlich unnatürlich verhalten (der überwiegende Teil wirkt in meinen Augen „selbstverliebt“ -und fast alle hegen dieses überproportionale Selbstbewusstsein, das mich schnell abturnt). Diese Frau schien anders zu sein -erstaunlich! Zu diesem Zeitpunkt hatte ich sie nur einmal mit offenen Haaren gesehen, ansonsten immer elegant mit Pferdeschwanz. Nur wollte ich mir selbst nicht eingestehen, dass ich mich bereits verknallt hatte, in eine „Wildfremde“, über die ich rein gar nix wusste. Welche Sprache sie wohl spricht, was sie so macht, welche Interessen sie hat -dem wollte ich gerne auf die Schliche kommen. Da ich kaum jemand kannte in der Mucki-Bude, konnte ich niemanden fragen ...blöd! Ich war entsetzt von mir selbst, denn sich in eine Hülle zu verschauen, war bislang so gar nicht mein Ding, als authentischer Sprössling.

Ende Dezember begann ich damit, mir regelmäßig Notizen in meinem Filofax-Timer zu machen, wann immer ich sie gesehen hatte. Zugegeben, ich bin nicht mehr 15, aber man kann auch mit 39 Jahren etwas spüren, das sich «besonders» anfühlt (lasst mir bitte diese Euphorie, ich bin schließlich «Sternzeichen Fisch» -da darf man fast alles, wie ihr wisst `:-)). Bedingt durch meine Schüchternheit hab ich es nicht mal fertig gebracht, sie zu grüßen, oder ihr einfach in die Augen zu blicken. Zu diesem Zeitpunkt verspürte ich bereits ihre aktuelle Tageslaune (wie mir Wochen später auch bestätigt wurde). Das erste Mal, als ich mich getraut hatte, sie anzusprechen, war am 13.01. (nach langen 74 Tagen der erste Highscore -YESSSSSSS!) ...und sie erzählte mir in zwei Sätzen, dass sie beim Skifahren war. By the way, ...für jene Leser, die meine Einleitung (das Vorspiel im Buch) übersprungen haben: Im Alltag filme ich für`s Fernsehen seit vielen Jahren internationale Hollywood-Celebs und die ganzen Topmodels, vor denen die halbe Nation niederkniet und auf die ich vollkommen unbedarft zugehe, weil`s mein Job ist, den ich frei von Berührungsängsten ausübe. Und dann stehe ich vor einem doofen Crosstrainer in einem Fitness-Studio und habe naßgeschwitzte Hände, weil ich auf einmal Angst bekomme, dass ich von einer vermutlich ganz normalen Frau eine Abfuhr erhalte, die mich einfach magisch anzieht und die ich «nur» vom Sehen kenne. Zur Erinnerung: Ich war 39 -also nicht mehr 15 `:-)).

Zwei Tage später sind wir uns am gewohnten Platz (beim Fitness) wieder begegnet und ich habe ihr meine Telefonnummer auf einen «Post-it»-Zettel notiert. Ich fand`s irgendwie affig, meine Visitenkarte aus der Tasche zu ziehen, denn ich wollte nicht als Großkotz da stehen und auf dicke Hose machen (das ist nicht mein Style; ich prahle lieber mit meiner kostenlosen Ikea Family Card, als mit der schwarzen «AmEx». Abgrenzung in die andere Richtung ist unabdingbar). In der Folgewoche hatte ich zum ersten Mal das Gefühl, dass sie vor mir wegläuft. Ich habe sie darauf angesprochen, aber sie hat die Flucht vor mir verneint und verriet mir ihren Namen («Eva»). Willkommen im Paradies! Wir schreiben die Geschichte neu, denn es ist «die Geschichte von Adam & Eva, 2.0». Wie es um die Schlange bestellt ist und vom Baum der Erkenntnis zu essen, werdet ihr sogleich erfahren `:-)).

Nach der ersten eingehenden SMS bat ich sie um ihre eMail-Adresse, damit ich mich auch textlich frei mit meinem Anliegen entfalten konnte. Meine erste Mail folgte am 21.01.: Wie bereits erwähnt, fand ich sie vom ersten Augenblick an «umwerfend» schön, versuchte allerdings sparsam mit Worten umzugehen, da ich zu diesem Zeitpunkt nicht wissen konnte, ob sie sich durch meine Aktion geschmeichelt, oder belästigt fühlt. Geplant war ein Fashion-Shooting vor schöner Kulisse am Starnberger See. Selbstverständlich habe ich von Beginn an mit offenen Karten gespielt (wie sich das gehört!) und ihr vermittelt, dass ich sie schon viel früher gefragt hätte, wenn ich nicht ein derart großer Feigling wäre. Da ich die Privatsphäre fremder Menschen respektiere, hielt ich es keinesfalls für angemessen, sie spontan im Fitness-Studio mit meiner Idee zu überfallen, und damit zu verschrecken. Für das Test-Shooting waren zwei bis drei Stunden angesetzt.

Noch am selben Tag erhielt ich einen Anruf. Zugegeben war ich etwas nervös, denn ich hatte Angst davor, dass meine offene Art sie vielleicht verschreckt, ...aber das Gegenteil war der Fall, ...sie fand meine Zeilen amüsant und kurzweilig.

Einen Tag später sind wir uns über den Weg gelaufen und haben eine Stunde lang geredet. Ich war wieder total nervös und hatte zunächst ziemliche Angst, dass ich in der ganzen Aufregung irgendwelchen Blödsinn erzähle, der sie langweilen könnte, aber dem war nicht so, denn der Gesprächsfluss von beiden Seiten verlief ungehemmt und locker, als würden wir uns seit ewig langer Zeit kennen. Es fühlte sich in der Tat so vertraut an, als hätten wir bereits gemeinsame Sandkasten-Erlebnisse geteilt. Ob ihr mir glaubt oder nicht: Ich habe nie zuvor einen so angenehmen Menschen, mit einer vergleichbar (unbeschreiblich) liebenswerten Art kennen gelernt. Dieser Frau konnte ich einfach nicht widerstehen!!! Als ich an diesem Abend nach Hause fuhr und noch ewig lange wach im Bett lag, dachte ich nur: «Warum hab ich nicht einen Wunsch frei in meinem Leben?» Ob ihr`s glaubt, oder nicht: Ich alter Heide hab gebetet, dass diese Frau ähnlich für mich empfinden wird, wie umgekehrt.

Am nächsten Tag (ein Sonntag) haben wir uns wieder im Fitness-Studio getroffen und abermals eine Stunde lang intensiv geredet. Obwohl ich mich einerseits sichtlich wohl gefühlt habe in ihrer Nähe, war ich abermals nervös und habe so viel erzählt, dass mir mein eigener Wortschwall im Anschluss total peinlich war. Ich konnte mich nicht mehr regulieren, denn ich war völlig außer Rand und Band vor Glück. Dem Redefluss vorangegangen war ein Kompliment an mich, ...dass sie noch nie einer vergleichbaren Frohnatur wie mir begegnet wäre (coooool!). Im darauf folgenden Gespräch habe ich dann verkündet, dass ich sie in keiner Weise bedrängen werde und schon vollauf glücklich bin, wenn ich in ihrer Nähe sein kann -ich hatte mich irgendwie geschämt und mich für meine ungezügelte Art entschuldigt (ich denke immer zu viel!). Mir war ab diesem Zeitpunkt wichtig, dass sie mir offen sagen soll, wenn sie was bedrückt (egal um was es geht), denn nur wenn man im Zweierpack stets ungeniert und entkrampft auf einer Ebene miteinander kommuniziert, kann langfristig etwas Vernünftiges entstehen. Ob ihr`s glaubt, oder nicht -so ein Gefühl, wie an diesen beiden Tagen, hatte ich noch nie zuvor. Es war so, als hätte ich gleich ein paar Jahre übersprungen -diese Form von «Kennenlernen» erlebt man garantiert nur einmal (wenn überhaupt).

Unser Dialog umfasste schlicht und ergreifend unser ganzes bisheriges Leben, in kurzen prägnanten Sätzen. Etwas, das ich zunächst gar nicht in dieses Buch einfließen lassen wollte, scheint jedoch unabdingbar zum Bestandteil der Geschichte zu gehören. Aus diesem Grund ist es faktisch unmöglich, die Geschehnisse nur halb zu kommentieren. Ich sagte ihr, dass ich an einer Beziehung nur dann interessiert wäre, wenn sie von Beginn an «auf Augenhöhe», stets respektvoll, vollends ehrlich, offen, und ohne sonstige Altlasten funktionieren würde, da ich halbherzige und lauwarme Aktionen nicht schätze. Sie erklärte mir, es gäbe da noch etwas, das sie mir bei Gelegenheit verraten würde, allerdings nicht in den Gemäuern des Fitness-Studios. Temperamentvoll wie ich bin, wollte ich wissen, ob`s denn da noch einen anderen Mann gibt und sie entschleunigte meine Frage umgehend mit der Antwort: *<<Glaub`s mir, da ist nichts mehr!>>*.

Mir war so ganz und gar nicht wohl in meiner Haut und ich wollte selbstverständlich an Ort und Stelle die komplette Geschichte hören, was im Ansturm jener Verliebtheit (das trifft wohl ins Schwarze!) wohl nachvollziehbar ist. Sie erklärte mir, dass ihr Ehemann seit längerer Zeit in einer Daueraffäre steckt. Sie hatte in der Vergangenheit zwar mehrfach gedroht, ihn zu verlassen, sofern er die Affäre nicht beendet, aber das schien ihn keineswegs zu interessieren. Darauf hin habe ich ihr verraten, dass ich vor ein paar Jahren in einer ähnlichen Situation mit einer Freundin war, die mich über Monate nach Strich und Faden verarschte (derartige Vorkommnisse sind zwar tragisch, aber sicher kein Verlust, sofern man sich „schnell“ und sauber trennt. Alternativen: Gibt`s nicht, wenn das Vertrauen versiebt ist). Leider umgeben uns manchmal Menschen, die bereits mehrere zerstörte Ehen auf ihrem Lebens-Tacho haben, weil ihre Triebe vor „NICHTS" Halt machen. Manche leiden unter dem Gendefekt der „Dauergeilheit" und sind prinzipiell Wiederholungstäter. Meine Meinung: Wer in einer „aktiven" Beziehung steht, braucht so einen Blödsinn mit Affären nicht ...und wer`s trotzdem haben muss, soll wenigstens vor dem Partner Flagge bekennen und mit offenen Karten spielen. Verlogenheit & Beziehung -das geht sich einfach nicht aus, wie der Österreicher sagt. Ungeistige Menschen handeln manchmal, ohne darüber nachzudenken, wie andere sich dabei fühlen(!!!). Wenn man in einer innigen Partnerschaft einmal sowas erlebt hat, fühlt und denkt man vermutlich anders, als Nicht-Betroffene. Leider benutzen die wenigsten Homo sapiens ihr Gehirn zum Denken.

Am nächsten Tag erreichte mich ein Anruf, in dem sie mir zu verstehen gab, dass sie berührt ist von meinen Gedanken, dass sie bei ihrem „Daddy" zur Geburtstagsfeier eingeladen war, und sie fragte nach, ob ich mich denn mit ihr verabreden würde. Was für eine Frage(???) -nichts auf der Welt erschien mir wichtiger, denn in mir tobte eine Verliebtheit, wie ich sie nie zuvor im Leben gespürt habe. Ich erinnerte mich an das Buch „WIE EIN EINZIGER TAG" von NICHOLAS SPARKS, in dem es um die große Liebe ging ...und ich bestellte es für sie, weil ich mir ganz sicher war, dass ihr der Inhalt gefallen wird (war auch so!).

Im nächsten Gespräch sagte sie etwas, das meine Begeisterung noch weiter nach oben trieb:

<<Bitte manipulier dich nicht, nimm dich nicht zurück und schränk dich nicht ein -nicht bei mir; sei mir gegenüber so wie du bist, ganz du selbst: immer voll dabei -zumindest hab ich dich so von Freitag bis Montag empfunden! ***Sei überschwänglich und aufgedreht, wenn dein Herz tanzt vor Glück und leise, wenn es bedrückt ist; schäm dich nicht für das, was du mit der Stimme deines Herzens sagst -denn sie ist nie peinlich! Und wenn du kalte Füsse bekommst, weil du für deinen Geschmack zu offen warst, werden sie gewärmt, versprochen****`:-))>>.*

Sie war in der Tat die erste Frau in meinem Leben, die mir vermittelt hat, dass ich so bleiben soll, wie ich bin. Was für eine Aussage! Ich habe manchmal die Begeisterungsfähigkeit eines Kindes -damit kann man Menschen schnell verschrecken (manchmal von Vorteil!). Aber wir beide hatten von Anfang an „das blinde Vertrauen“ und eine Offenheit (zum Glück), die auf beiden Seiten intensiv spürbar war. Es entstand eine Verbundenheit nach wenigen Stunden, die ich selbst in langjährigen Beziehungen zu keiner Partnerin hatte -und ich erzähle euch keinen Bullshit (denn aus dem „Rosarote Brille“-Alter bin ich längst entwachsen)!

Fünf Tage nach der ersten Unterhaltung, hatte ich ihr bereits angeboten, dass sie bei mir einziehen kann. Acht weitere Tage später, hatte sie die Wohnungsschlüssel`:-)). Wir haben uns häufig am Abend getroffen und ewig lange geredet. Genau wie ich, hatte sie tagsüber das ständige Bedürfnis mit mir zu telefonieren, oder mir zu schreiben, denn unsere Gedanken kreisten ständig um uns. Es war so „bedingungslos“ -ein Gefühl, das ich in der Form nie hatte. Schon erstaunlich, wie nah dir ein Mensch sein kann, den du erst wenige Tage kennst (das schaffen manche Ehepaare nach Jahren der Zweisamkeit nicht. Schier unfassbar!). Die darauffolgenden Tage verliefen nicht anders. Ich erinnere mich an ihre Aussage, als sie mir zu verstehen gab, <<***Vielleicht bin ich ja der letzte Optimist, der an die große Liebe glaubt!***>> und habe sie darauf hin gefragt, ob bei dieser langen Reise vielleicht noch ein Platz für mich frei wäre. Ich hab hinzugefügt, <<*überleg`s dir in aller Ruhe und sag mir Bescheid*>>.

Ich war unsagbar froh, dass es diese Frau gibt und dachte nur, hoffentlich kommt nicht irgend wann der Tag, an dem mich jemand wachrüttelt und sagt: „Adam, aufwachen ...hör auf zu träumen!“ Alles was ich fortan erleben durfte, war einfach unbeschreiblich. Sie sagte: <<*Ich vermag es schwer in Worte zu fassen, aber ich bin entzückt und berührt, wenn ich deine Zeilen lese und mich darin wieder finde; ich empfinde pures Glück, wenn ich bei dir bin und dabei das Gefühl für Raum und Zeit verliere; ich fühl mich dir so nah und doch vermiss ich dich; ich weiß nicht viel über dich und doch mein ich dich zu kennen; ich mach die Augen zu und seh nur dich ...wunderschön`:-))*>>.

All das war für mich unfassbar, denn ich fühlte einen Zauber in diesen Worten, dem ich vollständig erlag. Einfach alles was sie mir erzählt hat, klang wie eine wundervolle Liebeserklärung. Vermutlich kann sich kaum jemand vorstellen, wie sehnsüchtig ich jeden einzelnen Tag auf ihren Anruf gewartet habe. Mein Verlangen (nicht nur körperlich) war unbeschreiblich. Alles was sie mir erzählt oder geschrieben hat, war so klar und rein für mich, von einem Glanz, der nicht eindrucksvoller hätte sein können. Ich gestehe freimütig, dass ich jeden Tag förmlich durch meine Bude geschwebt bin. Dieses Gefühl, sich sicher und gut aufgehoben zu fühlen, keine Angst zu haben, weil man so sein darf, wie man ist, war faszinierend. Einen Menschen bereits nach kurzer Zeit „auch ohne Worte" zu verstehen, ist das Wunderschönste, das einem widerfahren kann. Gedanken sind die Schatten unserer Empfindungen -und davon gab`s seit der ersten Begegnung unzählig viele, die mein Herz beglückten. Wir beide hatten dieses sehnsüchtige Verlangen in gleicher Form. Man kommt sich vor wie ein Gefühlsjunkie, der unentwegt auf „aktuelle Seite neu laden" klickt, um die nächste Dosis Glück abzusaugen und um sicher zu gehen, dass der andere noch da ist, weil man ihn nicht gehen lassen möchte. Es gab Tage, in denen ich nachts aufgewacht bin, vollkommen durch den Wind, orientierungslos und suchend ...dann checkt man schnell die neuen Mails und wird wieder ein- und aufgefangen!

<<Ich wünsch mir so sehr, dass ich dir ein bisschen von dem zurückgeben darf und kann, was du mir schenkst; dass ich ein bisschen das sein darf, was du für mich -auf wundersame unerklärliche Weise- in dieser kurzen Zeit geworden bist. ***Und wenn du sagst, dass du dich bei mir sicher und gut aufgehoben fühlst, weil du ganz du selbst sein kannst, dann machst du mich damit zum glücklichsten Menschen auf diesem Planeten, weil es genau das ist, was ich dir sein möchte: Heimat und Zuflucht, deine kleine Oase des Glücks! Zu sehen, dass du dich darauf einlässt, lässt mein Herz tanzen vor***

Glück>>. Es gab keine Worte, die umschreiben können, was ich fühlte. Auf wundersame und unerklärliche Weise schien ich dort angekommen zu sein, wo ich ein ganzes Leben lang hin wollte. Endlich hatte ich die Frau gefunden, welche in meinen lang ersehnten Träumen die Hauptrolle spielt. Es war das maßlose Glück, das ich intensiv fühlen durfte.

Ende Januar erzählte sie mir am Telefon (immer noch wohnhaft bei ihrer alten Adresse), dass es ihr bescheiden geht, denn sie wäre wohl zuhause, aber nicht daheim, da jetzt alles anders ist: <<*Im November wollte ich noch die Zeit zurückdrehen, und nun möchte ich nur noch nach vorne, dorthin, wo ich in Gedanken mit dir bereits angekommen bin -zu uns. Ich bezweifel, dass du nach dem heutigen Abend den Inhalt unseres gestrigen und heutigen Gesprächs nochmal wiederholen würdest und möchtest;* ***ich möchte aber dass du weißt, dass du der erste Mann bist, der mir einen Antrag gemacht hat****. Ich kenn das nur so, dass „es" eben beschlossen wird. Vielleicht hab ich mich deshalb auch für größenwahnsinnig gehalten und den Gedanken verworfen, dass du deiner Frage diese Tragweite bewusst gegeben haben könntest. Als du das Wort Heiratsantrag dann heute ausgesprochen hast und ich nicht den Eindruck hatte, dass du mit dieser Vorstellung mal ein Problem bekommen könntest, ist für mich unfassbar und fast zu schön um wahr zu sein. Ich hab das bisher noch nie so erleben dürfen, war noch nie so uneingeschränkt gewollt und bin noch nie so wahrgenommen worden wie von dir. Und ich hab mich gefragt, wann wohl der Wecker klingelt und „aus die Maus" ...ausgeträumt, so ähnlich wie du gesagt hast. Hoffentlich kommt niemand und rüttelt mich* *wach. Hätte ich einen Wunsch frei, würde ich mir wünschen, den morgigen Tag als ersten von endlos vielen mit dir zu verbringen. Halt mich bitte heute Nacht in deinen Armen und lass mich am Besten nie wieder los>>.*

Mir lag von Anfang an daran, dass sie auch meine Freunde und Eltern kennen lernt, denn ein Heiratsantrag nach wenigen Tagen ist sicher nicht der geläufige Fall in Zeiten wie diesen. Und es war der erste Heiratsantrag, den ich je einer Frau gemacht habe und vielleicht auch der letzte! Der Grund warum ich nie verheiratet war, ist einfach der, dass ich ein ganzes Leben lang auf diese eine Frau gewartet habe, bei der die Funken „vollgas“ sprühen und das Feuerwerk gar nicht mehr aufhört, ...so, als wäre jeden Tag Silvester. Wir verbrachten gemeinsam einen wunderschönen Sonntag, besuchten einen Freund und machten einen gechillten Spaziergang. Sie sagte, *<<Danke, dass du mir gezeigt hast wo mein Himmel anfängt ...ich bin deine Gefährtin auf der schönsten unendlichen Reise>>*.

Sie fehlte mir jede Stunde mehr. Jeder gemeinsame Augenblick, diese außergewöhnliche Intensität, und diese Freude auf das gemeinsame Leben, waren durch kein Gefühl der Welt zu toppen. Wenn du fühlst, dass du gemeinsam alle Gipfel erklimmen kannst, dass alles ein Klax ist, weil jemand da ist, der an dich glaubt, dann steht dem Glück nichts mehr im Weg. Was ich vor mir gesehen habe, war kein verschwommenes Aquarell, sondern ein klares Bild, ...deutlich, verständlich, einleuchtend und unverfälscht. Wenn es nicht mal mehr die geringsten Bedenken oder Zweifel gibt, dass man in irgend einer Form scheitern könnte, dann hat man das Ziel erreicht. Meine Eltern hatten Bedenken, weil sie Angst hatten, dass ich verletzt werde, ...eben weil`s Menschen gibt, die nicht halten, was sie versprechen. Meine Mutter sagte, ich wäre zu gutgläubig und sollte nie jemandem einfach so „mein blindes Vertrauen“ schenken.

Ich erzählte Eva am Telefon von diesen Bedenken und sie antwortete, <<***Unser Himmel ist von keinem Wölkchen getrübt. Weißt du, ich war mir noch nie in meinem Leben einer Sache so sicher wie mit uns. Gedanken, dass irgendwas oder irgendjemand unser Sein beeinflussen oder etwas oder jemand zwischen uns treten könnte, kenn ich nicht***. *Sag deiner Mama unbekannterweise einen schönen Gruß von mir; sag ihr, dass ich sie gut verstehen kann, sie sich aber in keinster Weise Sorgen um dich machen muss; sie muss keine Angst haben, dass du enttäuscht wirst oder dir wehgetan wird; ich weiß es zu schätzen, welch kostbares Geschenk du bist*>>.

Bislang hatte ich keineswegs schlechte Beziehungen (bis auf eine Frau, haben sich alle korrekt und fair verhalten), nur waren meine Freundinnen manchmal weit von mir entfernt (oder ich von ihnen -wie auch immer). Sie alle hatten irgendwann mein Herz berührt, aber nicht meine Seele(!!!). Und diese Frau, ...sie fand einfach immer den richtigen Ton, vermittelte mir von Anfang an, dass ich immer aufgefangen werde, deshalb war „JA, ICH WILL“ (in allen Bereichen) eine Aussage, die wie aus der Pistole geschossen kam. Sie sagte, <<***Worte können nicht beschreiben, welch mächtige Gefühle meinen Körper heute Abend durchströmt haben: mit deiner Freude***

und Begeisterung bewegst und berührst du mich auf eine Art und Weise, die mir unfassbares Glück beschert. Ich bin noch nie zuvor einem Menschen mit der Fähigkeit zu derart wunderschönen, aus dem tiefsten Inneren aufgeführten Freudentänzen begegnet! Ich hör dir zu und könnte dabei schreien vor Glück und dich küssen vom Scheitel bis zu den Zehenspitzen! *Adam, bewahr dir diese Gabe und reich sie unseren Kindern weiter und ich liege euch zu Füßen!>>.* Es gab kaum ein Gespräch, in dem mir nicht vermittelt wurde, dass sie mich nie wieder los lässt -was sollte da noch schief gehen?`:-)).

Mir war von Anfang an wichtig, dass sie sich frei entfalten und bei mir wohl fühlen konnte. Das Gefühl von Geborgenheit (auf immer und ewig) ist der erstrebenswerteste Zustand, den man erreichen kann. Da unser Leben noch nicht offiziell war, fanden unsere „Dates“ nicht in der Heimat statt, sondern etwas geheim, im benachbarten Herrsching am Ammersee. Sie fand es schön, neben mir im Auto zu sitzen und dabei zu reden -es wirkte beruhigend auf sie (auf mich ebenso). In München mussten wir uns zurücknehmen, wo anders konnte sie ganz ungeniert ihre Hand auf meine legen. So schön jedes einzelne Treffen war, so sehr lag mir daran, dass unser beider Leben bald offiziell stattfinden konnte. Ein erwachsener Mensch mit ehrlichen Absichten und ernsthaften Lebensplänen muss sich nicht verstecken -wozu auch? Sie war eben so gierig auf unser gemeinsames Leben wie ich. Sie meinte, <<***Ich stell mir gerade vor, wie schön es sein muss, neben und mit dir nachts einzuschlafen und morgens aufzuwachen. Du bist mein Glück Adam! Keine Sorge, ich bin mir sicher, dass ich***

***dir immer offen meine Meinung sagen kann und werde, weil ich mich von dir als gleichberechtigten und gleichwertigen Partner wahrgenommen fühle**. Das muss nicht heißen, dass wir am Ende immer einer Meinung sein werden und müssen, aber an der Meinung des anderen interessiert sind, sie akzeptieren können und damit den anderen ernst nehmen und ihm Wertschätzung entgegenbringen>>.*

In manchen Wochen haben wir uns fast täglich gesehen. Ich konnte noch nie so gut einschlafen, wie zu dieser Zeit. Augen zu, träumen, aufwachen, Mails checken, sich auf den Tag freuen ...und auf eine geile Zukunft, mit einem klaren Ziel im Visier: Das leichte Glück! Sie bezeichnete mich als „den weltallergrößten Überflieger", weil es in meinem Kopf nur so sprudelte von Ideen, die es galt, gemeinsam umzusetzen und zwar möglichst bald, um wenig Zeit zu verlieren`:-)). Wir waren zum Abendessen eingeladen bei einem Freund ...und alle Geladenen mochten sie auf Anhieb, weil sie einfach natürlich war. Wir beide begehrten uns jeden Tag mehr. Sie schmiedete (genau wie ich) fleissig Pläne, was unsere Freizeitaktivitäten im künftigen Leben betraf. *<<Für einen Besuch in Salzburg bin ich jederzeit zu haben und das Kaisergebirge und das Steinerne Meer liegen auch fast gleich um die Ecke>>* aber vorher musste sie noch die Karten auf den Tisch legen, bei ihrem Noch-Ehemann, mit dem sie zusammen wohnte.

Ich vermute, dass sie große Angst vor diesem Gespräch hatte, aber sie wollte es vor mir nie offen zugeben und erklärte: *<<Um die Diskussionen mach dir mal keine Gedanken, mein Schatz. Ich weiß ja wofür*

und für wen ich sie führe. ***Die Gewissheit, dass du mich auffängst, ist mir Hilfe genug. Hinter jeder Wolke verbirgt sich die Sonne -und in meinem Fall steht die Wolke für die Diskussionen und du für die Sonne***>>. Ich war durch und durch überwältigt von dieser Frau. Ihren Körper an meinem zu spüren, zu spüren wie bei jeder ihrer Berührungen ein warmer Strom meinen Körper durchfloss, wie die Intensität zwischen uns spürbar wurde, das lässt sich nur mit purem Wahnsinn umschreiben. Üblich war es für mich bislang in Beziehungen, dass Fragen wie „was denkst du gerade?" total nervig und daneben waren, aber hier war`s genau umgekehrt. Wir beide wollten uns öffnen und waren daran interessiert, dass unsere Gedanken stets spürbar waren und jeder das Gefühlsleben des anderen kannte. Ich erlebte zum ersten Mal „NO LIMIT!" in allen Bereichen. Ich erinnere mich an unseren ersten Kuss, als wäre es heute geschehen: Ihre Lippen waren zärtlich, weich und warm ...sie küsste mit einer Hingabe, wie ich es nie zuvor erlebt habe. Alles was ich fühlte, war unfassbar!

Sie bemerkte, <<***Heute vor 14 Tagen hab ich meine erste SMS an dich abgeschickt -das war die beste Entscheidung meines Lebens! Danke für die Schlüssel zum Glück***>>. Gemeint waren die Schlüssel zur Wohnung -geplanter Einzugstermin: 27.02. ...mein 40. Geburtstag`:-)). Ich hab ihr zu verstehen gegeben, dass sie sich im gemeinsamen Casa von Beginn an wohl fühlen soll. Einhergehend dazu braucht man zur Behaglichkeit in den eigenen Wänden auch schöne Möbel, die wir gemeinsam aussuchen. Ich hatte die Hausverwaltung bereits kontaktiert, neue Klingel- und Briefkastenschilder in Auftrag gegeben -und war einfach nur GLÜCKLICH. Des weiteren gab sie mir zu verstehen: <<*Keine Sorge, wir werden uns sehr sehr wohlfühlen in unserem Reich -und dazu brauch ich nicht viele materielle Dinge. Schon außergewöhnlich, wie besorgt du um mich bist, dich nicht eingeengt oder belagert fühlst von mir und meinen Sachen; das habe ich noch nie so erleben dürfen: es ist wieder mal bedingungslos. Unglaublich schön, derart willkommen zu sein. Bin so erleichtert und froh, dass ich bald zu dir kann*>>. Mein erster Weg führte mich zu Ikea, denn neue Klamotten brauchen Schränkchen. Schwedische Spanplatten zusammenschrauben, das will gelernt sein. Ich habe die Wohnung auf Vordermann gebracht und vieeeeel Platz geschaffen, für den sehnsüchtig erwarteten Neuzugang.

Kennt jemand dieses Gefühl, dass man sich „frei“ und gleichzeitig „tief verbunden“ fühlt? Zum ersten Mal im Leben hatte ich keine Angst, dass bei mir eine Frau einzieht und mir Platz und Wohnraum wegnimmt -im Gegenteil- es hat sich schon im Kopf gut angefühlt. Das geschieht, wenn man endlich seinen lange ersehnten Platz im Leben gefunden hat, der pures Wohlbehagen weckt. Es ist so, dass die ganze Aufmerksamkeit einem einzigen Menschen gilt. Allein schon der Gedanke, dass ich für zwei Wochen beruflich mit einer Redakteurin und meinem Ton-Assistenten nach Berlin reisen musste (im Februar), machte mich verrückt. Meine geplante USA-Reise über fünf Wochen im Mai habe ich kurzerhand storniert, denn vier Wochen ohne sie, hätte ich nicht gepackt (und vor allem nicht gewollt). Wenn man diese Nähe und Wärme so deutlich zu spüren bekommt ...und sie vorher nicht kannte, dann hat man das Gefühl, dass man 39

Jahre auf einen Schlag nachholen muss. Sie bemerkte, <<*Alles ist so unbeschreiblich herzbewegend, von einer Klarheit und Gewissheit, die ich zuvor noch nie gespürt habe, die Vertrauen schafft und die Basis für tiefe Verbundenheit. Die Gewissheit, dass du aus tiefer Überzeugung mit mir an deiner Seite durchs Leben gehen möchtest, mit mir all das erleben willst, was das Leben so liebenswert macht, dass du genauso fühlst wie ich, rührt mich zu Tränen des Glücks*>>.

Das Leben, so schön bunt und farbenfroh, ist ein Gefühl, wie von der Feder getragen zu werden. Eva gab zu verstehen: <<*Es fühlt sich fast so an, als hättest du mich zum Leben erweckt*>>, welch schöne Aussage an einen Mann, der von Medizin absolut keine Ahnung hat. Weitere weibliche Gedanken gefällig: <<*Das Leben ist so facettenreich und kann so schön sein, wenn man es nur sehen will.* ***Wenn zu dem Glück auch noch die Fähigkeit kommt, sich gemeinsam mit jemandem an diesen vielen schönen kleinen Dingen des Lebens erfreuen zu dürfen, weil dieser Mensch die gleiche Sprache spricht und er die Welt mit den gleichen Augen sieht, dann muss man das Leben doch einfach lieben und braucht sprichwörtlich nicht viel zum glücklichsein!***>>.

ZWEI SEELEN, EIN GEDANKE

Mein Herz, ich will dich fragen:
Was ist denn Liebe, sag?
Zwei Seelen, ein Gedanke, zwei Herzen und ein Schlag.

Und sprich: Woher kommt die Liebe?
Sie kommt und sie ist da.

Und sprich: Wie schwindet Liebe?
Die war`s nicht, der`s geschah.

Und wann ist Lieb am reichsten?
Die ihrer selbst vergisst.

Und wann ist Lieb am tiefsten?
Wann sie am stillsten ist.

Und wann ist Lieb am reinsten?
Das ist sie, wenn sie gibt.

Und sprich: Wie redet Liebe?
Sie redet nicht, sie liebt.

Dieses Gedicht hat uns beide von Anfang an begleitet -zumindest Auszüge davon. Sie meinte, <<*... ist an Genialität nicht zu übertreffen! Mit wenigen einfachen präzisen Worten ist alles gesagt. Genau das ist Liebe, mein und unser Verständnis von Liebe.* ***Bei dir zu sein ist gleichsam wie Akku-Aufladen. Es ist so wunderschön, dass es dich gibt, und ein Traum, dass ich dein Landeplatz sein darf. Schlaf gut, tief, und fest, mit der Gewissheit, dass ich bei dir bin!***>>.

Für mich war sie längst kein einfacher Landeplatz mehr, sondern mein Großraumflughafen, denn als „weltallergrößter Überflieger" gibt man sich nicht mehr mit einem kleinen Landeplatz zufrieden. Wir mussten beide feststellen, dass wir einander jeden Tag mehr vermissen. Unsere täglichen Morgentelefonate waren ein Pflichtprogramm und die Laune war umwerfend, bzw. ansteckend gut. Es ist ein großes Geschenk, wenn der Mensch an deiner Seite im Leben „die Hauptrolle" spielt. Immer wenn sie lacht, geht meine Sonne auf, und die ganze Welt erstrahlt. Wo immer wir waren, hatte ich eine Kamera dabei -und in der verbleibenden Zeit, in der wir uns nicht gesehen haben, war ich fasziniert von den Bildern, mit der für mich wundervollsten Frau auf Erden.

Den ersten Tag mit leicht nebliger Stimmung zum Ende ihres Besuchs erlebte ich am 7.2.; sie rief mich kurz nach Mitternacht an und erklärte, <<***Meine Stimmung war am Ende trüb, weil es kein Ende hätte geben dürfen ...heute Abend mein ich. Stattdessen bist du allein in der Nacht und ich genauso wie du, und wir finden beide keine Ruh***>>. Selbstverständlich konnte ich ihre Situation ganz gut nachvollziehen, denn wir sind beide gradlinig und wollen niemanden verletztten. Andere Menschen denken da aber anders, oder sie denken vielleicht gar nicht (weil sie solche Gefühle nicht kennen, oder einfach nicht zulassen). Ich bin kein Richter, aber ihr schlechtes Gewissen war an dieser Stelle völlig fehl am Platz. Sie ist betrogen worden, war treuherzig und zurückhaltend. Wohin hat es sie am Ende gebracht? Zu mir`:-)). Ich hab sie oft gefragt, ob denn ihr Noch-Ehemann auf Vergebung wartet? Ich habe ihr versprochen, dass ich immer für sie da sein werde, und sie nie fallen lasse -und wenn ich so etwas sage, dann halte ich mich an diese Absprachen (umgekehrt würd ich`s ja genau so erwarten)!

Nach wie vor waren wir immer auswärts in Herrsching essen, da die Karten noch nicht offen auf dem Tisch lagen <<*Aber bald*>> wurde mir versichert. Meine Nächte waren etwas getrübt, denn jeden Abend hat das Wichtigste im Bett neben mir gefehlt! Ich war so froh, dass wir bald gemeinsam in unserer Festung hausen konnten. Endlich hat der Burgherr nicht nur sein Burgfräulein, sondern seine Burg-Prinzessin, die Königin des Herzens -was gibt`s auch Schöneres, als anzukommen. Zugegeben, ich war etwas bedrückt, weil sie „im alten Heim“ bereits mit Diskussionen und Schuldzuweisungen konfrontiert und zugeschüttet wurde. Zu später Stunde war sie bei unseren Treffen häufig etwas „verstört“, weil sie sichtbare Angst hatte. Wie sehr habe ich mir gewünscht, ihr dabei helfen zu können, aber es gibt im Leben nun mal unangenehme Dinge, die einem kein Mensch abnehmen kann. Meinen Rat, einfach ihre sieben Sachen zu packen, wenn die alte Behausung nicht mehr behaglich erscheint und nicht noch unnötig warten, bis die Situation ganz unerträglich wird, wollte sie nicht annehmen. Sie hat damals gesagt, <<***Nichts ist stärker als die Liebe***>> und mir zu verstehen gegeben, dass sie sich nicht unterkriegen lässt.

Es ist schön, wenn man eine Frau an seiner Seite hat, die solche Zuversicht ausstrahlt. Als ich meinte, ob ich vielleicht schon früher aus Berlin zurückkommen soll, entgegnete sie, <<***Du bist mir so nah, dass uns selbst Galaxien nicht trennen könnten. Und was ist schon Raum und Zeit -nehmen sich beide eh viel zu wichtig***. *Ich werd dich natürlich mächtig vermissen und sehnlichst jedes Telefonat mit dir erwarten*>>. Fast in jedem Gespräch bedankte sie sich für die wunderschönen Momente, und als ich nach Berlin gefahren bin, haben wir so oft wie möglich miteinander telefoniert und uns unzählige SMSn geschrieben. Die Sehnsucht in ihrer Stimme war nicht zu überhören und ich verspürte dann immer das tiefe Bedürfnis, sie sofort umarmen zu müssen, aber nach kurzer Zeit ist zum Glück die Wehmut in Freude gewichen und dann ging mein Herz auf, weil ihre hinreissend herzliche Art mich faszinierte.

Sie meinte, <<*...wie gerne würd ich mich jetzt um den weltallerschönsten, einsamsten, aller einsamen, in der Landeshauptstadt Berlin verweilenden Kameramann kümmern, ihm zu Diensten sein, und mich um sein Wohlergehen bemühen.* ***Ich les deine Zeilen, sitz einfach hier, saug jedes deiner Worte auf in mir*** *und überleg wie ich es formulier, was ich dabei spür ...und ich weiß, du bist bei mir und fühlst mit mir: fühlst wie ich, wie schön es ist, wenn das Herz zur Ruhe kommt, es nicht mehr Treibsand ist, sich sehnt nach Vertrauen, Akzeptanz und Zweisamkeit, Fröhlichkeit und unbeschwertem Glück, ...es uneingeschränkt willkommen ist, es Nähe spürt mit der Gewissheit frei zu sein ...und das schöne ist, Adam: das sind WIR! Lass mich bitte nicht los!*>>.

Überhaupt waren unsere Berlin-Telefonate immer voll lustig, und die Highlights des Tages. Sie gab zu verstehen, <<***Du und deine Stimme haben eine magische Wirkung auf meinen Gemütszustand: beruhigend und gleichzeitig beflügelnd. Du bist so liebevoll, mitfühlend und einfühlsam, voller Empathie!*** *Wenn ich dich so erlebe, möcht ich dich nur beschützen, abschirmen vor den Sorgen oder quälenden Gedanken die du dir -meist meinetwegen- machst. Du bist ein ganz besonderer, wertvoller Mensch ...und der weltallergrößte Schatz auf Gottes Erden, bist der hellste Stern am Firmament. Seitdem ich deine Stimme und dein Lachen eben gehört habe, bring ich meine Mundwinkel nicht mehr in die Horizontale. Wenn ich* *dich am Telefon habe und du mir in kürzester Zeit am liebsten alles was du den ganzen Tag über gemacht und erlebt hast erzählst, geht mir das Herz auf und ich möchte dich nur in den Arm nehmen und dich küssen von oben bis unten! Ich hab`s dir schon so oft gesagt und geschrieben, wie froh ich bin, dass du mich gesehen hast. Es ist wie ein Geschenk, dass lange Jahre heiß begehrt niemals geschenkt wurde und nun auf einmal gewährt wird. Wunderschön, dass es dich gibt und noch viel schöner, dass es dich für mich gibt. Das schöne ist:* ***Die Liebe kennt keine Aufenthaltsorte, sie begleitet uns****`:-))>>.* Egal was ich gerade zu tun hatte, sie wollte all meine Beiträge im Fernsehen verfolgen und genau wissen, was ich mache und wie`s mir denn geht. Ich habe selten eine Frau getroffen, die ein vergleichbar gutes Auge für Details hatte. Sie konnte die Kunst mit der Kamera auf hohem Niveau beurteilen, hatte einen ausgeprägten visuellen Blick für bewegte Bilder. Einfach nur genial!

Für mich stand außer Frage, dass ich jeden Weg mit ihr gehen würde, egal ob steinig oder weich -kein Ziel der Welt wäre zu fern, für diese Frau an meiner Seite. Ich war froh, endlich wieder in München zu sein -nah bei ihr. All unsere Treffen und Gespräche waren herzerfrischend und zügellos. Sie sagte, *<<Weißt du, dass du endcool bist und ich mal wieder lach bis zum Abwinken ...* ***du machst mich so was von glücklich, das übersteigt selbst deine Vorstellungskraft und hey, das will was heißen -du bist ein Traum*** *...und Danke für den coolen Trip heute Abend im Fitness-Studio. Trip deshalb, weil du mich wieder so genial in deine Welt entführt hast, in der ich mich so wohl und vogelfrei fühle und so viel Spaß hab>>.*

Sie war die einfühlsamste Person, die mir je begegnet ist. O-Ton: *<<Unsere Mails sind ein Jungbrunnen für mich;* ***mehrmals am Tag klick ich willkürlich eine deiner Mails an und tauche während ich sie lese in eine andere, in unsere Welt ein, die voller Gefühl, Geborgenheit, Zärtlichkeit und Zuneigung ist. Daraus schöpf ich unglaublich viel positive Energie für den Tag****. Ja, wir müssen uns diese Zeit, die wir dazu verwenden die Mails zu schreiben auch künftig schenken, weil wir damit eine Auszeit für uns nehmen und das sind wir uns schuldig>>*.

Was ihre gescheiterte Ehe betraf, war sie in Gedanken manchmal ganz klar bei Verstand, aber leider nicht immer`:-((. Sie hatte ein schlechtes Gewissen (das ihr von anderer Seite, vom Noch-Mann gemacht wurde), weil man ihr aufbürdet, sie würde letztendlich diese Ehe scheitern lassen, wenn sie den entscheidenden Schritt vollzieht und geht. Ich denke, sofern ein Ehepartner Mist baut, sollte man dem Menschen an seiner Seite auch die Möglichkeit einräumen, wieder ein geordnetes Leben zu führen. Natürlich könnte man sagen, ich rede mich leicht ...aber darf man denn gegenüber einem Partner, den man mal „geliebt" hat überhaupt derart egoistisch handeln (ich könnte es nicht -vermutlich deshalb, weil ich immer mehr an den anderen Menschen denke, als an mich selbst)? Man kann doch niemanden in Ketten legen und für sich selbst ALLES beanspruchen (Geliebte + Ehefrau). Ein klarer Blick auf das Gesamtbild zeigt, dass man sich von all den Dingen im Leben verabschieden muss, die keine Zukunft mehr haben -und all jene Möglichkeiten intensiv ausbaut, die uns Hoffnung und Zuversicht schenken. Vielleicht gibt`s Menschen, die sowas wegstecken, aber das sind gewiss nicht jene, die in meine Gefühlswelt passen.

Am 20.Februar erklärte sie: <<***Das schöne ist, dass mit Menschen wie dir bestimmte Themen erst gar nicht aufkommen, da das „Ja" zu einem Menschen für dich eine andere Bedeutung hat. Und dabei geht es dir nicht darum die Ehe als Institution aufrecht zu erhalten, sondern es geht um das Band, dass dich mit der Frau, die du zu deiner Frau ernannt hast verbindet und dass gewisse Werte für dich unantastbar sind. Gut, dass ich nie aufgehört habe, an die Liebe zu glauben. Dass es sie gibt, diese reine, selbstlose, bedingungslose Liebe, zeigst du mir gerade auf ergreifende „schneeweiße" Art und Weise -ein wahres Geschenk, das unser Leben liebenswert macht. Jeder Mensch der diese Fähigkeit nicht besitzt ist im Grunde genommen arm, denn wirklich reich ist doch nur der, der seine Schätze im Herzen trägt. Materielle Reichtümer können diese Befriedigung nicht geben, seien sie auch noch so luxuriös***>>.

Ich bin felsenfest davon überzeugt, dass es die dauerhafte Verliebtheit und Verbundenheit gibt. Es gibt Paare, die sind seit über 50 Jahren (glücklich und zufrieden) verheiratet und das ist für mich auch der Beweis, dass es einwandfrei funktioniert, wenn beide zu gleichen Teilen ihren Einsatz leisten -und zwar „gewollt" und „liebend gerne". Wenn du einen Partner an der Seite hast, der für dich persönlich der „schönste, liebevollste, natürlichste Mensch" ist, dann wird alles drum herum egal. Intensiv zu leben, macht nur dann

Sinn, wenn man völlig frei von Zweifel leben kann. Zum Geburtstag erreichte mich folgende Nachricht: *<<Ich wünsch dir, dass du so bleibst wie du bist, dass du dir die ungetrübte Freude eines Kindes auch die nächsten 40 Geburtstage bewahrst und ich wünsch mir, dass ich jeden weiteren deiner Geburtstage bei dir sein kann, dass ich dir an jedem deiner Geburtstage nahe und dir Heimat und zu Hause sein darf.* ***Ich wünsch uns viele gemeinsame Momente des Glücks, gesunde Kinder -glücklich werden sie zweifelsohne- und dass wir uns das unermessliche Geschenk unseres gemeinsamen Seins ein Leben lang bewahren****. Leider kann ich die ersten Sekunden der Vollendung deines 40. Lebenjahres nicht räumlich bei dir sein, in Gedanken war ich es um Punkt 0:00h. Du kannst dir gar nicht vorstellen, welch großes Glück ich bei dir empfinde, weil ich mich und meine Gefühle nicht ständig erklären muss um dann doch nicht verstanden zu werden. Ich hab dich verdammt lieb und trag dich ganz tief in meinem Herzen. Bin ganz nah bei dir!>>*.

Am 27.02. durchlebten wir unsere erste „offizielle“ gemeinsame Nacht und ich war aufgeregt wie ein kleines Kind. Dieses geniale Gefühl, dass der für mich wichtigste Lebensabschnitt, gepaart mit Familienplanung endlich beginnt, war atemberaubend. Wenn du diese eine Frau an deiner Seite hast, die dir rundum gut tut, die „voll gut riecht“, ...wo einfach alles perfekt passt, dann ist das Leben ein Klax`:-)). Wir standen am Abend im Bad nach dem Zähneputzen, haben uns beide angeschaut ...und ich frage, „Bleibst du jetzt bei mir?“, was ja eh längst abgesprochen war und sie gab mir cool zu verstehen, „Ja, ich wollt schon für immer bleiben!“ Es gibt manchmal Dinge im Leben, die sind einfach zu schön, um wahr zu sein. Kennt ihr das Gefühl, wenn man`s gar nicht fassen kann und am liebsten lautstark schreien könnte vor Glück? Es ist unbeschreiblich! Ich erlebte die wohl schönste Nacht meines Lebens! Wir waren über beide Ohren ineinander verliebt und genau so intensiv wie das Kennenlernen gestaltete sich unser Intimleben. Endlose Momente der Erregung, unzählige Höhepunkte ...wir waren von Freude und Glück erfüllt. Ihrem Zauber zu erliegen und diese enorme Geborgenheit zu fühlen, wie sie schöner und spürbarer nicht sein könnte, war geradezu rauschhaft. Was wir beide erlebten, waren tiefgründige Gedanken, die zu einer Schönheit erblühten, welche wir eng umschlungen verspürten. Es war ein Höchstmaß an Verlangen und Sinnlichkeit. Sie hat mir den Genuss des Lebens näher gebracht. Ein Blick von ihr genügte und ich spürte dieses Kribbeln am ganzen Körper. Ich wollte sie unbedingt! Wir küssten uns erst sanft und liebevoll, dann immer stärker und leidenschaftlicher. Sie streichelte meinen Körper, überall. Sie stöhnte leise in mein Ohr ...unbeschreiblich, dieses Gefühl. Wir waren vollkommen hemmungslos und leidenschaftlich. Es war ein langer Höhenflug der Gefühle, der lustvoller und multipler nicht sein könnte. Sie erforschte meinen Körper unentwegt und ich spürte ein Meer aus Küssen. Es hat sich angefühlt, als würde unsere Erde endlos beben. Was ich so atemberaubend schön fand nach dieser unbeschreiblichen Nacht, war der Umstand, dass es ganz und gar kein freizügiges Leben war, sondern etwas das bleibt und fortan beständig ist, eine Liebesbeziehung ohne absehbares Ende mit bereits geplanter Familie. Alles in mir fühlte sich zum ersten Mal im Leben ruhig, sensibel und zurückgezogen an. Ich spürte einmal mehr, dass sie die Frau meines Lebens ist. Ein Traum?

Und weil „zu schön um wahr zu sein“ es auf den Punkt trifft, erlebte ich am Folgetag die erste böse Überraschung`:-((. Der Morgen begann gut. Sie ist gegen acht zur Arbeit gefahren (war super gelaunt), ich hab nicht mal das Schlafzimmer gelüftet, weil ich ihren, bzw. unseren „vermischten“ Geruch im Raum behalten wollte und hab mir dann mehrere Stücke vom leckeren Geburtstagskuchen, den sie mir gebacken hatte, einverleibt. Es kamen die ersten Anrufe am Vormittag ...sie war total happy: <<*...und du weißt wie gut du mir tust.* ***Danke für deine Geduld, dein Verständnis und dein unermessliches Gespür für mich!***>>. Ich muss zugeben, dass ich mir noch nie so gewollt vorgekommen bin und dass sich alles einfach wunderbar angefühlt hat (derartige Komplimente kamen auch zurück) -es hätte in der Tat nicht schöner sein können. Zwei Menschen, die so viel Gespür füreinander haben, das lässt sich nicht mit Worten umschreiben. Und dann am Abend, als ich mit dem Auto ins Training gefahren bin und sie anrufe, um sie zu fragen, wann sie denn heim kommt, oder ob wir noch gemeinsam trainieren, erhalte ich die Ansage, dass sie heute Abend leider nicht bei mir schläft`:-((. Ich war wie erstarrt und frage halb ironisch: „War ich wirklich so schlecht?“ Darauf hin kam mit getrübter Stimme die Ansage, dass sie noch was zu klären hätte mit ihrem „Noch-Mann“. Ungeduldig wollte ich wissen, ob sie dann ab morgen wieder bei mir schläft -aber sie konnte mir darauf keine richtige Antwort geben. Auf einmal hatte ich Angst -etwas das mir völlig fremd war, im Zusammhang mit dieser Frau. Was war geschehen? Ich wusste es nicht!

Am Abend folgte noch ein Anruf: <<***...ich weiß, dass du das Beste bist was mir „passieren" konnte, dass du es ehrlich mit mir meinst, dass du mich liebst und ich für dich das Größte bin, dass ich mich so geborgen und wohl behütet fühl bei dir wie nirgendwo, dass ich so tief und beseelt in deinen Armen geschlafen hab, wie ich`s mir nicht schöner hätte ausmalen können, dass ich keine Sekunde mit dir missen möchte***. *Bitte sei nicht traurig, ich bin bei dir*>>. Mir ging`s zum ersten Mal nicht gut am darauffolgenden Tag, denn ich wusste nicht, was los war -sie ging nicht ans Telefon. Ich hab ihr geschrieben, <<*Ich hab nicht die leiseste Ahnung, was ich falsch gemacht habe. Und falls ich etwas falsch gemacht habe, dann hab ich`s leider nicht bemerkt. Vielleicht sind meinen Antennen vereist. Zweifelst du im Moment gerade an dir, zweifelst du an mir, oder zweifelst du an unserer Zukunft? Vielleicht frage ich zu unrecht, aber ich war der Ansicht, dass wir beide schon einen riesigen Schritt weiter wären, was die Kommunikation betrifft (ich empfand sie lückenlos bis heute Abend)*>>. LIEBES GLÜCK - WO BIST DU?

Am nächsten Morgen gab`s Entwarnung von Eva. Sie hatte eine Diskussion mit ihrem Noch-Ehemann (eine von unendlich vielen Diskussionen). Wir haben uns in den Tagen danach zwar jeden Tag im Training gesehen, waren auch gemeinsam beim Abendessen (wie gewohnt auswärts in Herrsching, weil alles immer geheim sein sollte!), aber es fehlte die gewohnte Lockerheit, denn sie hat von den Gesprächen mit dem zukünftigen Ex-Mann kaum etwas erzählt, war aber sichtlich bedrückt. Erst nachdem ich ihr durch meine Heiterkeit wieder etwas Lockerheit geschenkt habe, war die Stimmung halbwegs weich und sanft. Sie erwiderte: *<<Hab mit ihm gesprochen; die Reaktion war wie erwartet: pures Entsetzen seinerseits über mich und meine Taten. Hab vermutlich wieder zuviel gesagt; besser wär`s gewesen, gar nichts preiszugeben>>*. Was genau geschehen war in diesen Tagen nach dem 27.02. werde ich wohl nie erfahren, aber irgendwie hat die Karosse leichte Dellen abbekommen -nicht meine. Ich wusste, dass es keine Steigerung zu dieser Frau gab, oder jemals geben wird. Mir wurde auch vermittelt, dass ich genau nach ihrem Geschmack bin, aber die Angst schwebte über mir wie ein Damokles-Schwert. Sie entschleunigte ihr Verhalten, wollte mich scheinbar ablenken und sagte: *<<Adam, für mich ist es unfassbar, dass du so große Gefühle für mich empfindest. Das ist ein wunderschönes Gefühl und ich bin dir dafür unsagbar dankbar.* ***Wir haben eine ganz lange Reise vor uns -du hast schließlich den Platz gebucht`:-)) und ich wünsch mir von Dir nur eins: dass wir diese lange Reise gemeinsam machen, dass Du mich und unsere Kinder gesund, glücklich, lebensfroh, sorgenfrei und auf deine ganz besonders liebenswerte und entzückende Weise begleitest; uns jeden Tag auf`s neue zeigst, wie schön das Leben ist****, wenn man einen liebenden, leicht durchgeknallten Menschen an seiner Seite wähnt. Ich liebe deinen Übermut, deine Verrücktheit und deine Geradlinigkeit und dein Werteverständnis, dein Einfühlungsvermögen, eben ganz einfach dich, so wie du vor mir stehst>>*.

Eva erzählte mir, dass es noch Aufklärungs-Gespräche gibt, die den Einzug leicht verzögern. Ich konnte es zwar nicht nachvollziehen, denn ich möchte solch unangenehme Dinge immer gleich erledigt wissen, damit ich im Anschluß meinen Kopf für die schönen Sachen frei habe (...und sie meinte, dass sie genau so tickt -aber sie wurde nicht aktiv). Ich vermute, dass die Angst ein großes Problem darstellt -aber ich kann`s nicht genau beurteilen, weil ich ganz einfach völlig linear gepoolt bin. Man könnte auch sagen, ich bin in vielen Bereichen mit einer großen Nüchternheit ausgestattet, die es mir ermöglicht, Dinge logisch und klar zu sehen (auch wenn man das dem „Fisch" nicht zutraut). Sie entschleunigte abermals, <<***Ich bleib dir nah, das spür ich; du musst aber auch ganz nah bei mir bleiben; wir müssen uns nah bleiben, dürfen keinen Millimeter voneinander weichen; da darf nix zwischen uns passen!***>>.

Ob es jemand nachvollziehen kann oder nicht ...ich hatte selbst bei den kleinsten Dingen, als wir z.B. auf einer Trainingsmatte im Fitness-Studio nebeneinander gesessen sind und uns über Banalitäten unterhalten haben, so was wie einen Glücksrausch im Konzentrat erlebt. Immer dieses völlig losgelöste Gefühl -es war ein regelrechter Wunsch in mir, dass der Moment nie aufhört. Wenn ich in ihre strahlend blauen Augen geschaut habe und fühlte, dass es ihr voll gut geht, dann hätte ich vor Glück am liebsten losschreien wollen (ich bin mir vorgekommen, als wäre ich zum ersten Mal im Leben einem Menschen begegnet, der mich versteht -und das ist nicht überzogen, was ich schreibe). Nie war sie schöner für mich, als in diesen Momenten. Und alles, was ich bislang für`s Fernsehen an warmen Augenblicken mit meiner Kamera an laufenden Bildern eingefangen habe, ist weit von dieser Schönheit entfernt (genau so war`s, bzw. noch viel schöner!). Es war ein schmerzliches Gefühl, nach diesem 27.02., ...sie nicht dauerhaft bei mir zu haben in den Nächten, wo doch alles schon lange vorher abgesprochen und besiegelt war. Vielleicht bin ich da eigenartig, aber ich halte mich einfach immer an meine Absprachen und würde ALLES dafür tun, einen geliebten Menschen nicht zu enttäuschen (mich könnte gar nix aufhalten). Es ist nicht so, dass ich völlig allein war mit meiner Meinung, denn sie gab zu verstehen, <<***Durch dich verspür ich innere Ruhe und Gelassenheit, die mich stärkt; es ist ein Geschenk und eine Bereicherung so geliebt zu werden*** *und ich kann nur hoffen, dass auch ich dir diese Glücksmomente bescheren kann. Ich empfand die zwei Stunden beim Fitness gestern wie du als Hoch-Zeit: Einander so nah, von einem Gleichklang, wie`s harmonischer nicht sein könnte -wohlverstanden. Wunderschön, dass es dich gibt*>>.

Sie blieb noch ein paar mal über Nacht in den folgenden Wochen (es war hinreißend schön!) -wir liebten und begehrten einander, trotz allem, war sie oft unruhig und in manchen Momenten fiel mir auf, dass sie noch nicht angekommen war. Mit ihr gemeinsam zu frühstücken und den Tag zu verbringen, war genial. Wir fuhren zum Abendessen immer noch regelmäßig nach Herrsching an den Ammersee (dort kannte man uns inzwischen!); all diese Treffen waren immer angenehm, entspannt und schön. Diese Frau intensiv zu spüren, alleine schon ihr gegenüber zu sitzen, zu sehen, dass es ihr gut geht, genau das waren meine größten Glücksmomente. Sie lachen zu sehen, stimmte mich unermesslich fröhlich -was sich in meinem Redefluss auch geäussert hat (es gab nicht eine Sekunde des Überlegens, was ich denn erzählen könnte -umgekehrt ging`s ihr nicht anders). Was sie mir geschenkt hat: Das höchste aller Gefühle -das pure Glück! Diese traute Zweisamkeit in dieser Form zu erleben, war schöner als jeder bislang da gewesene Traum. Wenn ich zu ihr sagte, „Ich will und kann nicht ohne dich“, dann war es genau so gemeint. Mit Unterwerfung hat das nichts zu tun, ...es war ein Gefühl der tiefsten Verbundenheit, die man der Liebe zurechnen kann. Ich wollte sie gern „lebenslänglich“ in den Schlaf kraulen und hab ihr oft genug vermittelt, dass sie mich nie wieder los wird -und sie sagte voller Zuversicht, <<*Ich verspreche, es dauert nicht mehr lang“!*>>.

Die Kriesengespräche mit dem Noch-Ehemann nahmen kein Ende. An gewissen Tagen prallten die Vorwürfe an ihr ab, aber die restlichen Tage waren eindeutig in der Überzahl. Warum sie sich das alles gefallen ließ, kann ich mir bis heute nicht erklären. Sie meinte Mitte März, <<*Wenn du nicht wärst, hätte ich derzeit sicherlich weit weniger Stress am Hals. Die Geschehnisse der letzten Monate ließen sich trotzdem nicht ungeschehen machen.* ***Wenn du nicht wärst, hätte ich sicherlich weit weniger Freude am Leben. Die Schatten in meinem Herzen würden auch in Zukunft nicht weichen. Wenn du nicht wärst, würde ich sicherlich weiter ein Schattendasein führen. Die Reinheit einer Liebesbeziehung gäbe es weiterhin nur in meinen Träumen. Alternative zu dir? Gibt es keine***>>.

Ich wollte sie immer in „unsere Welt“ entführen, die frei von Sorgen, voller Liebe und der dazugehörigen Nestwärme war. Jede Nacht, in der ich sie nicht an meiner Seite spürte, schien verloren und sinnlos. Wenn man das Gefühl schon mal hatte, mit dem „fleischgewordenen Traum“ eng umschlungen einzuschlafen und ebenso aufzuwachen, dann ist alles andere ein Albtraum. Dieses Gefühl, am Abend alleine im Bett zu liegen oder darüber zu grübeln, ob`s ihr gerade gut geht, oder ob sie sinnlosen Beschimpfungen ausgesetzt ist, brachte mich innerlich zur Weißglut. Es war ja nicht so, dass ich sie hätte anrufen können, denn der Bogen in meine Richtung war von Seiten ihres Noch-Mannes voll gespannt. Beim jedem einzelnen Telefonat konnte ich ihre aktuelle Laune zwischen den Worten hören -ganz egal wie sehr sie auch versucht hat, mir von der tiefen Verbundenheit zu erzählen. Warum sie nur so sinnlos Zeit mit einem Wesen verschwendet, das ihr schon viel zu lange wertvolle Lebensjahre geraubt hat, konnte ich nicht nachvollziehen. Wer lebt schon gerne freiwillig im Fegefeuer, wenn der Himmel so nah ist?

Es umgab mich ein Gefühl der Leere. Die vielen Worte der letzten Wochen, dass ich mich voll und ganz verlassen kann -und dann kommt man sich vor, als hätte man eine Kriegsberichterstatterin zur Freundin, die womöglich gerade im Bombenhagel Interviews mit verwundeten Soldaten führt. Und meine Sorge, dass sie selbst Splitter abbgekommt bei diesen Kämpfen, die war enorm und auch berechtigt. Wenn du jemanden richtig liebst, ihn aber aus der Distanz nicht schützen kannst, dann erfährst du Hilflosigkeit und Angst -das ist kein Spaß. Immer wenn sie am Abend länger bei mir war -häufig dann, wenn`s gerade voll harmonisch und friedvoll war, dann klingelte ihr Handy und sie bekam Angst und fuhr in ihre alte Wohnung zurück. Was hätte ich denn tun sollen? Diese Abende häuften sich ...und wären nicht immer diese besch... Anrufe von ihrem „Noch-Mann“ gekommen, wären sie vollkommen entspannt verlaufen. Es ist vorgekommen, dass wir beide beim Einkaufen waren, frisches Gemüse und leckeren Fisch in der Küche für uns zubereitet haben, dann kam ein Anruf ...und sie ist verschwunden. Sie sagte immer: *„Glaub`s mir, das wird sich bald ändern!“*. LIEBES GLÜCK - WANN BLEIBST DU?

Die Stimmung wurde trüber. Sie sagte am Telefon, <<***Zu wissen, dass du da bist, tut sehr gut. Ich denk auch grad ganz fest an dich, hör dich und seh dich vor mir. Und wünsche mir einmal mehr, wir hätten uns beide vogelfrei kennengelernt und hätten vom ersten Moment an „voll durchstarten“ können****. Ich würd jetzt so gern in deinen Armen liegen, deinen Erzählungen lauschen und dabei einschlafen. Aber nicht weil es mich nicht interessieren würde, was du erzählst, sondern weil ich mich irgendwie ziemlich kraftlos und müde fühle, „wie Flasche leer“`:-))*>>. Fakt ist, dass es immer in unseren Händen liegt, ob und was wir daraus machen. Wenn man einen Menschen kennt, kann man immer fühlen und spüren, wenn etwas nicht in Ordnung ist. Was sollte ich tun? Ihr Noch-Mann hat nie Rücksicht genommen und sie danach gefragt, wie`s ihr dabei geht, wenn er verduftet -im Gegenteil: Er schaffte es immer wieder, in ihr große Schuldgefühle zu wecken. Häufig wenn sie zu mir kam, war sie total verstört und ich brauchte einige Zeit, bis sie wieder „down by herself“ war. Wie oft habe ich dieses Szenario erlebt? Viel zu oft`:-((. Wie ein Suchtkranker hat sie sich sowohl dort als auch bei mir ihre tägliche Dosis abgeholt. Dort den Ärger, bei mir die Liebe -völlig Schizzo! Man hat ihr ein Messer in die Brust gedrückt (ohne darauf zu achten, wie`s ihr ging) und im Gegenzug sorgte sie noch dafür, dass ihr Noch-Mann immer weich im Wattebausch landete. Gespielte Langzeitharmonie ist langsames Verrecken -das frisst die Seele auf.

Sie schien sich immer wieder zu fangen und war guter Dinge, weil es bald los geht. Am Telefon bemerkte sie: <<***Du bist der, dem ich so gerne zuhöre, weil er mich mit seinen Geschichten in seine Welt entführt, mich die Lebendigkeit seines Erzählens lachen lässt, seine Begeisterung mich mitreißt und Leidenschaft weckt, seine Gedanken so wahr sind, seine Stimme so vertraut klingt und sein Atem mich streichelt. Seit ich dich heut Abend gesehen habe, grins ich wie ein Honigkuchenpferd und das unaufhörlich -scheinbar bin ich auf der schönsten Droge der Welt und ich kann und will gar nicht`s dagegen tun. In Erwartung auf endlos viele und lange Geschichten. Ich schlafe in Gedanken neben dir und weck dich morgen***>>.

Die Leichtigkeit, die uns beide in einen Schwebezustand versetzte, hatten wir zwar relativ schnell (immer wieder) erreicht, denn diese geballte Energie, die verdammt gut tut, war wie eine Sucht. Wir haben uns gegenseitig gestärkt und ich glaube auch, wir haben kurzzeitig „bessere Menschen“ aus uns gemacht (schwer zu erklären, wenn man so ganz nüchtern vor einem Buch sitzt und diesen Zustand nicht kennt). Diese Frau hat es geschafft, mich ausgeglichen und zufrieden zu machen. Ihre Behutsamkeit, ihre Umsicht und dieses Einfühlungsvermögen und das Gespür für mich, waren der Traum. Sie sagte, <<*...eben bin ich aufgewacht. Und jetzt vermiss ich dich. Schon Wahnsinn, welchen Platz du nach dieser kurzen Zeit in meinem Leben eingenommen hast: ich wach auf und such dich ...ein schönes Gefühl, wenn mein Unterbewusstsein und mein Herz zu mir sprechen und nur zu dir wollen. Ich hab dich verdammt lieb und bin so unsagbar froh, dass es dich gibt*>>. Unser Liebesleben war prickelnd, aber nie geschmacklos. Sie hatte nie ein Problem damit, Liebe und Zuneigung zu zeigen. Es war ein besonderer Reiz mit tiefen Empfindungen und Träumen. Alles was ich erleben durfte, war von außerordentlicher Schönheit geprägt. Sie ist eine genussvolle Frau, die ihre erotischen und romantischen Vorstellungen geschmackvoll auslebt -immer leidenschaftlich, immer voll dabei, es könnte nicht schöner sein. Je länger wir uns kannten, um so mehr war ich von ihr (im positiven Sinn) gefesselt ...sie berührte mich so wohl physisch, als auch psychisch „wie keine andere“.

Die Situation, dass wir uns häufig nur noch im Fitness-Studio getroffen haben, obwohl schon seit Wochen das eigentliche Leben hätte beginnen sollen, war alles andere als zufriedenstellend für mich -manchmal halfen auch die schönsten Worte nicht viel. Schon seltsam: Da findet man im Dickicht der Welt endlich ein so kostbares Juwel (ein einzigartiges Juwel!) und dann geht nix vorwärts, aus lauter Angst vor einer einzigen, klaren Entscheidung, die unabdingbar ist, wenn man die Liebe „zulassen“ möchte. Immer wenn sie bei mir war, kam zu später Stunde der Blick auf die Uhr ... entweder ging sie um 1 Uhr, in ganz seltenen Fällen mal um 3 ...aber die eigentliche Ansage <<*Kommen um zu bleiben*>> wurde auf unbestimmte Zeit vertagt.

Und wenn sie gemerkt hat, dass es mir diesbezüglich schlecht ging, kamen wieder schöne Worte: <<*...es ist so wunderbar, so herzergreifend liebevoll, einfühlsam und großartig, wie ich es nie für möglich gehalten habe, mir es nur in meinen Träumen ausgemalt habe, dass ein Mensch mir derart tiefe und aufrichtige Liebe entgegenbringt und mir dies auf diese wunderschöne Weise wissen und spüren lässt, dass ich einem Mann begegnet bin, der im tiefsten seines Herzens das gleiche Verständnis von Liebe trägt wie ich. Du zeigst mir jeden Tag auf`s Neue, dass es das Leben besonders gut mit mir meint.* ***Die Engel haben mir zu Liebe ein großes Opfer gebracht und den schönsten, liebsten und kostbarsten Schatz aus ihrer Schar vom Himmel herab zur Erde gesandt und ausgerechnet mir zur Seite gestellt. An deiner Seite erlebe ich den Himmel auf Erden. Ehrlich gesagt, kann ich mein Glück gar nicht recht fassen, kann gar nicht glauben, dass und warum mir dieses Glück zuteil wurde. Ich bin unsagbar dankbar für dich. Dankbar auch deinen Eltern, weil sie -nach meinem Verständnis und von dem was du mir von deinen Eltern erzählt hast und wie du über sie sprichst, in dir das Fundament für die Fähigkeit zur bedingungslosen Liebe gelegt haben: Weil sie dir auf Augenhöhe begegnet sind, dir Geborgenheit gegeben haben, dich wohl unabhängig von Leistung und Wohlverhalten geliebt haben und du gelernt hast, dich auf andere einzulassen und zu verlassen, nicht blind, sondern bewusst unter präziser Betrachtung deines Gegenübers; sie dich stark***

gemacht haben für`s Leben; dir so die Größe verliehen haben zu lieben, selbstlos zu lieben. Und das ist es, was ich von dir empfange: selbstlose reine Liebe, die pures Glück bedeutet und das Tor zu einem erfüllten Leben und zu einer erfüllten Liebe ist. Man lebt wofür man sterben würde. Ich hab dich unbeschreiblich lieb mein Schatz, vergiss das NIE. Ich kann dir gar nicht oft genug danken für das, was du mir schenkst>>.

Mein Leitsatz war: „Unser Leben ist mein größtes Ziel“! Aber immer häufiger gab es diesen Mangel an Information, der auf Dauer krank macht. Ich wollte so gerne „Normalität“ in unser beider Leben haben (nichts auf der Welt lag mir mehr am Herzen). Mit Argusaugen starrte ich oftmals auf mein Telefon, weil ich gespannt auf einen Anruf gewartet habe (und ich durfte sie nicht anrufen, weil sie im „worst case“ Ärger mit dem Noch-Mann bekommen könnte). Wenn bis 10 Uhr früh keine Nachricht einging, wurde ich furchtbar nervös. Es war diese Ahnungslosigkeit und Unkenntnis, bzgl. diesem „ewig ungeklärten“ Lebenszustand. Ich könnte mich nie an sowas gewöhnen (das ist wohl auch ein Grund, warum ich für eine Affäre gänzlich ungeeignet bin, weil`s mich innerlich zerreißen und in den sicheren Wahnsinn treiben würde, wenn mein Leben nicht ehrlich verlaufen würde). Ich weiß, es gibt Menschen, die haben das ein ganzes Leben lang -um Himmels Willen „NEIN“! Welchen Preis bezahlt man dafür? Aufrichtigkeit schafft Glück, Zufriedenheit und Freude, aber doch kein Versteckspiel oder Lügen. Ich hatte nie in meinem Leben Magenschmerzen ...aber mit 40 gingen die Gebrechen los (ausgelöst durch einen Lebensumstand, den man schlagartig ändern könnte). „I hold it in the head not out!“`:-)). Ich frage mich immer wieder: LIEBES GLÜCK - WO BIST DU?

Seit 4.2. hatte sie die Schlüssel, am 27.02. sollte unsere „Familienplanung“ in den eigenen vier Wänden beginnen ...und Wochen später stelle ich mir ganz klar die Frage, warum sie den Anker in ihrer alten Wohnstätte immer noch nicht gehoben hat, wenn es dort angeblich kaum auszuhalten ist. Sie wusste, wie schlecht es mir dabei ging, aber sie hat nichts an der Situation geändert. Sie meinte, <<*...es war sehr schön heute, aber dann auch wieder nicht, weil du unaufhörlich leidest. Ich tu dir nicht mehr gut, mach dich nur noch traurig. Zumindest hält sich die Zeit des Guttuns nicht die Waage, mit der Leidenszeit. Dabei will ich dich lachen sehn, will dein Herz streicheln. Ich weiß dass du jetzt traurig bist, mich vermisst, und du kannst gar nichts dagegen tun. Ich hoff, du kannst mir das jemals verzeihen. Ich bitte dich jedenfalls von ganzem Herzen darum. Hab keine Angst>>.* Was mir allabendlich durch den Kopf schoss, lässt sich nicht umschreiben. Diese Frau schafft es nach fast neun Monaten nicht (so lange lief seine Affäre bereits), mit ihrer Vergangenheit abzuschließen und auf meine legitime Frage, wann wir endlich loslegen, kamen nie klare Antworten. Man stellt sich doch in dieser Situation ununterbrochen die Frage, „Wann beginnt das neue Leben?“ Sind es Tage, Wochen, Monate, oder gar Jahre? Ich meine, wenn eine kinderlose Frau einen Kinderwunsch mit einem ganz bestimmten Partner hat, dann verbringt sie doch ihre kostbare Lebenszeit nicht mit dem Ex-Partner ...oder liege ich da falsch? Sinngemäß meinte sie: <<***Mir geht`s weder Nachts noch tagsüber gut, wenn ich nicht bei dir bin. Dein***

Denkansatz ist nicht falsch, sondern vollkommen richtig. Monate wird`s sicher nicht dauern, ist die Situation doch jetzt schon nahezu nicht mehr zu „handeln“>>.

Kann sich jemand vorstellen, wie`s mir ging, wohl wissend, dass es ihr nicht gut geht? Aufgrund der Ansagen (und das klang ja alles sehr gewollt) war ich der Meinung, dass wir ab 27.02. für den Rest unseres Lebens zusammen sind. Wenn ein Kind die Masern hat, wird Medizin verabreicht -dann wird`s wieder gesund (mit etwas Glück!), und wenn ein Fuchs die Tollwut hat, erschießt man ihn -so einfach ist das! Ich unterbreitete den Vorschlag, dass wir uns besser erst dann wieder sehen, wenn sie das Schlamassel im alten Heim komplett geregelt hat. Mein Gedankengut ist sicher nicht immer wegweisend, aber welche Alternative hatte ich? Mir fiel ein Zitat von Martin Kessel ein -er schrieb, „Der echte Charakter liebt die Entscheidung; er legt sich fest und zwar durch die Tat“ ...und Woody Allen meint, „Du kannst nicht zwei Pferde mit einem Hintern reiten“. Ich hatte ihr mehrfach angeboten, mit ihrem Noch-Mann persönlich zu reden, aber das lehnte sie strickt ab. Da wo ich herkomme, da versucht man „ALLES“ zu klären: Man redet respektvoll miteinander und sucht nach einer Lösung, wenn irgendwo der Schuh drückt. Ich habe gelernt, dass nicht alle Menschen so ticken wie ich (das wusste ich auch vorher schon!) und ich habe durch diese Frau gelernt, dass es Menschen auf diesem Planeten gibt, die lieber eine totale Scheiß-Situation bis zum Sankt Nimmerleinstag aussitzen, als für klare Fronten zu sorgen, deren Folge im Anschluss ein aufrichtiges und ehrliches Leben wäre.

Sie versuchte mich am Telefon bei Laune zu halten, a`la <<*Mein geliebter Schatz, wie immer find ich keine Ruh, bevor ich nicht von deinen Worten in den Schlaf getragen werde. Und du tust es wieder auf deine wundersamste aller Weisen.* ***Ich dank dir für deine Liebe, deine Zeit, die du mir heute wieder geschenkt hast. Mit dir Zeit zu verbringen ist was sehr kostbares und zeigt mir jedes mal auf`s Neue, für was es sich zu leben lohnt, wofür wir leben. Du bist wie eine Muse für mich, die mich inspiriert und entführt in eine Welt, weit weg vom Alltag, in unsere Welt, die das Leben so liebenswert macht****. Und sei gewiss mein Herz, du machst mich mit Sicherheit nicht traurig; du bist das Beste was mir je „passiert“ ist, es ist so schön, dass es dich gibt!*>>. Wir hatten bis zu diesem Zeitpunkt nie Streit, oder Komplikationen. Sie sagte, es gäbe wirklich nur eine Sache, die sie mitbringt ...und das wäre „die Privatsphäre im Fitness-Studio“ (ich dachte nur: Wie geil, wenn`s sonst keine Probleme gibt!). Dort wollte sie ungehindert ihr Trainingspensum absolvieren und ihre „Auszeit“ nehmen. Ich war mit ihr d`accord, denn auch ich besuche diesen Ort, um mein Gewicht zu halten`:-)). Im Grunde genommen steuert doch jeder Erwachsene sein Leben so, wie`s ihm gefällt -zumindest als mündiger Bürger. Und wie nah ich Menschen an mich heranlasse, kann ich ebenso selbst bestimmen.

Ich erinnere mich an ein Gespräch, bei dem sie ganz aufgewühlt war: <<*Weißt du, ich hab Angst, dass du eine andere Denkweise annimmst, weil du doch nichts anderes erlebst: Du, der du mich auf Händen trägst und in Rosen bettest, hat scheinbar das Nachsehen -zumindest zeitlich- hinter dem, der mir autoritär be-*

gegnet (<gemeint war der Ex-Mann>), *der ohne Rücksicht auf Verluste und meine Gefühle handelt. Scheinbar wollen Frauen „kurz gehalten“ werden, womöglich sogar schlecht behandelt werden.* ***Das alles aber nur scheinbar. Glaub mir, ich weiß sehr wohl, welch seltener und kostbarer Schatz mir mit deiner Person gleichsam in den Schoss gelegt wurde. Und ich werde das GLÜCK nicht wie Sand durch meine Hände rinnen lassen, sondern es festhalten*** *-zugegriffen hab ich ja schon`:-). Ich hab dich sehr sehr lieb, heute nicht weniger als vor ein, zwei oder drei Tagen ...ich halt und trag dich bei mir, wünsch dir eine geruhsame Nacht. Ich wach über dich!>>.*

Inzwischen war der geplante Einzug um Wochen überschritten. Ich hab sie ironisch gefragt, ob wir meinen Geburtstag noch mal feiern sollen, bzw. ob unsere Babys auch zu spät kommen, denn bei Elefanten liegt die Tragezeit bei 22 bis 24 Monaten. Meine Frage war: Willst du diesen Rekord etwa brechen? Eine Antwort gab es nicht. In einer Mail habe ich ihr mal geschrieben, *<<Du kommst, machst mich geil und gehst wieder -in welchem Film hast du das gesehen?>>.* Publius Ovidius Naso sagt, „Glücklich ist, wer das, was er liebt, auch wagt, mit Mut zu beschützen“ -wie wahr! Vom ersten Tag an wollte ich sie beschützen, aber konnte es leider nur aus der Ferne tun. Versprechen gab`s von ihrer Seite immer: *<<Künftig wieder regelmäßigst mehr Mails -dickes Indianer Ehrenwort>>.* Nahezu alle Einladungen zu Geburtstagen von Freunden und Bekannten musste ich kurz vorher absagen (ihr O-Ton: *<<Darf ich dich bitten, das Essen abzusagen? Grund: Das eine zu Ende bringen, bevor man das andere beginnt ...aber kein Grund zur*

Beunruhigung>>) oder alleine hingehen, denn sie verbrachte die freie Zeit lieber in ihrem alten Leben, um dem Ärger aus dem Weg zu gehen. Anfang Februar sagte sie, dass unser gemeinsames Leben am 27.02. beginnt und einen Monat später konnte sie ihre Ehe zu einem Mann (den sie nach eigenen Aussagen nicht mehr liebt), immer noch nicht abschließen. Für mich nicht nachvollziehbar, sofern man mit offenen Karten spielt. Arthur Schopenhauer sagt, „Ein wichtiger Punkt der Lebensweisheit besteht im richtigen Verhältnis, in welchem wir unsere Aufmerksamkeit teils der Gegenwart, teils der Zukunft widmen, damit nicht die eine uns die andere verderbe.“

Bei all unseren Treffen vermittelte sie mir Zuversicht und sagte, dass es nicht mehr lang dauern wird. Irgendwann ist es im Leben einfach an der Zeit, die Propeller zu starten und gemeinsam die Maschine zu besteigen, solange keine Wolke am Himmel ist, die Turbulenzen beschert. Aber was machst du, wenn die Frau an deiner Seite ständig Flugangst hat? Da ist man einmal der Überzeugung nah, es gäbe keine Hürden und dann spürt man eine Unsicherheit, wird vertröstet von einem Menschen, der sich seiner klaren Aussage entzieht. Längst könnten wir zur Sonne fliegen und die schönste Zeit des Lebens genießen, aber das erfordert Mut. Immer wenn ich sie mit solchen Sachen konfrontiert habe, kam <<*Bitte bleib, geh nicht fort!*>> aber geändert hat sich trotzdem nichts. Wie oft hab ich sie gefragt, ob sie wirklich standfest ist und ihre Ansage war immer ein klares, deutliches „JA“!

Einen Monat nach dem geplanten Einzugstermin gab`s wieder mal ein wundervolles Telefonat, das mich motiviert hat, weiter an sie zu glauben und zu hoffen, dass unser gemeinsames Leben bald beginnt: *<<Worte können nicht annährend beschreiben, was ich gerade fühle. Danke für dieses große Geschenk. Seit ich meinen PC hochgefahren habe, sitze ich nun vor deinen Zeilen und les sie ein für`s andere mal -seit 2 Stunden. Zum ersten Mal in meinem Leben finde ich diese Worte schwarz auf weiß niedergeschrieben, an mich gerichtet.* ***Seit wir uns kennen, durfte ich schon viele herzergreifende, wunderschöne Liebesbotschaften von dir empfangen. Zu lesen und dabei zu fühlen, dass ich deine erste, einzige große Liebe bin, ist von einer anderen Tragweite. Du erinnerst dich an den Abend vor dem großen Spiegel, zum ersten mal nach dem Training? Wenn du damals wahrgenommen hast -was ich zu dem Zeitpunkt gehofft habe, dass du`s nicht getan hast, dass ich feuchte Augen bekommen habe, als ich dir von meinem „optimistischen Glauben“ erzählt habe, kannst du erahnen, was diese deine Worte für mich bedeuten. Und ich trau mir zu sagen, dich gut genug zu kennen, dass ich weiß, was sie auch für dich bedeuten. Man kennt es aus Erzählungen, Romanen und Filmen, wenn Darsteller im Alter zurückblicken auf ihr Leben. Egal wie reich, erfolgreich und aufregend oder schicksalhaft, entbehrsam oder unspektakulär ihre Vita auch war, wenn sie in ihrer Gedankenreise auf den Menschen, auf die Liebe ihres Lebens treffen, sofern ihnen das Glück überhaupt zu teil wurde, verändert sich ihr Blick, ihre Stimme, sie halten inne, schweigen, verharren in Stille und dem Zuhörer wird in diesem magischen Moment klar, was das Leben des Erzählers ausgemacht hat, was seine***

Nahrung war, was ihn getragen hat, die tiefsten Spuren hinterlassen hat, wofür dieser Mensch sein EINZIGES Leben gelebt hat und wofür es sich zu leben lohnte: diese Liebe! Mit deiner Mail hast du mich zur Königin deines einzigen Lebens ernannt*. Danke>>.*

Nach diesem Gespräch bin ich fast ausgerastet vor Glück, denn ich dachte, YESSSSSS -JETZT KOMMT SIE, FOR EVER AND EVER AND EVER AND EVER, denn warum sollte sie mir sonst so viel verbale Zuneigung schenken (an einem Mittwoch Vormittag). Wenn man in diesem Fall an das „Licht am Ende des Tunnels" denkt, dann hörte sich das für mich nach einer Flutlichtanlage im Seikan-Tunnel (mit knapp 54km Strecke der längste Tunnel der Welt) an. Ich hab ihr gesagt, dass ich mich verdammt freue, sie „my biggest dream on planet earth" ist und dass ich sie hochoffiziell zur künftigen Ehefrau ernenne, der ich auf Lebenszeit ein gemütliches, gechilltes und friedvolles Zuhause bieten möchte. Dass wir beide die absolut geilsten Eltern werden, hat sie ja selbst immer wieder betont`:-). Und was sagt sie: *<<Du bist in der Tat schneller als der Schall. Dass ich in der derzeitigen Situation nicht verharren kann, will und werde, ist klar und steht für mich fest, aber das weißt du ja>>* .

Nur stellt sich mir die Frage, „was sollen uns diese Worte sagen?" Brieftauben sind über 80 km/h schnell, mit Rückenwind sogar 170 km/h und trotzdem haben sie keine Chance gegen den Wanderfalken, der im Sturzflug 290 km/h erreicht. Da kann die Weinbergschnecke nur staunen, denn sie bringt es auf 0,003 km/h = 3 Meter pro Stunde. Was war diese Frau, verglichen mit der Weinbergschnecke? Ich erspare mir die Antwort -es tat einfach nur höllisch weh, dass es wieder nicht vorwärts ging. Es gibt Menschen, die machen einen Schritt vorwärts und gehen drei zurück. Unbelievable! Ich hab ihr eine lange Mail geschrieben, dass es mir seit meinem Geburtstag dauerhaft schlecht geht (sie wusste das auch), weil mir einfach die Kraft fehlt, wenn ich mir pausenlos Gedanken machen muss, wie und ob unser Leben irgendwann weitergeht. Was ist denn so schwer daran, einem „Fremdgeher“ den Rücken zu kehren? Ich wollte nicht noch Wochen warten, um dann vielleicht die Nachricht zu erhalten, dass es keinen Sinn mit uns hat. Es musste einfach raus: Ich hab ihr oft genug gezeigt, dass auf mich Verlass ist, und ich ohne Einschränkung zu ihr stehe, gemeinsam mit ihr das volle Programm durchziehen werde, so wie es von uns beiden „gewollt“ war! Es ist doch klar und einfach zu verstehen, oder nicht? Ohne eine klare Entscheidung gibt`s keine Zukunft!

Sie sagte, <<*Es ist sehr sehr traurig, sehr traurig, dass ich dafür sorge, dass es dir nicht gut geht. Sehr traurig, dass ich scheinbar mein größter Feind und der schlechteste Schmied aller Zeiten bin. Sehr traurig, dass ich dich durch mein Verhalten zu dieser Mail getrieben habe. Ein Armutszeugnis, dass ich es hab soweit kommen lassen. Ich respektiere auch deinen Wunsch, mich heute nicht zu sehen, auch wenn`s mich killt. Spielzeug bist und warst du für mich nie und wirst du auch nie sein. Mit Menschen spiel ich nicht, mit einem Menschen der glänzt wie der schönste Juwel schon gar nicht. Du musst nicht um die Liebe kämpfen, nicht um unsere, nicht um meine zu dir. Schwer verständlich, wenn man die Geschehnisse der letz-*

ten Wochen betrachtet, ich weiß. Ich weiß um meine Schwäche, die nichts entschuldigt und die auch nicht entschuldbar ist: Ich hab die letzten Monate meine Kraft sinnlos vergeudet und bin geschwächt, kraftlos und leer zurückgeblieben. Hab mein Herz zugepflastert; hab jeden Tag einen Pflasterstein mehr gesetzt und hab so gelernt mit der Situation jeden Tag besser umzugehen, statt sie zu ändern. Weshalb und wofür? Aus Liebe? Das hat nichts mit Liebe zu tun, sondern mit einer großen Portion Hörigkeit, Feigheit und Selbstaufgabe: Hörig deshalb, weil ich meinen gesunden Menschenverstand für Null und nichtig erklärt habe; Gefühle anderer über meine gestellt habe. Weil ich meinem Gegenüber näher war als mir. Feige deshalb, weil ich nicht den Mut und den Stolz aufgebracht habe, zu gehen. Weil ich weiter gefallen wollte. Hab mich selbst aufgegeben, weil ich mein Werteverständnis nicht für den Umgang mit mir beansprucht habe. Weil ich nicht gut für mich gesorgt habe. Aber all das hatten wir schon. ***Jetzt gilt es, aus der Vergangenheit zu lernen, in der Gegenwart zu leben und die Zukunft zu planen. Das ist kein schöner Spruch, sondern Verpflichtung gegenüber mir selbst. Gegenwärtig erfahre ich im Zusammensein mit dir das größte Glück. Zukünftig will ich Freiheit in grenzenloser Liebe und das Gefühl, uneingeschränkt gewollt zu sein, nicht mehr missen. Was hilft`s wenn man von der großen Liebe träumt, sie aber nicht annimmt, wenn sie Realität wird? Nur einem Tor kann das widerfahren. Ich will kein Tor sein!*** *Ob du am Ende noch jemanden „willst“, der sich als so schwach erwiesen hat, steht auf einem anderen Blatt. Hab dich verdammt lieb, vergiss das nie!>>.*

Was soll man darauf antworten? „Fest und stark ist nur der Baum, der unablässig Windstößen ausgesetzt war, denn im Kampf festigen und verstärken sich seine Wurzeln“ (Lucius Annaeus Seneca). Natürlich war ich der Ansicht, dass wir im selben Boot sitzen, unwesentlich, ob wir es venezianisch gondeln oder finnisch rudern. All unsere Gespräche hatten Tiefe, die meine Nähe zu ihr keinesfalls schwinden ließen. Warum Menschen Angst vor Entscheidungen, bzw. deren Umsetzung haben, sofern ein Ziel in Sicht ist, über das man sich nur freuen kann, will mir nicht in den Kopf. Ihre Aussagen waren stets hoffnungsvoll. Sie sagte: *<<**Das Highlight meines Tages warst wieder mal du! Ich liebe deine Stimme, dein Lachen, deinen Witz, deinen Humor und deine Emotionalität! Du bist ein Traum. Ich weiß gar nicht, wer mich jemals allein durch seine Art so oft zum Lachen gebracht hat; kann mich echt nicht erinnern, dass ich am Telefon überhaupt schon mal so viel gelacht hab wie mit dir** -stopp! Ich weiß genau was du jetzt denkst: „Ich will aber nicht nur am Telefon mit dir lachen“`:-)), Es ist verdammt schön, dass es dich gibt!>>.*

Es waren innerlich enorme Schmerzen, unser geplantes Leben immer wieder aufzuschieben. In so vielen persönlichen Gesprächen ging es um den Kinderwunsch und um unsere Zukunft und das leichte Glück, aber sobald ich von der Umsetzung in Taten gesprochen habe, wurde sie nervös. Immer häufiger wenn sie zu mir kam, fehlte ihr die Ausgeglichenheit und die Balance -sie war sichtlich gestört durch ihre Vergangenheit. Und nach dem sie wieder in ihr altes Heim gefahren ist, kamen fast immer die selben Aussagen

...<<***Ich brauch wohl nicht zu erwähnen, dass es für mich wieder mal ein behebendes Gefühl war, zu erfahren, wie gut du mir tust, wie wohl ich mich bei dir fühl, wie sehr ich nach wenigen Stunden bei dir ich selbst bin. Ich kann mir nur wünschen, dass auch du während unseres Zusammenseins derartige Erfahrungen machst und tiefe Zufriedenheit erfährst. Wunderschön dass es dich gibt, ...dass wir uns begegnet sind***>>.

Sie versprach: <<*...deshalb will, muss und werde ich bis Montag die Situation ändern*>>. Ich hab mich wieder mal „so was von gefreut", weil ich zuversichtlich war, dass sie nun „endlich" in die Gänge kommt und unser beider Leben bald beginnen wird. Sie zitierte aus die Brücken am Fluss (einem meiner absoluten Lieblingsfilme): <<*Ich benehm mich wie eine andere Frau. Und doch bin ich mehr ich selbst als je zuvor!*>>, worauf ich mit „Gebt alles dafür, um im Leben glücklich zu sein" antwortete (sie kannte das Zitat ebenfalls aus dem Film). Am besagten Montag hatte sich wieder nichts geändert -alles wie gehabt`:-((. Sie entschleunigte diese Geschichten immer, und machte Vorschläge, dass wir wieder in Herrsching essen gehen ...was wir auch regelmäßig machten, vermutlich um mich irgendwie bei Laune zu halten. Mein Frohsinn war nicht mehr der, den ich mal hatte -ich war mittlerweile ungeduldig geworden, das stand eindeutig fest. Vielleicht hätte ich mich von Anfang an einfach nicht so sehr darauf freuen dürfen, auf dieses „Leben in trauter Zweisamkeit"!

Sie erzählte herzergreifend, <<***...was ein gemeinsames Leben ausmacht? Das Band der Liebe, das***

zwei Menschen untrennbar miteinander verbindet! Weil die Gemeinsamkeit Sinn schafft -dem Leben erst Sinn gibt. Weil es nichts schöneres gibt, als für den anderen zu sorgen, ihm Zuneigung, Liebe, Nähe und Wärme zu schenken, für den anderen da zu sein, ihn glücklich zu machen und glücklich zu sehen; weil das Glück des anderen die Quelle des eigenen Glücks ist. Weil wir die schönsten Momente im Leben nur dann als solche erfahren, wenn wir sie gemeinsam mit dem Menschen, den wir lieben, erleben und teilen dürfen. *Ich kann dir mit 1000%iger Sicherheit sagen: Mit Sicherheitsdenken hat es garantiert NICHTS zu tun ...wie könnte ich mich in meinem Zuhause noch sicher fühlen, nach all dem, was passiert ist. Eine Alternative bist du ebensowenig, weil du ein sehr sehr wertvoller Mensch bist. Wirklich wichtig für mich ist Zweisamkeit in bedingungsloser Liebe; Vertrauen, Verlässlichkeit, Treue, Lebensfreude, Ehe und Familie, füreinander da zu sein, egal ob die Sonne scheint oder es hagelt. Wenn man sich darauf freut, gemeinsam durch „dick und dünn" zu gehen; keine Angst vor der Zukunft haben muss, egal was kommt, weil man`s gemeinsam schon durchsteht, gemeinsam stark ist; wenn man sich darauf freut, gemeinsam alt zu werden, ...was einhergeht mit den Gebrechlichkeiten des Alters; wenn man sich lebenslang aneinander erfreut. DAS ist wirklich wichtig für mich -ein erfülltes Leben in Liebe, Respekt, Würde und Achtung voreinander!>>.*

Nüchtern betrachtet sollte die Frage wohl erlaubt sein, weshalb sie nicht kam, denn es gibt nicht einen Punkt, an dem ich anderer Meinung wäre. Was geht in einem Menschen vor, der die selbe Wellenlänge hat und der alle moralischen Aspekte punktgenau trifft, der mich spüren kann (auf allen relevanten Ebenen) ...aber der im kompletten Stillstand lebt und sich keinen Zentimeter vorwärts bewegt? Es ist nicht auszuhalten, wenn dein Herz schreit vor Glück und gleichzeitig „nix“ passiert. Ein Leben ohne jeden Zweifel ist doch das Geilste überhaupt! Nach 39 Lebensjahren finde ich genau diesen Menschen, nach dem ich mich ein ganzes Leben lang gesehnt habe und dann scheitert es daran, dass die Frau auf der Stelle tritt, oder besser formuliert, im Rückwärtsgang schleichend durch die Stadt fährt`:-((.

Ich versuche stets „menschliche Handlungen“ zu verstehen und hab Eva folgendes geschrieben:
<<“JA“-Sager bleiben immer klein (sie werden auch nur als kleine Wesen wahrgenommen) und sie bleiben ewig dort, wo sie bereits sind -aber glücklich und zufrieden werden sie garantiert nicht. Genau das ist es, was ich an einigen meiner Freunde so schätze: Sie bleiben sich selbst treu, begegnen mir auf absoluter Augenhöhe, sind geradlinig und verbiegen sich nicht. Sie führen kein Fassaden-Dasein und genau deshalb mag ich sie, weil sie „real“ sind und mit sich selbst im Reinen. Und das bin ich auch -deshalb lebe ich grundsätzlich zufrieden und ausgeglichen mit mir selbst (das ist die erste Grundbedingung, um glücklich zu leben). Wenn ich mit dir zusammen bin, empfinde ich nach kurzer Zeit, dass du vollkommen „clean“ bist und das fühlt sich geil an. Du lässt dich bei mir fallen -das ist geschenktes Vertrauen. Was ich denke: Die Rolle, die du im Leben spielst (mit Ehering -dort wo längst keiner mehr sein sollte) hat nichts mit dir zu tun. Ich empfand das Statement am Donnerstag

Abend -dass nichts über dich und dein Leben nach draussen dringt -ziemlich schlimm und beängstigend. Ich bin ehrlich froh, dass man über mich und mein Leben, Handeln und Wirken ALLES wissen darf, denn ich stehe ZU ALLEM, was ich mache (mein Handeln ist sicher nicht immer vorbildlich, aber ich verhalte mich korrekt gegenüber meinen Mitmenschen und vor allem gegenüber Freunden, die ehrlich zu mir sind und mich fair behandeln). Und ich stehe auch zu dir. Im Gegenteil: Ich bin total stolz auf dich, „weil du so bist wie du bist". Ich wünsche mir, dass du bald zu dir selbst findest (vielleicht bist du ja schon dabei) und die bröckelnde Scheinfassade über Bord wirfst und mit erhobenem Haupt durchs Leben gehst -völlig egal, was andere (wie dein scheinheiliger Mitbewohner) davon halten. „BE REAL" / „BE YOURSELF" -und alles rund herum wird schlagartig unwichtig. Ehrliche und aufrichtige Menschen an seiner Seite zu haben, ist eines der schönsten Geschenke dieser Erde. Trenne dich vom Unrat und komm auf die Seite der Guten -da ist es gemütlicher, schöner und wärmer. Du wirst dein Schneckenhaus dann nur noch selten bewohnen wollen -garantiert- denn da draussen duftet es köstlich und es scheint die Sonne ...die Farben leuchten bunt und schön`:-). Am Donnerstag hattest du dein „Schneckenhaus" angesprochen, in das du dich so gerne zurückziehst. Ich kenne dieses Dasein, denn auch ich bin immer wieder mal als Einsiedelerkrebs unterwegs in der großen weiten Welt (in geografischer Hinsicht). Aber glaube mir, es ist nichts im Vergleich zur positiven Energie, die dir wahre Freunde schenken. Ich investiere viel Zeit in Freundschaften, deshalb sind sie tief und beständig. Egal was auch passiert, richtige Freunde sind „IMMER!" für mich da -denn sie wis-

sen, dass sie sich auf mich verlassen können -in jeder Lebenssituation. Das schafft Sicherheit (die ich nicht fordere, sondern als Geschenk erhalte) und eine tiefe Verbundenheit -was in anderer Form der Weg zum Glück des Lebens ist (zumindest für mich). Ich war in etwa in deinem Alter, als ich aufgeräumt habe in meinem Leben und alle Leute aus meinem Freundes- und Bekanntenkreis verbannt habe, die Schatten werfen (das waren einige) und inzwischen fühle ich mich absolut nicht mehr allein gelassen und habe enorm an Lebensfreude gewonnen. Will sagen: Werfe alles von Bord, was deinem Glück noch im Weg steht und sei du selbst. Die Offenheit, die dann Einzug hält, öffnet „auf wundersame Weise“ Herzen`:-). Tu was dein Herz dir sagt, sonst bleibst du auf der Strecke. Entfalte dich -ohne Rücksicht auf jene, die nicht um dein Wohl besorgt sind. Das Leben ist schön und meint es gut mir dir, wenn du das auch willst. Dein Adam>>.

Es dauerte nicht lange, dann kam ein Anruf von ihr: *<<...* ***ich sitz nun schon seit einer Stunde vor deiner Mail und lese sie immer wieder, die Bedienungsanleitung zum Glück. Dass du dir soviel Gedanken um mich machst, dir soviel Zeit für mich nimmst, zeigt einmal mehr auf beeindruckende Weise, worum es dir geht: Ausschließlich um mich als Mensch.*** *Die Fassade hatte vor dir keinen Bestand und das ist gut so. Du hast mich und meine Situation, ...die Rolle, die ich in meinem bisherigen Leben gespielt habe, messerscharf erfasst. Das macht mich so froh, weil ich mich nicht ständig erklären muss und mit jedem Satz weniger verstanden werde, weil man mich gar nicht verstehen will. Meinem Statement, dass nichts „von mir nach draussen dringen soll“ fehlte der*

Zustatz: Nicht weil ich nicht zu meinem Tun stehen würde, sondern weil ich mir den Zorn meines Mitbewohners vom Leibe halten will. Noch! Danke, dass du an mich glaubst und mich stärkst!>>.

Immer wenn wir in meinem Domizil angekommen waren, sich unsere beiden Körper eng umschlungen ineinander verschmolzen, sich jede einzelne Berührung zu einer Explosion breit machte, waren wir tief im verführerischen Bann. Ihre Zärtlichkeiten, diese unfassbar lustvollen Träume und Phantasien lebte sie ausgelassen und hingebungsvoll. Jede noch so kleine Berührung wirkte elektrisierend auf mich. Meine Lust war kaum zu stillen. Ganz weich und anschmiegsam kam sie über uns und daraus entsprang eine erregende Welt der Ekstase. Ich genoß das atemberaubende Liebesspiel und verspürte den Drang nach immer mehr `:-)). Nach wie vor war jedes Treffen auf seine Weise „einzigartig“, denn bereits wenige Worte ihrer Gedanken haben mir gezeigt, dass unsere gemeinsame Zeit wertvoller ist, als alles andere, was ich bislang kannte. Das Gefühl der Gewissheit, dass man nicht allein im Kosmos weilt, sondern einen Menschen an der Seite hat, dem man sich nicht ständig erklären muss, und der mit dem Herzen denkt und liebevoll agiert, ist der absolute „burner“. Wir hatten geplant, Ende März ein Wochenende zu vereisen, aber sie hat es kurzfristig abgesagt (obwohl ich schon ein Hotel gebucht hatte).

Ihr Leben glich häufig einer Achterbahnfahrt, es war ähnlich wie beim Ping Pong -hin her -hin her -hin her. Selbstverständlich wusste sie, warum`s so war (Nägel mit Köpfen machen -und das ganze Leben wäre schlagartig „supergeil“ gelaufen), aber sie wollte oder konnte nichts daran ändern, ...sagte mir, <<*Ich fühl mich momentan nicht wohl in meiner Haut und das lässt sich offensichtlich leider nicht verbergen, aber ich bin zuversichtlich, dass sich das bald wieder ändert*>> ...von selbst ändern sich die Dinge leider nie im Leben -das „muss“ sich JEDER hinter die Löffel schreiben, der ein Leben führt, das nicht aufrecht, sondern verlogen ist. Ich hab meine geplante USA-Reise wegen ihr abgesagt, da ich erst unser Privatleben in Ordnung bringen wollte, bevor ich mehrere Wochen verschwinde. Vor einem Problem abhauen ist doch keine Lösung: Man muss zuerst seinen Laden in Ordnung bringen, danach kann man sich zurücklehnen und hat freie Sicht nach vorne (alle Türen stehen dann offen und das gesamte Sichtfeld ist frei!). Es ist für mich unbegreiflich, weshalb Menschen dem Elend kein Ende bereiten, sofern es die Möglichkeit gibt, dagegen was zu tun.

Mein Wohlergehen war inzwischen 100%ig an ihr Gefühlsleben gekoppelt und alles wäre butterweich gelaufen, wenn „Madame“ langsam in die Pötte gekommen wär. Ich bin seit vielen Jahren selbständig, habe in jungen Jahren schon siebenstellige Jahresumsätze generiert und muss auch heute noch täglich unzählige Entscheidungen treffen, bei denen es manchmal um meine Existenz geht. Wo würde ich heute stehen, wenn ich diese Gabe nicht ausgebaut hätte? Mir geht das Messer auf, wenn die Lebenszeit so wertlos verschwendet wird. Ich stell mir gerade vor, wenn man mich in 30 Jahren fragen würde, was ich aus meinem Leben gemacht habe ...und ich müsste antworten, „Ich hab mein Leben lang gewartet, weil ich glaubte, dass es sein könnte, dass...!“ Auf was denn warten -Himmel, Arsch und Zwirn -auf bessere Zeiten? Die hätten wir schon längst! Was geht nur in einem solchen Kopf vor, der sich so vor Veränderung scheut? Liebt sie ihren Ex noch immer? Ist die Liebe zu mir nicht groß genug? Warum geht denn nix vorwärts?

Kurz mal neun Tage im Schnelldurchlauf (zum besseren Verständnis):

21.03.: Am Abend ging`s ihr gar nicht gut; wir haben uns im Auto vor dem Fitness-Studio getroffen und sie hat wieder mal einen verbalen Einlauf vom Noch-Mann erhalten und sagt, dass sie es ohne mich nicht mehr aushält und liebend gerne übers Wochenende mit mir abtauchen möchte „in unsere Welt“ (darauf hin habe ich verbindlich ein Hotel gebucht).

23.03.: Sie schickt mir Liebeserklärungen via Mail und SMS und sagt mir am Telefon, dass sie doch nicht wegfahren möchte und lieber am Wochenende den Schlußstrich im alten Heim ziehen wird, damit wir beide endlich frei von Sorgen loslegen können.

24.03.: In einer Mail bittet sie um mehr Abstand. Am Abend kam sie dennoch zu mir und es folgte eine SMS mit den Worten: „Es war wie immer sehr schön!“

25.03.: Wir trafen uns am Parkplatz eines Einkaufszentrums und sie sagt, dass sie sich ganz sicher ist mit mir, und sie würde ab sofort auch keinen Ehering mehr tragen, denn die Tage ohne mich wären nun gezählt.

28.03.: Sie fragt mich, ob mein Angebot mit dem Einzug in die Wohnung überhaupt noch steht und freut sich schon auf unser gemeinsames Leben.

29.03.: Am Abend kommt sie zu mir und faselt was von „die Beziehung beenden" -aber die Beziehung zu mir, nicht zu ihrem Noch-Mann`:-((

30.03.: Absolute Funkstille, als hätte es uns nie gegeben.

„Herzlich Willkommen in der Anstalt !!! Wo ist hier die Geschlossene?" Vollkommen planlos ereilten mich im wilden Wechsel „Liebesschwüre und Bombenhagel". Heute so, morgen so. Das verträgt der härteste Cowboy nicht. Was macht man in einer solchen Situation? Vollkommener Wahnsinn, wenn man sich nie sicher sein kann, ob man jetzt gerade gewollt, gehaßt, oder was auch immer ist. Sollte ich sie jetzt absaufen lassen, weil`s ihr gerade nicht gut ging? In solchen Situationen stellt sich die Frage erst gar nicht, denn man möchte doch für den Menschen da sein, den man liebt -oder sehe ich das falsch? Niemand kann das aushalten, vor allem kein Mensch, der sich nach einem „ganz normalen" Leben sehnt.

An einem dieser tragischen Tage sagte sie: <<*Tut mir leid, wenn ich deine Erwartungen nicht erfüllen kann, deinen Schmerz nicht stillen kann. Immer wieder zu sehen, wie ich dich enttäusche, dir weh tue, macht mich mutlos und traurig und lässt mich davonlaufen.* ***Deine lebhafte Vorstellung von der Zukunft ist schön, steckt mich an und hat mich von Anfang an mitgerissen. Deine spontane Überzeugung und Gewissheit hat mich in Feuer und Flamme versetzt.*** *Aber in der Gegenwart gibt es für mich Dinge zu verarbeiten, die ich selbst und allein verarbeiten muss. Ich dachte, ich könnte nahtlos vom einen ins andere übergehen. Aber ich muss schmerzlich fest-*

stellen, dass ich es nicht kann. Ich muss, auch wenn du das nicht verstehen kannst, das allein mit mir ausmachen, muss dazu allein sein. Dass du mich auf andere Gedanken bringst und wir Spaß haben, steht außer Frage ...dennoch, so leid es mir tut dir dies zu sagen, haben wir gegenwärtig unterschiedliche Bedürfnisse. Glaub mir, ich hab mir das anders vorgestellt und gewünscht. Ich brauch Abstand>>.

Du stehst auf einmal da wie ein Volldepp, die komplette Ohnmacht umgibt dich, nur weil dieser Frau mal wieder eine „Gehirnwäsche“ verpasst wurde, von einem gefühlskalten Kerl, den sie aufgrund seiner unkontrollierbaren „Libido“-Schwäche bereits vor Jahren in die Wüste hätte schicken sollen. Spätestens zu diesem Zeitpunkt (das behaupte ich heute) hätte ich das Weite suchen müssen, denn mit einem erwachsenen Menschen, der ständig ohne Fallschirm in die Tiefe rauscht, kannst du nur Schiffbruch erleiden. Am 10.04. bestellt sie mich zu einem Date an der Isar und kommt nicht -sagt auch nicht ab- als wäre es das Normalste auf der Welt. Wer bin ich und wenn ja, wie viele? Geht`s noch? Als ich sie angerufen habe, folgt keine Entschuldigung, als wär`s völlig egal, was sie mit meiner Zeit anstellt. Am Abend kam dann wieder ein Anruf mit dem üblichen, *<<...ich vermisse dich so ...glaubst du noch an uns?>>*. Eine ganz wichtige Eigenschaft die ihr fehlt, ist der Respekt! Für mich ist „Respekt“ grundsätzlich! Ich stehe auf kritische Solidarität. Das ist die Linie, zu versuchen, dass man mit einem Menschen einverstanden ist, aber nicht alles genial finden muss was er macht. Ich wollte aufpassen, dass sie keinen Schaden nimmt. Von Anfang an habe ich genau dieses Ziel verfolgt, ihr Schutz und

Halt gewähren wollen, aber sämtliche Vorschläge die unsere gemeinsame Zukunft betrafen, prallten an ihr ab wie Wellen an der Felswand, getreu dem Motto: „Empfänger unbekannt verzogen -Return to sender -fuck you!“`:-((.

Wie gerne würde ich mal einen Blick in ihr Gehirn werfen. Was mag da wohl vorgehen? Zu gern würd ich wissen, wie sie wirklich tickt und fühlt. Mir kommt`s vor, als wäre es eine einzige Selbsttäuschung. Ihre persönlichen Erzählungen und Worte bei unseren Treffen sind völlig anders -total geschmeidig- da fühlt man sich wie auf einer Insel der Gückseligen, sanft gebettet in seidenen Tüchern, alles flauschig und weich. Keine Stimme kann man beliebig isolieren, vor allem nicht die Stimme der Herzen! Sie hat mir verdammt leid getan, denn sie hatte panische Angst, wenn ihr Handy geläutet hat. Ich hab immer gesagt, *<<Schalt doch das blöde Ding endlich aus, wenn du bei mir bist*>>, aber sie konnte nicht, weil sie für ihn (anscheinend) immer auf Abruf verfügbar sein musste. Vorschläge, ob ich nicht mal vernünftig mit ihm reden sollte, endeten generell im verbalen Chaos -da drehte sie völlig ab!

Am 11.04. war meine Geduld am Ende und ich habe es geschafft, die Geschichte zu beenden, denn es hilft auf Dauer NIEMANDEM, wenn eine Person fest an die Liebe glaubt (Einsatz leistet und hinter allen Aussagen steht) und der andere Part nutzt es bestenfalls als Zusatz-Option, falls es mal langweilig wird. Wenn du bemerkst, dass ein Mensch ganz weit entfernt von dir durch fremde Galaxien schwebt, kannst du eh alles vergessen, weil`s nichts bringt. Zunächst dachte ich, meine Reaktion hätte Früchte getragen (ich hoffte, sie wäre endlich „aufgewacht“), denn vier Tage später nahm sie mich mit zu einer Wohnungs-Besichtigung. Sie wollte nicht gleich bei mir einziehen (neue Ansage -alles aus Rücksicht zu ihm!), sondern vorerst eine eigene Wohnung. Mir wurde auch gesagt, dass wir beide über Ostern wegfahren (ich hab deshalb extra einem guten Freund abgesagt, mit dem ich mich in Österreich verabredet hatte; weggefahren sind wir natürlich nicht. „Nuuuur niiiiiicht aufregen, Adamo -immer ruuuuhig bleiben!“). Es gab Gespräche über unsere Zukunft -von ihrer Seite gesteuert, aber wer in kurzer Zeit so häufig „die Faust in die Fresse bekommt“ wie ich, ist erst mal lädiert und kampfunfähig. Ihre Laune wechselte manchmal schneller als das Wetter: Samstag -super, Sonntag -sch..., Montag -super, Mittwoch -super, Freitag -sch..., Samstag -super, Sonntag -super ...je nach dem, ob ihr der Noch-Ehemann daheim wieder den üblichen Einlauf verpasst hat, oder nicht`:-((. Alles sehr sehr traurig für mich, dies am eigenen Leib zu erleben, denn ich war so gnadenlos überzeugt, dass wir beide allzeit ein „leichtes Spiel“ haben -und ein wunderschönes Leben ohne die üblichen Probleme im Alltag, die vielen Paaren den Spaß an der Freude nimmt. Ich bin ein verträglicher Mensch, aber ich will gerne „aktiv“ leben und nicht ewig warten. Eine Frau die bergauf bremst, hat Angst vor jedem Weg, egal ob kurvig oder gerade.

Ende April gab sie zu verstehen, *<<Ich glaube der Grund warum bei mir, wie du sagst, aus „heute“ lieber „morgen“ wird, liegt keineswegs in meiner Grundstruktur, sondern ist ganz einfach der, dass ich deinen Erwartungen nicht gerecht werden kann, weil mein*

Herz nicht frei, nicht bereit ist, für eine neue Beziehung. Auch wenn ich mir das im Februar anders ausgemalt habe und mir gewünscht hätte, dies so, wie auch du es empfunden hast „durchziehen" zu können. Ich hab`s dir schon gesagt: Ich schaff es nicht! Wenn du sagst und schreibst, dass man im hier und jetzt leben muss, das Leben genießen und nicht in der Vergangenheit leben und sie betrauern soll, weil das Leben viel zu kurz und viel zu schön ist, dann hast du recht. Diese Denkweise macht das Leben unbeschwerter, leichter, schöner und bunter; es schenkt mehr Freude und Glück. Auch ich lebe nach diesen Prinzipien -immer mit dem Blick nach vorne und wenn Plan A nicht klappt, mag es oftmals schade sein, aber dann ist eben Plan B an der Reihe und eröffnet oftmals ungeahnte Möglichkeiten. Was soll`s auch, das Leben geht weiter. Schwermut, Unentschlossenheit und Trostlosigkeit standen bei mir nie auf dem Plan, grübeln ebensowenig. Ganz im Gegenteil -ewig ein und das selbe Problem zu wälzen ohne an ein Ziel zu gelangen, ohne voran zu kommen, nervt mich extrem, weil`s oft tausend Alternativen gibt, und darunter ist selten nur eine schön oder gut. Hauptsache man findet eine Lösung. ***Wenn es um die Liebe geht, gibt`s leider nicht Plan A oder Plan B****. Emotionen kommen aus mir -sie zu verdrängen würde mich genauso unglücklich machen>>.*

LIEBES GLÜCK - WIE GEHT ES WEITER? Für sie gibt`s oft „tausend" Alternativen -na dann bin ich wohl überflüssig und austauschbar. All meine Freunde haben mir geraten, ich sollte die Zelte nun endgültig abbrechen und mir eine ganz normale Frau suchen, die mich wertschätzen kann und mich so sieht, wie ich bin. Aber schließlich hatte ich ihr mal ein Versprechen gegeben und ich halte mich grundsätzlich an „mein Wort". Ich habe ihr eindeutig vermittelt, dass ich sie immer auffangen werde. Schon schlimm: Vom einen auf den anderen Tag gerät sie wieder in diese Schieflage und alles wird auf einen Schlag komplett instabil. So was „killt" gefestigte Menschen und bislang kannte ich niemanden, auf den tatsächlich 0,00% Verlass war, mit Ausnahme von ihr. Wenn ich heute einer Person, die mir etwas bedeutet verspreche, dass ich beispielsweise am 7.5.2015 um 10.30 auf der Rialto-Brücke in Venedig stehe, dann müsste schon die komplette Welt untergehen, wenn ich nicht (pünktlich !!!) vor Ort wäre -sofern dies abgesprochen ist. Aber scheinbar ist ein großer Teil unserer gesamten Menschheit heute so unbeständig und schwammig unterwegs, dass sich jeden Tag alle Absprachen nach Belieben verändern können. Diese permanente „unverbindliche Verbindlichkeit" macht verlässliche Zeitgenossen rasend und treibt sie ins Verderben. Jeder Mensch im erwachsenen Alter braucht Ziele im Leben und eine Struktur. Erinnert euch an die vielen Ansagen auf den vorderen Seiten. Dieser glänzende Optimismus und Frohsinn dieser Frau, dass jetzt endlich was geschieht und mal was vorwärts geht im Leben und bedingt durch die völlig unbegründete Angst, ihr Leben an meiner Seite könnte fortan schlechter werden (das hat ihr der Noch-Ehemann eingepflanzt ins Hirn), sterben alle Zukunftspläne, inkl. Kinderwunsch auf einen Schlag. Daran kann man zugrunde gehen, wenn man ans Glück und an „die eine große Liebe" glaubt. Wenn man einen Traum hat, muss man ihn beschützen ...und wer unsere Träume stiehlt, gibt uns den Tod (sagte Konfuzius, und der war noch viel schlauer als Eva!).

Sie kann genussvoll viele Stunden arbeiten und jeden Tag Überstunden leisten, ohne eine Pause zu machen. Warum verbringt ein Mensch lieber die Zeit vor einem Computer, als aktiv im Leben mit einem Partner? Gibt`s denn prinzipiell nichts, was wichtiger erscheint im Leben? Wie wär`s mal mit einem Eigenleben und Unabhängigkeit? Was haben wir beide schon gelacht und Mega-Spaß gehabt. Zwei Tage später hat man ihr dann wieder die Festplatte neu formatiert (eine Gehirnwäsche verpasst) und ich steh da, wie der Ochs vor`m Berg -das kann doch nicht sein! Irgendwann ist dieses Leben vorbei. Das sollte man sich schon mal in den Kopf holen und darüber nachdenken. Ihre Anpassungsleistung für schlimme Lebenssituationen ist enorm. Was ist sie nur für ein schwerfälliges und langsames Geschöpf?

An Ostern waren wir zwar gemeinsam unterwegs, aber sie hatte Angst mit mir wegzufahren. Aus diesem Grund haben wir uns drei Tage lang an den Nachmittagen getroffen und Ausflüge an Orte gemacht, wo uns garantiert keiner kennt (stets die oberste Priorität: Unerkannt bleiben). Ich orderte einen Hotelgutschein für eine coole Behausung in Passau (auch diese Reise haben wir nicht angetreten, aus wohl bekannten Gründen!). In meinem ganzen Leben werde ich weder begreifen, noch nachvollziehen können, warum ich mich ewig verstecken soll, wenn ich brav meine Steuern zahle, in keinem Restaurant die Zeche prelle, schuldenfrei lebe und niemanden erschossen habe. Das oberste Ziel ist doch, dass man AUFRICHTIG und FREI durchs Leben gehen kann -egal wo, egal wann, egal wie oft. Wenn man ein ordentliches Leben führt, muss man sein Auto nirgendwo verstecken und keine sonderbaren Plätze aufsuchen. Schizo im Quadrat ist das! Auch wenn es sich blöd anhört: Es wäre einfacher für mich, mit Kevin Costner, Bruce Willis, Madonna oder anderen Hollywood-Celebs drei Tage am Stück in L.A. zu verbringen, als mit dieser Frau in München am Stachus eine Cola zu trinken! Ich kam mir vor, als hätten wir John F. Kennedy am Gewissen und die halbe Welt wäre hinter uns her. Es war ihr Wunsch, dass wir all unsere Abende wieder in getrennten Wohnräumen verbringen`:-((. Wenn man 40 ist und die Frau 33 ...und die Planung von zwei Kindern und einem geregelten Familienleben im Fokus (von beiden) stehen, dann möchte man als anständiger Mensch seine Beziehung gerne offen leben.

Ich versuchte, es wie folgt zu erklären: <<*Wenn zwei Personen unabhängig voneinander „Stillstand" verspüren, könnte man lapidar anmerken, dass sich beide auf dem Holzweg befinden. Stillstand ist im Allgemeinen das Aufhören einer Bewegung, einer Funktion oder ein Verharren am Ort, bzw. in einer bestimmten Situation. Das ist ein trauriger Zustand, den man ändern kann (in deinem Fall zumindest, denn du wirst an anderer Stelle geliebt und bist gewollt). Gemeinsam bedeutet zusammen, vereinigt, beieinander, Arm in Arm, Seite an Seite, Hand in Hand, nebeneinander, harmonisch, einstimmig, im Einklang stehend, zuverlässig, gleich gesinnt, vertrauensvoll, aufeinander bezogen, mit vereinten Kräften. Hoffentlich fällt irgendwann der Groschen, so lange ich noch an dich glaube! Adam*>>.

Anfang Mai folgte die nächste Gehirnwäsche von ihrem Noch-Mann, der ihr in den Schädel gepflanzt hat, dass sie die Schuld am Scheitern ihrer Ehe trägt, weil sie mit mir eine Beziehung plant. Zur nochmaligen Erinnerung: Der Musterknabe hatte seit mindestens einem Jahr eine Daueraffäre mit einer halb so jungen Braut (die sei ihm auch vergönnt -von meiner Seite herzlich gerne). Alleine die Vorstellung, dass man einer mündigen Frau so einen Mist erzählen kann, entzieht sich jeder Form von menschlichem Verstand und Geist. Geht`s noch? Ich bin langsam davon überzeugt, dass „schlechte Behandlung" bei Frauen wesentlich mehr bewirkt, als „bedingungslose Liebe". Mehrere Fälle sind mir bekannt, wo Frauen ihre Männer nicht verlassen konnten, obwohl sie wesentlich bessere Optionen hatten, ein Leben in Liebe und trauter Zweisamkeit zu führen -manche wollen sich scheinbar gerne „unterwerfen". Eine Frau, von der mir erzählt wurde, hat ihren Mann erst verlassen, als der ihr ein Messer an die Kehle gehalten hat; die nächste Prinzessin lässt sich am Hof eines Autohändlers grundlos ohrfeigen (obwohl sich ein anständiger Mann für sie interessiert hätte, der ganz normal tickt und aufrecht durchs Leben geht -der kam natürlich nicht in Frage`:-(( ...andere akzeptieren ständig wechselnde Sexualpartner des Mannes -es wird ALLES toleriert, weil`s ja anderswo angeblich nicht besser ist (das ist der O-Ton einer mir bekannten Ehefrau, die seit Jahren die Eskapaden ihres Gatten leidvoll erträgt und jeden Abend daheim wartet, bis/falls er heimkommt).

Es gibt so viele Menschen, die eine Maske tragen und sich ihr ganzes Leben lang dahinter verstecken, immer lachend ...aber hinter dieser Maske verbergen sich Augen, die mit Tränen gefüllt sind. Keiner sieht es, aber wer das wahre Gesicht kennt, spürt die Traurigkeit. Es gab dann wieder einen Versuch von ihrer Seite, diese „Ehe“ zu retten und dieser ist (wie ich es vorhergesehen hatte) nach wenigen Tagen kläglich gescheitert. War mir vorher schon klar (und das traurige daran: Jeder Lernbehinderte würde es kapieren -nur diese Frau checkts nicht!). LIEBES GLÜCK - ÖFFNE IHR DOCH ENDLICH DIE AUGEN!

Ich schrieb am 08.05., <<*...ab heute gibt`s wieder mal ein neues Embargo, das mir verbietet, dich künftig anzurufen, dir zu schreiben, bzw. mich mit dir zu treffen. Wieder eine neue Ansage! Ich finde allein schon die Vorstellung grauenhaft, denn ich hab ja nix verbrochen und trotzdem werde ich bestraft. Warum treffen Menschen lebenswichtige Entscheidungen der Vernunft wegen? Wo bleibt das Herz? Mir leuchtet das nicht ein, denn ich würde alles aufgeben, wenn die Lebenssituation es von mir verlangt -selbst finanzielle Einbußen würde ich hinnehmen, wenn es „um die große Liebe“ geht, denn der begegnet man mit ganz viel Glück einmal im Leben, oder vielleicht auch nie. Ich mag Menschen, die ihre Träume leben, denn es gibt Dinge, die sind in meinen Augen wichtiger als „noch mehr Geld“. Mein Ziel von der eigenen Familie „mit Kindern“ wird sich ohne dich erledigen. Gestern hab ich mich gefragt, warum du mich nicht einfach mit ins Auto packst und mich deiner Familie vorstellst. Es wäre doch so einfach ...und ich glaube, die würden sich allesamt freuen, wenn sie spüren, dass du glücklich bist und jemanden an deiner Seite hast, der dich von ganzem Herzen liebt, der sich um dich bemüht und der für dich da ist (in allen Lebenslagen). Wenn ich dich die letzten Monate nicht falsch verstanden habe, ist deine Familie ganz normal und bodenständig ...und das bin ich auch.*

Mit mir kannst du Pferde stehlen!>>. Zwei Tage später bekam ich einen Anruf: <<*...ja es war mein Plan, dass wir keinen Kontakt mehr zueinander pflegen, um meiner Ehe willen. Aber Teil meines Plans war auch, dass dies für beide Seiten gilt, sowohl für uns, als auch für „sie". Er kann das nicht von heute auf morgen umsetzen. Und wieso soll nur ich mich dann von Anfang an wieder voll einbringen und uns sogar verbieten zu schreiben oder zu telefonieren? Wieder zweierlei Maß. Mein geplanter Einsatz ist aber zu hoch für eine zaghafte Gegenleistung>>.*

Ich frage mich: Was hat das eine mit dem anderen zu tun? Absolut nichts. Totaler Schwachsinn! Ich war im Mai zwei Wochen beruflich unterwegs mit meiner TV-Crew in Rio de Janeiro (Brasilien) und jeden Tag kamen Anrufe und Mails von ihr, dass sie sich nun sicher sei, mit mir bald das neue Leben zu starten. Angeblich wäre der Groschen nun gefallen ...wie oft hab ich das schon gehört? Als ich wieder zurück in München war (Ende Mai) hatten wir beide eine wunderschöne und sanfte Zeit. Eva meinte: <<***Du sorgst wie immer „1a" für mich. Zeit mit dir zu verbringen, ist wie Balsam für die Seele. Es tut so gut zu spüren, wie wir beide während unseres Zusammenseins zur Ruhe kommen, sich Zufriedenheit, Erfüllung und Glück verbreitet, eben wenn Liebe spürbar wird***>>. Sie war aktiv auf Wohnungssuche in Starnberg, aber es war nichts Passendes verfügbar. In diesem Fall kann ich das auch bestätigen, denn entweder die Buden waren zu teuer, oder andere Kriterien waren nicht gegeben. Bei ein paar Besichtigungen war ich mit dabei. Selbstverständlich habe ich noch fest daran geglaubt, dass unser gemeinsames Leben bald beginnt (wer liebt, hofft immer!). Wie gewohnt waren die Nächte ohne sie unendlich lang. Egal was ich getan habe, mit wem ich unterwegs war -meine Gedanken kreisten immer um das selbe Thema. Wenn du einmal so einem Menschen begegnet bist, an den du „vollgas“ glaubst (weil die Stimme deines Herzens dir sagt, dass es richtig ist), dann wünscht und hoffst du ganz einfach, dass sie irgendwann mit ihrer Vergangenheit abschließt und neu durchstartet. Ich hatte mir bei unseren Treffen unter freiem Himmel zweimal eine Zecke eingefangen. Sie sagte darauf hin, <<***Mit Zecken hast du ja Erfahrung; ich bin auch wie eine Zecke, aber diese Zecke wirst du nie wieder los!***>> ...schön wär`s!

Inzwischen lag der eigentliche Einzugstermin bereits um mehr als 100 Tage zurück. Ich hatte vom frühen Morgen bis zum späten Abend Magenschmerzen. Solche Dinge braucht man auch nicht jeden Tag in seinem Freundeskreis erzählen, weil man dann als Memme gilt und die Leute auf Dauer damit langweilt. Dabei war`s mir einfach nur wichtig, dass ich mit Eva die freie Zeit gemeinsam verbringen konnte. Jede Minute war kostbar und schön -und wenn ich dann am Abend unsere gemeinsamen Fotos auf den Computer geladen habe, bin ich oftmals Stunden davor gesessen und hab mich „nur gefreut“ und auf baldige Veränderung gehofft. Es gab Monate, in denen sind unzählige Bilder von ihr entstanden und ich fand sie auf jedem einzelnen Foto schön -vermutlich deshalb, weil ich sie rundum geliebt habe. Das ist auch der Grund, weshalb sich manche Menschen ALLES erlauben dürfen, und andere keine Chance bekommen, in unseren Lebensraum einzudringen`:-((.

In dieser coolen Bar, in der wir häufig zum Abendessen waren, hatten wir bereits „eine Lieblingsbedienung“, die nach dem Argentinischen Salat mit Rindfleisch unaufgefordert einen Brotkorb voll mit Nutella an den Tisch brachte, da sie unsere Vorliebe für Süßigkeiten schnell einzuschätzen wusste. Bei all diesen Treffen war Eva so „gechillt“ und cool ...und die Heimfahrt nach München war immer geprägt von ihren zahlreichen Zukunftsvisionen. Sie hatte bereits vor Wochen ein bearbeitetes s/w Foto von uns beiden ausgewählt, das sie gerne für die gedruckte Hochzeitseinladung verwenden wollte (ein Motiv, das uns beide „dauergrinsend“ zeigt). In der wenigen Zeit, die wir gemeinsam zur Verfügung hatten, waren wir entweder spazieren, oder wir waren bei mir, oder wir benahmen uns wie zwei aufgedrehte Kinder und gingen auf den Spielplatz zum Schaukeln. Im Fitness-Studio waren wir stets getrennt voneinander, da nie etwas auffallen sollte. Niemand durfte erfahren, dass wir uns lieben, obgleich wir seit Monaten Familienpläne schmiedeten. Seltsam!

Ende Mai sagte sie, *<<**Mach dir mal keine Sorgen! In meinen Augen besteht der größte Reichtum darin, einen Menschen an seiner Seite zu wissen, mit dem man in Liebe und gegenseitiger Wertschätzung tief verbunden ist. Und wir beide sind steinreich !!!**`:-))>>.*

Mittlerweile sind wir im Juni angekommen. Neue Worte von Eva gefällig: *<<Ich hasse mein derzeitiges Privatleben, sehne mich nach klaren Verhältnissen und einem zu hause. Bin total müde und möchte heim (und damit meine ich nicht die Wohnung als zu hause), zur*

Ruhe kommen und mich auf ein aktives Wochenende in den Bergen oder sonst wo freuen können, sehne mich nach Normalität in meinem Beziehungsleben, ...du sagst „das könntest du haben“ ...ja ich weiß, es liegt alles in meinen Händen. Und wenn du sagst, dass du weißt, dass ich nicht hören will was du zu sagen hast, dann hast du zum Teil Recht, aber nicht weil ich dich nicht verstehe, sondern weil ICH es weiß. Glaub mir, es ist besser für uns, wenn wir unsere gemeinsame Zeit nicht damit vergeuden, ständig Fakten zu predigen, die wir beide zu genüge kennen. Das ändert nichts, außer dass unser Zusammensein darunter negativ beeinflusst wird, weil es dich und mich stresst. Lass uns die gemeinsame Zeit genießen und uns dran erfreuen, das verbindet mehr und schenkt mir die Kraft, die ich brauche>> ...und weiter <<***...wir ticken gleich. Einzig mein Handeln ist nicht zu verstehen, sondern geprägt von Gedankenlosigkeit, Verzweiflung, Ohnmacht und Angst. Angst vor...??? Wovor auch immer -vor jeder Veränderung, selbst vor der positivsten***>>. LIEBES GLÜCK - WO BIST DU?

Und wer fragt mich, nach der Kraft die ich schon verschossen habe und der Kraft die ich bräuchte? Wie soll man sie jemals verstehen? Ein geistreicher Mann spricht Tacheles -da wären keine zwei Sätze fällig. Einen Inhalt kann ich nicht erkennen -das ist völlig verrückt. Wenn mir ein Mensch gut tut (und ich fühle, dass es so ist), dann lass ich ihn in Gottes Namen zu. Ich glaube, dass sie sich lieber im Unglück quält, als ihr eigenes Glück zu verwirklichen! Nach jedem Treffen kam umgehend eine SMS mit dem Text, dass es wieder „genial“ war und dass ihr die gemeinsame Zeit mit mir gut tut (weil wir total viel gelacht haben und ganz einfach „vollgas“ Spaß hatten) -aber ich glaube, die Frau vergisst manche Dinge schneller, als man sie aufnehmen kann. Und in die Berge ist sie natürlich nicht alleine gefahren, sondern mit dem Noch-Mann. Sie hat mich zwar von unterwegs angerufen und verkündet, dass sie viel lieber mit mir unterwegs wäre, aber „hätte, würde, könnte, sollte, dürfte“ haben keinen Bestand für mich. Mein Leben findet am Boden statt und nicht auf den Wolken! Wie oft habe ich mir gedacht (als sie mich heimlich angerufen hat und mit ihm unterwegs war und mir verkündet, „wie sehr sie mich vermisst“), was sie dem Noch-Mann zwei Minuten später wohl erzählen wird. Meist nutzte sie den Gang auf die Toilette für solche Anrufe, oder SMSn. Ich könnte so auf gar keinen Fall leben. Vielleicht mag`s Menschen geben, denen das nichts ausmacht, aber „dreckige“ Spielchen passen nicht zu meinem Leben!

Es tut weh, wenn man nicht richtig gesehen und wahrgenommen wird. Wie oft haben wir uns über die Zukunft unterhalten, geredet, gescherzt, gelacht, uns vorgestellt, wie die Welt von Morgen aussehen wird: Im Kopf hatte ich schon genaue Vorstellungen, wie unsere Kinder aussehen, wie wir beide geschultert mit ihnen über Bergwiesen laufen, im Sommer am Strand Sandburgen bauen und im Winter Schneemänner. Sehen und erleben wie sie heranwachsen, jeden einzelnen Tag, jede Stunde, jede freie Minute „gemeinsam“ genießen, und die kostbarste Lebenszeit für die Familie einsetzen -alles wäre so einfach, wenn die Rahmenbedingungen stimmen (nur dafür muss man sorgen). Diese ganze aufgesetzte Fassade vieler Menschen ist das Jämmerlichste in meinen Augen. Die wahren Werte im Leben findet man ganz wo anders -man kann sie nicht sehen- aber fühlen und im Herzen spüren, das kann man (vorausgesetzt man hat ein Herz). Und wenn da eine Frau ist, auf die man sich zu guter Letzt auch noch verlassen könnte ...welche bessere Alternative gäbe es da noch? Richtig: KEINE! Wenn`s funktionieren soll, gibt man 100% -halbschwanger gibt`s nicht! Entweder ganz oder gar nicht. Wohin ich blicke sehe ich nur noch Lebensmodelle ...jeder tut was er will ...und jeder braucht seinen Freiraum. Entweder bin ich Single, oder ich hab eine Beziehung und die lebt man dann auch richtig (ohne sich zu verstecken). Dieses „dusch mich, aber mach mich nicht nass“ ist doch voll schwul!

Überall wo du hinkommst, fragen die Leute, „Hast du eine Freundin?“, „Bist du verheiratet?“ und du erzählst, dass es eine Frau gibt, mit der du bald das Leben teilen und mit der du Kinder haben möchtest, aber dass es im Moment leider nicht möglich ist, dieses Leben zu leben, weil sie erst ihr altes Leben abschließen muss. All die Monate stellen dir dann die immer gleichen Menschen die Frage, und du antwortest „es dauert nicht mehr lang“, denn das ist die einzige Aussage, die du kennst. Dein Herz tobt und du kannst dich nicht befreien von diesem Schmerz, der nicht gestillt wird, wenn dein Leben nie in der Realität ankommt und auch nie offen stattfindet. Der sinnliche Ausdruck deiner Seele wird immer dunkler, denn die Strahlkraft schmilzt langsam dahin, wenn sich der Mensch deiner Träume nie offen zu dir bekennt und die ständig angekündigten Pläne niemals in die Tat verwandelt.

Mitte Juni war sie dann emotional wieder voll da: ***<<Hallo mein Schatz, ich möchte diese größt-***

mögliche Nähe zusammen mit dem berauschenden Glücksgefühl und der Erleichterung, die am gemeinsamen Ziel angekommen spürbar sein wird erfahren, mich hingeben und ganz fallen lassen. Was meinst, wie schön das wird?!! Freu mich auf jede Sekunde. Ich will alles tun, dass dieses dein Empfinden und die dabei gespürte Zufriedenheit niemals von dir weicht` *:-))>>.* Wohnungen haben wir nach wie vor besichtigt, aber rund um den Starnberger See ist das nicht einfach. Für den Pfingsturlaub wurde wieder mal angekündigt, dass sie sich liebend gerne auf meine Vorschläge einlässt (ihr O-Ton: *<<Ich fahr Pfingsten definitiv wenn dann nur mit dir weg, da kannst du sicher gehn und ich hoff wir sehen uns wenigstens viel>>*), aber wie zu erwarten, haben wir nichts gemeinsam unternommen (was selbstverständlich nicht an mir lag, denn ich wollte immer mit ihr verduften -eine größere Freude hätte sie mir kaum bescheren können). Trotz allem haben wir im Juni viel Zeit miteinander verbracht, uns beinahe täglich gesehen. Wenn sie mal schlecht gelaunt war (ca. 5 Tage auf vier Wochen verteilt -also selten!), lag es immer an einer einziger Person (altbekannt!), aber das war dann die Laune, die sie mir übermittelt, bzw. an mich übertragen hat. Ich konnte es beim besten Willen nicht nachvollziehen, aber es gibt eben Menschen, die brauchen täglich ihre Dosis „fetten Ärger“, sonst sind sie nicht im Lot und laufen nicht in der Spur. Auch wenn`s bescheuert klingt: Ich glaube, sie sehnt sich nach diesem Ärger, bzw. kann ohne gar nicht leben`:-((.

Auch im Juli haben wir uns häufig gesehen ...von ihrer Seite wurde angekündigt, dass wir gemeinsam zu einem Open Air fahren am Wochenende, wenn das

Wetter passt (und das Wetter war super), aber daraus wurde wieder nichts. Dann kam das nächste Versprechen, dass unser Leben nun Anfang August (ihr Termin war, man höre und staune, für 08.08. angekündigt) beginnt. Wir hatten bis Ende Juli total innigen Kontakt -es hätte für meinen Geschmack nicht schöner sein können, bis auf den Vollzug der Trennung von ihrem Noch-Mann!

Ich musste beruflich mit meiner TV-Crew nach Berlin und schrieb ihr am 05.07. in einer Mail: <<*Du bist wohl der einzige Mensch auf der Welt, der die Hölle dem Himmel vorzieht -und wenn du das wirklich haben möchtest, musst du gar nichts ändern. Ich habe die vergangenen Monate so viel wie nie zuvor gelitten und dieser Zustand ist nicht mehr zu ertragen. Ich bin seit Monaten nicht mehr ich selbst. Es ist wie ein schlechter Film -nur ist es leider mein Leben und meine Liebe ...und es sind meine Gefühle, die zertreten werden, wie Unrat, den niemand braucht. Ein Anruf von ihm reicht und du lässt ALLES stehen und liegen (auch mich!) und sprintest zu ihm. Stell dir vor, du wärst in meiner Situation. Würdest du gerne von einem Mann Kinder bekommen, der es in sechs Monaten nicht schafft, sich von seiner Frau zu trennen? ...verbunden mit der extremen Vorgeschichte (Daueraffäre des Partners)? Das macht niemand auf der Welt sechs Monate mit. Du sagst, du wärst bald da, aber es kommt immer wieder ein anderer Grund hinzu. Alles was mit ihm zu tun hat, genießt Priorität. Was mit mir zu tun hat, interessiert dich doch gar nicht. Du bekommst nun eine letzte Chance mir zu beweisen, ob dir „unser Leben“ wichtig ist, oder nicht. Es ist mein voller Ernst -ALLES oder nichts!*>>.

Sie rief mich gleich nach dem Lesen meiner Mail an und bekundete: <<*Weißt du, in meinen Gedanken ist unsere Zukunft, unsere Welt so schön, warm, bunt und voller Leben, voller Lebensfreude und Liebe. Wär ich jetzt bei dir in Berlin, ließe ich dich nicht ins Training fliehen, sondern würd dich zum Sonnen und Chillen in einem Park überreden. Aber das alles sind nur Worte, dein Herz und dein Verstand schreit nach der Realität -ich weiß. Nur was ich nicht weiß und* ***was mich schier zum Wahnsinn treibt, ist die Tatsache, warum ich an uns glaube, aber nicht dafür lebe. Im Gegensatz dazu aber weiß, dass „meine Vergangenheit" keine Zukunft hat, aber dennoch gebe ich alles dafür; obwohl ich sie schon totgeschrieben hatte und im Februar die entsprechenden Schritte gemacht habe, die das Ende unterzeichneten. Was geb ich nur für ein schlechtes, erbärmliches Bild ab, was musst du nur von mir denken?*** *Ich bin gut darin, Anderen gute ...und das meine ich positiv ...Ratschläge zu geben, bin empathisch; für mich selbst aber, bin ich der denkbar schlechteste Ratgeber und für die, die`s von tiefstem Herzen gut mir mir meinen, die mich lieben, der verantwortungsloseste Fürsprecher, den man sich vorstellen kann. Ich frag mich ernsthaft, wenn ich mein Handeln Revue passieren lasse, welches Ziel ich damit verfolge, was ich damit erreichen will und wollte, oder anders gesagt, was ich denn noch alles zerstören will? Und weißt, zu welchem Ergebnis ich komme? Ich handel gar nicht, ich agiere nicht, sondern ich reagiere nur, und das ohne Hirn und Verstand, wie ein PingPong Ball: Ich prall auf und ab, hin und her, vollkommen unkalkulierbar, planlos und fremdbestimmt, gesteuert von außen. Weil ich verdammt* *nochmal nicht den Mut und die Größe habe, Dinge selbst in die Hand zu nehmen, meinen eigenen Weg zu beschreiten, der aus meiner Sicht gut für mich ist. Und auf diesem Weg bleibe, egal welcher Gegenwind mich auch erwartet -nur nicht ihm gegenüber. Ich konnte dies in allen anderen Lebenslagen, gegenüber allen Anderen, von denen ich bedingungslose Liebe erfahren habe. Das zu erkennen, fällt unglaublich schwer und ist eine unglaubliche Enttäuschung, traurig>>.* Diese klugen Worte aus ihrem Mund sollte sie sich wohl jeden Tag nach dem Aufstehen, vor dem Mittagessen und dem Bettgehen selbst laut vorlesen, vielleicht würde es dann irgendwann mal in jene Hirnregionen dringen, die für eine Umsetzung in die Tat erforderlich sind.

Wenn du in einer derartigen Situation endlos lange verharrst und dein Leben an dir vorüberzieht und nichts passiert, dann drehst du irgendwann mal durch. Zuerst geschieht es innerlich (es frisst dich langsam auf -ist wie ein Krebsgeschwür, das nicht mehr von dir weicht), dann kannst du es nicht mehr aushalten, weil es dich zerreißt. Es ist dieser Dauerschmerz der den positiven Gefühlen zu dieser Frau immer wieder einen Riegel vorschiebt, weil einfach nie was geschieht, mit Ausnahme unzähliger Versprechen, die ohnehin nie eingelöst werden. Ich hab bis heute keinen Plan, weshalb Gefühle von Menschen so wandelbar sein können ...ich bin und war immer der selbe und sie wird für mich auch immer die bleiben, die sie von Anfang an für mich war. Aber diese Geschichte wirft Schatten und wenn man das Vertrauen in einen geliebten Menschen mal verliert, der sich einfach nie richtig bemüht hat, mir zumindest irgendwo auf halber Strecke zu begegnen, dann fühlt man sich verloren und einsam (und obendrein verarscht). Alles scheint sinnlos -jede noch so große Aktivität! Jeder kommt irgendwann mal in ein Alter, an dem man sein Leben nicht mehr platonisch regeln möchte, sondern lebendig. Es ist unmöglich, dass man immer und ewig nur von der Liebe redet und darüber schreibt. Wenn man nur ganz selten echte Liebe am Körper spüren, fühlen und hautnah erleben kann, ist es wie lebendig begraben zu sein. Zärtlichkeiten auszutauschen, der Frau die mein Herz bewegt durch`s Haar zu streichen, ihre weichen Lippen zu küssen, an ihren Ohren zu knabbern ...das alles gehört dazu. Ich will ihren Atem spüren, sie hören und riechen, sie von unten bis oben lieben und begehren, ich will einfach alles spüren, ...leidenschaftlich, ganz nah, tief und oft ...eigentlich immer. Alles andere ist „nicht leben“. Warum begreift eine erwachsene Frau denn nicht, wofür es sich zu leben lohnt? Diese Welt ist voller Zauber, voller wunderbarer Orte und Gedanken, die auf jeden warten, der bereit ist, diesem Leben eine Chance zu geben. Wie oft haben wir im Juli über unseren Kinderwunsch geredet. Sie sagte mir, der Frauenarzt hätte sie schon klargemacht ...wir würden quasi bald loslegen mit den ernst gemeinten Aktivitäten. Sie schrieb in einer SMS, <<***Stell mir grad vor, wie ich`s dir sag und wie du neun Monate später unser „Permanentpräsent“ das erste Mal im Arm hältst`*** *:-)* >> und ich war glücklich, wie nie zuvor im Leben, denn ich konnte es kaum fassen, dass wir beide bald diesen wundervollen Genuss erlangen und ich die Vaterrolle an der Seite meiner absoluten Königin des Herzens einnehmen werde. Das ist die schönste Form von Glück, die man sich überhaupt vorstellen kann!

Es ist ja nicht so, dass sie mich nicht verstehen konnte. Anfang Juli meinte sie, <<***Deine Reaktion ist vollkommen verständlich und sehr verantwortungsvoll. Verantwortungsvoll deshalb, weil die Angst, die du um uns hast zeigt, wie wichtig „wir“ dir sind und dass du diese Liebe behüten möchtest, wie den wertvollsten Schatz, den du besitzt. Deine Emotionen, seien sie positiv oder negativ, sollst du gegenüber mir nie verstecken, im Gegenteil, ich mag es, dass du sie lebst, so wie du sie lebst!***>>. Am 29.07. erzählt sie mir am Telefon: <<*Du schenkst mir so viel Liebe; sie zu empfangen ist so unglaublich wunderwunderschön! Wenn ich deine Worte höre, fühl ich mich ganz sanft gebettet, behütet, geliebt und geschätzt -traumhaft! Wegen der Winter-Monate mach dir mal keine Sorgen, das übernehm ich -zwar nicht unbedingt joggend, aber draußen, immerhin`:-))*>>. Es ging darum, dass ich ihr versprochen hatte, mich über die Sommer-Monate via Baby-Jogger um unseren geplanten Nachwuchs zu kümmern -sie wollte ihren Part im Winter übernehmen. Viele Worte, keine Taten!

Anfang August, ich war beruflich in Hamburg, hörte sich alles wieder einmal nach großer Hoffnung an: <<*Ach Adam, was soll ich dazu noch sagen, außer ja: Dieses Leben kann so unglaublich bunt, schön und warm sein, wenn man einen Menschen gefunden hat, der einem auf wundersame Weise Liebe, Nähe und Nestwärme schenkt und ein Gefühl der Beständigkeit. Das kann ich deshalb sagen,* ***weil du mir sie wieder gezeigt hast, diese unglaublich schöne Seite des Lebens, an die ich geglaubt und gehofft und die ich so sehr vermisst und nach der ich so***

lange gesucht habe. Du hast mal gesagt, deine Wohnung soll eine kleine Oase des Glücks werden. Ich erinnere mich oft daran, wenn du in der Tür stehst und mich herein bittest: Es fühlt sich jedesmal so an, als würde ich eine andere Welt betreten, frei von Kummer und Sorgen, erfüllt von Liebe, Zufriedenheit, positiver Energie, Kraft und Tatendrang, Leichtigkeit und Beschwingtheit, pure Lebensfreude und Lust, die ich nie mehr missen möchte! Aber im Grunde ist es keine „andere Welt“ sondern „ein zu hause“; ein zu hause in dem man immer willkommen, empfangen und freudig erwartet wird, der Ort an dem einem nix passieren kann! Ich spür warum du mir gegenüber dieses maßlose Verständnis aufbringst: Es ist deine Liebe zu mir, die dich nicht anders handeln und sogar gegen dich handeln lässt. *Ich weiß, ich hab große Fehler gemacht, sehr große sogar! Ich weiß allerdings nicht, warum ich trotzdem und nach wie vor ganz fest an diese „Wende in ein neues Leben“ glaube, vielleicht weil mein Kopf weiß und mein Herz fühlt, dass dies die BESTE Wendung ist, die das Leben für mich bereithalten kann und weil ich von der -aus heutiger Sicht vielsagenden- Buchwidmung, die ein sehr kluger, empathischer, liebevoller Mensch, mit der schönsten Seele, in die ich jemals Einblick bekommen habe, für mich mal ausgewählt hat, überzeugt bin: dass Träume Realität werden -man, bzw. „ich“ muss es nur zulassen! Ich wünsch dir einen Tag mit vielen Zeitfenstern, in denen du den Kummer, den ich dir bereite, vergessen kannst.* ***Und ich wünsche mir, dass du meine Gefühle für dich NIE vergisst. Sie sind nicht nur Wort, sondern ein Teil von mir*** *>>.*

Ich hab keinen Plan, ob`s jemand checkt, aber wenn diese Frau auch nur einmal in die Gänge käme (und zu dem stehen würde, was sie sagt!), gäb`s aus tiefster Überzeugung keine bessere Wahl. Das sind aber leider nur Worte (meine zählen -das wusste sie vom ersten Tag an!). Ein Zitat sagt: „Selten triffst du einen Menschen, der nicht nur dein Herz, sondern auch deine Seele berührt. Menschen, die zueinander gehören, finden auf wundersame Weise immer zueinander.“ Es spielt keine Rolle, ob Menschen zwei Wochen oder 50 Jahre zusammen sind -es ist diese unbeschreibliche Tiefe, die durch nichts zu ersetzen ist. Es gibt sicher nicht viele Zeitgenossen, die so was je erlebt haben (da bin ich mir sicher; aber es gibt andererseits bestimmt auch nicht viele, die es nicht rechtzeitig erkennen, bzw. so ein Theater ewig ertragen können, ohne dabei drauf zu gehen. Ich will nicht, dass auf meinem Grabstein steht: „Er hatte mehr Ausdauer als Chuck Norris, aber leider hat er ein paar Jährchen zu lang auf`s große Glück gewartet!“ Was ich hinter verschlossenen Türen verspürte, war eine sanfte Reise der Lust und Sinne, die nicht tiefgehender sein könnte. Es schien, als wäre sie direkt meinen Träumen entstiegen um mich zu entführen in eine wunderschöne Welt, in eine Zukunft voller Liebe und Zärtlichkeit. Noch im August verkündet sie, <<***...dass ich mich wahnsinnig auf dich freue und sehr bald Normalität in unser beider Leben einziehen muss, wofür ich sorgen werde*** >>.

Bedingt durch ihr permanentes „nicht handeln“ war ich mit der Zeit ziemlich gereizt. Immer wieder kamen von ihrer Seite eindeutige Anmerkungen, dass ich den Glauben an das gesprochene Wort nie verlieren soll und dass ich nie an der Echtheit ihrer zwischenmenschlichen Nähe zweifeln darf. Sie sagte, <<***...ich möchte dir die Liebe in ihrer reinsten Form an jedem einzelnen Tag schenken, dir Gefährtin und Geliebte sein. Dich glücklich machen und dir ganz zur Seite stehn***>>. Die quälende Frage ist, warum sie`s nie umgesetzt hat? Wenn ich in ihren Augen wirklich der hellste Stern am Firmament war, wie sie`s immerzu betont hat, dann muss man doch in logischer Konsequenz irgendwann handeln, oder irre ich mich? Sie wollte permanent, dass ich mich bei ihr fallen lasse und wenn ich`s dann getan habe (weil`s einfach himmlisch schön war), kamen danach wieder böse Verletzungen. Ich vermute, in ihrer Gefühlswelt liegt weit mehr im Argen, als sich erahnen lässt. Ab einem gewissen Alter ist Beständigkeit gefragt, d.h., gut geplante Vorhaben sind in die Tat umzusetzen, sämtliche Altlasten gilt es über Bord zu werfen, damit man einen Neustart platzieren kann. Die Plattform, bzw. das Fundament dafür, die schafft man sich in den Stunden der Zweisamkeit. Wenn man gemeinsam alt werden möchte, dann ist es einhergehend das Ziel, unter einem Dach zu leben, in einem Bett zu schlafen und ehrlich zu sein -oder liege ich falsch? Schmerz ist kein guter Wegbegleiter im Leben.

Was sich vielleicht schwer nachvollziehen lässt: Wir beide sind face to face hervorragend miteinander klar gekommen, weil`s unzählige Überschneidungen in so vielen (entscheidenden) Lebensbereichen gab. Wenn sie „nah bei sich selbst" war und wir mehrere Stunden am Stück gemeinsam verbracht haben, war`s immer gechillt und erholsam (für uns beide), derart geerdet, dass es nicht schöner hätte sein können. Was ich empfing, waren durchwegs positive Schwingungen, es war die perfekte Lebenslinie, ...unsere Balance war optimal. Eva war der einzige Hafen, in den ich gerne einlaufen wollte, weil`s keine Barrieren mehr zu überwinden gab. Was uns bevor stand, war ein heiteres Leben mit viel Sonnenschein (so hab ich es empfunden), umgeben mit viel Humor und einer einzigartigen Leichtigkeit und Lebensfreude, von beiden Seiten. 200 Tage waren inzwischen ins Land gezogen und ich hatte bis dahin nicht einen einzigen Tag des Wartens bereut, denn wenn am Ende der Straße eine glückliche Frau mit kerngesunden, fidelen Kindern steht (das war unser beider Plan), dann ist der Sinn des Lebens mehr als eindeutig spürbar. Man öffnet alle Türen und lässt das Glück herein und lässt es nie wieder los`:-)).

Am 08.08. sollte es nun losgehen, das gemeinsame Leben -das war ihre klare Ansage! Sie zog bei ihrem „Noch-Mann" aus und buchte sich vier Wochen in ein nahegelegenes Motel ein. Es war ihr Plan, dass sie dort diese vier Wochen verweilt, damit sich die angespannte Situation „im alten Heim" beruhigt und dass sie im Anschluss bei mir einzieht. „Kommen um zu bleiben" war ihre Devise (seit vielen Monaten). Gegen halb elf am Abend kam sie zu mir ...und kurz nach Mitternacht wollte sie wieder fahren. Sie hatte eine Unruhe in sich, dass mir noch heute die Worte fehlen. Immer habe ich klein beigegeben, unendliches Verständnis für sie und ihre vielen Probleme gezeigt, ihr meine Liebe in einer Form geschenkt, die „gewollter" bestimmt nicht sein könnte. Im Gegenzug erfuhr ich Ansagen und Vorgaben, an die ich mich halten sollte ...in der ewigen Hoffnung, dass es irgend wann ein

„WIR“ gibt, wo nicht einer von beiden die Entscheidungen trifft, sondern gemeinsam in einem nahen Miteinander die Zukunft geplant und auch gelebt wird. Sie ist ausgezogen und schob mich wieder weg! So wunderschön ihre Worte waren, so grauenhaft war ihre gesamte Performance, die mich erreichte. Das Gefühl „gewollt“ und „begehrenswert“ zu sein, konnte sie mir immer nur dann schenken, wenn es nach allen Seiten viele Fluchtwege gab. An diesem Abend durchlebte ich zum ersten Mal die Steigerung von „lauwarm“! Ihr Noch-Mann hat sie nach wie vor am Morgen und am Abend angerufen ...er hat ihr quasi die Zukunft verbaut und sie hatte wieder Angst, war nicht in der Lage das Handy einfach abzuschalten. Sie hat es sich gefallen lassen und wir waren wieder keinen Schritt weiter als vorher. LIEBES GLÜCK - DU MACHST MICH KRANK UND TRAURIG!

Da kamen haufenweise schöne SMS`n mit Texten wie *<<**...sehn ich mich doch auch so sehr nach einer zweisamen Nacht. Die letzte liegt schon Lichtjahre zurück**>>, <<**...dass dies der letzte Anlauf zum bleibenden Glück ist, ist mir klar**>>, <<**...die Sehnsucht nach Nähe, Liebe und Wärme, einem zu hause, so wie du es mir schenkst, ist viel viel schwerwiegender. Ich will endlich wieder Liebe leben, statt mich einsam und allein, fehl am Platz zu fühlen. Wünschte, ich wär bei dir***>>, aber getan hat sich nichts.

Jeden Tag telefonierten wir endlos lang, aber es war scheinbar nicht möglich für sie, „Klarschiff“ zu machen. Wenn sie tatsächlich am Abend mal zu mir kam, dann wollte sie kurz nach Mitternacht wieder abdüsen. Ich vermute sie hatte Angst, dass der „Noch-Mann“ ihr hinterher spioniert ...sie war kurzzeitig mit ihren Gedanken da und danach gab`s schlagartig wieder einen Break und sie musste schnell weg -immer auf der Flucht`:-((. Es machte keinen Sinn, auf sie einzureden oder Tipps zu geben, denn dann zog sie sich komplett zurück in ihr kugelsicheres Schneckenhaus und war fern von dieser Welt. Ich erinnere mich noch gut an ein Wochenende (Mitte August), da wollte sie mich in Österreich treffen ...aber auch dieser Plan wurde (wie immer von ihr) verworfen. Wir fuhren zwar beide nach Österreich (an verschiedene Orte), aber ich durfte sie nicht auf ihrer Berghütte besuchen -warum auch immer! Schlaflos waren meine Nächte, geplagt von der Frage, was ich hätte anders machen können. EIN WECHSELBAD DER GEFÜHLE.

Am 15.8. beendete ich die Beziehung erneut. Unmißverständlich und in einer scharfen Tonart hatte ich ihr erklärt, dass ich mich ab sofort zurückziehen werde, denn im Alter von 40 Jahren erträgt man weder Spielchen, noch diese ewige emotionale „Achterbahnfahrt“. Mein einziges Ziel lag darin, endlich anzukommen und glücklich, zufrieden, aktiv gemeinsam zu leben, ohne hausgemachte Probleme oder Spielchen. Mir war immer bewusst, dass eine Beziehung nicht sofort das Paradies ist, aber wenn man gemeinsam diesen Entschluss fasst, das Leben im Doppelpack zu verbringen, dann ist es auch ein Entschluss daran festzuhalten und durch „dick & dünn“ zu gehen. Bis zum heutigen Tag hab ich keine Ahnung, was in ihr ewig vorgegangen ist. Hirngespinste und Zweifel, die völlig überflüssig waren -das reine Kasperltheater. Ich wollte den Kontakt komplett abbrechen, denn all das führte zu nichts -traurig, aber wahr!

Sie schrieb mir am 18.08., <<***...weißt du, ich konnte es noch nie nachvollziehen, wie Menschen die sich mal nah waren, von heute auf morgen den Kontakt vollständig abbrechen können, ihnen es egal ist, was der andere macht und was ihn bewegt. Ich mein, man kann sich doch wenigstens ab und an mal schreiben. Aber jeder fühlt und tickt eben anders*** >>. Diese Zeilen finde ich hoch interessant, denn im Verlauf meines Buchs bekommen sie noch einen ganz anderen Stellenwert (ihr werdet euch daran erinnern!). Bereits in den ersten 6 1/2 Monaten unseres Zusammenseins hat diese Frau mir mehr versprochen, als alle Menschen dieser Welt zusammen, die mir in 40 Lebensjahren begegnet sind. Immer wieder kamen Fragen in mir hoch, ob sie jemals ernsthafte Absichten hatte, mir jemals verraten wird, warum sie dieses spürbare Glück immer wieder mit Füßen getreten hat und warum sie uns nie zulassen konnte. Warum nimmt ein Mensch das Glück nicht an, wenn es ihm zufliegt? Es war ein Leben das leicht, aufrichtig, geschmeidig und harmonisch hätte sein können -warum wirft man so was weg und behütet es nicht, wie einen Schatz? Vier Tage waren vergangen und sie wollte mich wieder sehen. Sie war wie ein Dackel -hat mich mit ihren strahlend blauen Augen angelächelt und ich konnte nicht nein sagen, denn ich hatte sie ja auch (unbeschreiblich) vermisst. Es war schwer, ihrer erfrischenden Art und der Wärme, die sie ausstrahlte, zu widerstehen. Ich wollte keine Diskussion führen, war noch tief verletzt und sie dampfte nach ein paar Stunden wieder ab. Auf ihre Bitte hin, gab ich ihr Ende August eine letzte Chance ...aber ich wollte fortan im Detail erfahren, wie sie sich unsere Zukunft vorstellt, denn keinesfalls konnte ich mich noch länger hinhalten lassen. Beim besten Willen lässt sich schwer nachvollziehen, weshalb sie nach über sieben Monaten (nach unserem Kennenlernen) in ein Motel zieht und dann keinen einzigen Abend mit mir gemeinsam verbringt. Verlässlichkeit war ein Fremdwort für sie. Das Leben zog an uns vorbei und ich hab mich gefragt, ob nun alle Beteiligten auf der Strecke bleiben, weil „ein" erwachsener Mensch es nicht schafft, für die (angeblich) große Liebe klare Fronten zu schaffen.

Wir fuhren an den Starnberger See zum Abendessen, danach trennten sich unsere Wege wieder. Sie fuhr ins Motel, ich heim. Am Wochenende machten wir Spaziergänge im Umland und immer wenn ich Fragen nach der Zukunft hatte, wurde ich abgewiesen. Immer dieses „genieße den Moment" -Gesülze, damit ja alle Dinge immer schön unverbindlich blieben. Als ich Ende August im Motel bei ihr war, klingelte das Handy und ihre Augen vermittelten mir unmißverständlich, dass ich mich vom Acker machen sollte -es geschah wortlos. Ich konnte nicht fassen, warum „nie etwas ehrlich" war bei ihr. Ich stieg nervlich zerrüttet in mein Auto und fuhr planlos durch die Gegend um nachzudenken (die Situation war so was von besch...!) und etwa eine Stunde später, wollte ich ihr als kleine Geste spontan noch eine große Tafel Schokolade unter den Scheibenwischer klemmen, die ich an einer Tankstelle gekauft hatte ...aber ihr Auto stand nicht mehr vor dem Motel (es war spät am Abend) und mobil war sie nicht zu erreichen. Erst gegen vier Uhr früh folgte eine SMS. Sie sagte am nächsten Tag, <<*...wer sagt denn, dass ich bei ihm war...*>> und fand das auch noch amüsant und lustig. So nah wie sie mir manchmal sein konnte, so fern und gedankenlos war sie wenige Stunden später. Ehrlichkeit predigen und Verlogenheit leben -das war mir fremd, aber scheinbar hat`s ihr gut getan`:-((.

Anfang September meinte sie, <<*...ich mach mir permanent Gedanken darüber, wie mein Leben weitergehen soll und dass der derzeitige Zustand für mich ein absolutes „no go" ist, da ausschließlich schmerzhaft, steht außer Zweifel. Insofern mach ich mir nicht vielleicht irgendwann mal, sondern bereits jetzt Gedanken, wie`s weitergehen soll.* ***Ich weiß, was ich will!***>>*.* Beruflich war ich dann 14 Tage mit meiner TV-Crew in Italien bei der „Biennale" in Venedig. Wir telefonierten häufig (je nach „ihrer" Tageslaune) und ich hatte mitbekommen, dass der „Noch-Mann" inzwischen mit seiner Geliebten für drei Wochen weggeflogen war. Sie lebte inzwischen nicht mehr im Motel, sondern wieder in der alten Wohnung (also „back to hell"). Als ich am 12.09. wieder nach München kam, wollte sie mich gleich treffen. Obwohl ihr „Noch-Mann" geografisch fern von unserer Welt war, konnte sie „scheinbar" nicht bei mir übernachten (warum auch immer). Insgesamt wirkte sie die gesamte Zeit (wir haben uns fast jeden Tag gesehen, aber immer nur kurz) sehr reserviert und manchmal abwesend. Seit Monaten war abgesprochen, dass wir unseren Jahresurlaub gemeinsam verbringen, aber da der weibliche „Li-la-Launebär" an meiner Seite die Stimmung im Minutentakt ändern konnte, wusste ich nicht, an was ich überhaupt noch glauben sollte.

Mitte September gab sie mir zu verstehen: <<*Du konntest mir heute wieder mal vor Augen führen, wie schön gelebte Liebe sein kann ...oder in meinem*

Fall „sein könnte". Gleichzeitig macht sich in mir ein unglaublich schlechtes Gefühl breit, weil ich dir, zumindest derzeit, nicht diese Gewissheit, Zuversicht und Sicherheit zurückschenken kann. Es macht mich unglaublich traurig, weil du genau das verdient hättest: Uneingeschränkte Zuneigung, Zuwendung, Zuversicht und Liebe. Ich verspür eine extreme Unruhe und bin regelrecht nervös, weil mir all diese Gedanken bzgl. meines Lebens und unserer Zukunft nicht aus dem Kopf gehen wollen; ***ich weiß aber, dass ich endlich ausbrechen muss und will, aus dieser verfahrenen, traurigen Situation, um wieder neu anfangen zu können, zu leben und zu lieben, und nicht zuletzt um meine innere Ruhe und Besonnenheit wieder zurückzugewinnen, aus der ich immer so viel Kraft und Stärke geschöpft habe, die mir einen klaren Kopf und einen klaren Blick auf die Dinge geschenkt hat...****>>*. Von einem klaren Kopf, einer inneren Ruhe und von Besonnenheit war sie wohl mehrere gregorianische Lichtjahre entfernt, aber die Hoffnung stirbt zuletzt!

Vier Tage später sind wir gemeinsam nach Österreich zum Bergwandern gefahren. Der „zukünftige Ex-Mann" war mit seiner Affäre immer noch auf einem anderen Kontinent und bei der Frage, was nun bzgl. unserem Urlaub geplant sei, erzählte sie mir beiläufig (so fühlte es sich zumindest an!), dass sie drei Wochen wegfliegen wird, in exakt acht Tagen. Dass dieser Ausflug nach Österreich für mich das „Finale Ende" bedeutete, brauch ich wohl nicht extra erwähnen. Ich war wie gelähmt und konnte den ganzen Tag lang keinen wirklich klaren Gedanken mehr fassen, denn Tage zuvor war noch im Gespräch, dass wir vermutlich nach Kalifornien fliegen. Sie erzählte mir auch, dass ihre Schwester die Idee schön fand ...und viele andere Dinge, die gar nicht mehr so richtig zu meinen Ohren durchgedrungen sind, da ich einfach nur fassungslos den Tag über mich ergehen ließ. Ich dachte mir, was schreibt und sagt sie die ganze Zeit ...und was tut sie? Einfach unfassbar! Den ganzen Tag über hatte sie ihr Mobiltelefon nicht eine Sekunde aus den Augen gelassen (immer wenn eine SMS kam, grinste sie übers ganze Gesicht). Ich frage mich heute, ob sie vielleicht noch weitere Doppelleben am Start hatte. Manchmal überkommt mich das Gefühl, dass sie vor lauter „übertriebener" Diskretion selbst nicht mehr wusste, wem sie was schon erzählt hatte. Die vollkommene Aufmerksamkeit hatte ich zu diesem Zeitpunkt jedenfalls nicht erfahren -auch wenn sie physisch bei mir war.

Dann ist sie in Singapur, schreibt mir, dass sie mich will, aber nicht kann (welch` neue Überraschung!) und exakt nach der zweiten Urlaubswoche (von insgesamt drei!) der Aufruf, dass sie keinen Kontakt mehr zu mir möchte. „Hin und her, hin und her, hin und her" -und das mit 34 Jahren am Buckel. Eine verlogene Ehe, keine Kinder, aber ein Mensch an ihrer Seite (ich!), der zuversichtlich alles mit ihr umsetzen würde und der seine Beständigkeit bereits hundertfach unter Beweis gestellt hat -ich kannte mich langsam selbst nicht mehr -wo war ich nur hingeraten? Warum glaubt man über viele Monate immer wieder an einen Menschen, der NICHTS weiter vollbracht hat, als leere Versprechungen, Verletzungen, Demut, aber niemals für Klarheit sorgt? Wie bekommt man einen Dachschaden? Leg dir die passende Frau zu, dann hast du in Windeseile eine Vollmeise!`:-)). Wenn sich zwei Menschen über den Weg laufen die sich so gut verstehen, ist es ein unglaublicher Glücksfall (wäre die Frau nur gefestigt und verlässlich). Es haben sich uns Rezepte zum gemeinsamen Leben aufgezeigt, die man geschmeidig ausarbeiten könnte, wenn man nur wollte! Sofern man etwas gefunden hat, von dem man in der Gesamtheit überzeugt ist, braucht man nicht mehr von etwas anderem träumen. Wollte sie denn „noch schöner", „noch einfühlsamer", „noch mehr geliebt" werden, oder fehlte ihr vielleicht wirklich die Abwechslung? Das ist für mich alles nicht nachvollziehbar. Langfristiges Denken lohnt sich immer, vorausgesetzt man ist klar bei Verstand.

Ende Oktober sind wir uns nur noch im Fitness-Studio begegnet. Ich hatte das Gefühl, dass sie Angst hatte -oder vielleicht plagte sie zur Abwechslung mal wirklich ein schlechtes Gewissen (wobei ich mir das bei ihr nicht wirklich vorstellen kann, weil sie ja leider nicht denkt -vor allem nicht an andere Menschen, denen sie Leid zufügt). Sie antwortete auf eine Mail via Telefon: <<*...du hast recht, dass es mir nicht gut geht mit meinem Leben. Zuvieles passt nicht mehr, zuvieles kann ich nicht mittragen, zuvieles lehnt mein Inneres zutiefst ab. Morgens wenn ich aufsteh ist mir schlecht, abends wenn ich zu Hause bin esse ich nur ohne Hunger oder Appetit. All das ist Ausdruck von Unbehagen. Aber so wirds nicht bleiben. Du hast recht, ich bin wieder klein geworden. Aber nicht um zu gefallen, sondern weil ich mich zurückgezogen hab, um weniger verletzbar zu sein und um die Dinge nüchterner aus der notwendigen Distanz betrachten zu können, damit ich die ernüchternden Fakten seh.* ***Mir fehlt so unendlich Vieles!***>>.
LIEBES GLÜCK - WO VERHARRST DU DENN?

Tage später der nächste Kommentar: <<*Wollt dir heute schon den ganzen Tag schreiben um dir zu sagen, dass mir, obwohl ich den Kontakt einstellen will, bzw. dich in Ruhe lassen möchte, mir so sehr danach wäre zum Telefon zu greifen. Aber ich hab`s nicht getan, weil ich es als egoistisch empfinden würde und es nicht angeht, dass ich meinen Bedürfnissen „freien Lauf“ lasse und du dich quälen musst. Und wer weiß -vielleicht kommen so endlich „die Dinge ins Rollen“. Mir geht`s heut ziemlich bescheiden, aber wem sag ich das? Bin total nervös, unkonzentriert und aufgewühlt. Ich versteh nicht mal so recht warum, schließlich geschieht ja alles so wie ich es gefordert hab. Glaub ich bin total g`stört :-). Weißt, ...**weil ich dir den ganzen Tag schon sagen wollte, dass ich doch eigentlich ganz normal und korrekt bin und niemals in so ne Situation kommen wollte ...und es in mir oft ganz anders aussieht, als ich es nach außen „durch meine Taten“ trage, weil`s anders grad nicht geht. Aber scheinbar sorge ich mich umsonst, dass du das nicht weißt oder vergessen könntest. (...)... dass du den Menschen kennst, der sich hinter dieser besch. Fassade verbirgt***>>. LIEBES GLÜCK - WAS ERZÄHLST DU MIR?

Weitere drei Tage später, Ende Oktober: <<*...weil ich eben nicht vergessen habe, wie schön es ist, innig, sorglos und unbekümmert zu sein, weil ich mich auch nicht an den Gedanken gewöhnen kann und will, halb gestorben zu sein, ...denn so lässt sich mein derzeitiger Zustand beschreiben, obwohl „halb“ noch untertrieben ist.* ***Du hast mir diese Woche geschrieben, ich soll mich melden, wenn mir nach Liebe ist. Schon beim Lesen hab ich mir gedacht, ...o.k.,***

das bedeutet: Standleitung>> und danach kam <<*Ich fühl mich Abends nicht mehr gut aufgehoben.* ***Ein zu Hause ist für mich gleich einem wärmenden, behütenden Nest, in dem die Seele zur Ruhe kommen, sich stärken, aber auch schwach sein darf und dabei stets Liebe empfängt.*** *Derzeit bin ich nur auf der Hut vor Angriffen und Verletzungen ...und umgeben von schmerzenden Erfahrungen. Unbeschwert und entspannt ist anders*>>. LIEBES GLÜCK - DU WILLST ES NICHT ANDERS!

Sie ist die reinrassige Drama-Queen! Warum bitteschön tut diese Frau nix dagegen, wenn man`s längst viel besser haben könnte? Wer zur Hölle setzt sich denn freiwillig auf`n kalten Fliesenboden auf dem scharfe Glasscherben liegen, wenn er ein kuscheliges Sofa im Zimmer hat? Sorry, ich checks nicht! Sicher bin ich manchmal etwas ungeduldig -das gebe ich zu. Trotz allem vertrete ich die Ansicht, dass Menschen ab einem gewissen Lebensalter auch „NACHDENKEN“ sollten, denn ein Kinderwunsch von weiblicher Seite, lässt sich mit 40 nicht mehr ganz problemlos realisieren. Vom Sandmännchen wird man nicht schwanger. Aber die Mädels wollen heute lieber süß im Ungewissen dahinträumen (dann bleiben sie dir verbunden und wärmen dich in der Nacht), als hart informiert werden, nur diese Sichtweise ist mir zu banal mit (heute) 41! Mit Geist behaftet „erwachsen handeln“ bedeutet, dass Realität einkehrt ins Leben, denn die harmlose und ungezwungene Komödie ist nichts, worauf man seine Zukunft baut -das geht vielleicht noch mit Anfang 20 (falls man Spätentwickler ist), aber nicht mit Ende 30! Vielleicht schaff ich es ja noch ins Guiness-Buch der Rekorde, in der Kategorie „Das längste Vorspiel der Welt!“` :-)).

Im November trafen wir uns wieder häufiger ...und wie bereits in der Vergangenheit waren all unsere Treffen „von einer unbeschreiblichen Schönheit und Tiefe". Nach wie vor das selbe -sie erklärte, <<*Ich muss mich am Riemen reißen, meine Kräfte bündeln, den Verstand einsetzen und wieder ein „normales" Leben geradlinig führen. Das bedeutet aber auch, dass ich einen Schritt nach dem anderen gehen muss und nicht so wie ich das bisher gemacht habe, alles und nichts zugleich. Ich muss den Weg, den ich die letzten Monate eingeschlagen habe fortsetzen, denn ich merke, dass mir der Urlaub gut getan und zu meinem Selbstvertrauen beigetragen hat, mir das alleine sein „ohne Einflüsse" gut getan hat. Ich muss mich auf meine eigenen Beine stellen. Erst danach ist ein „gesunder" Neuanfang möglich, denn dass ich so zerissen bin, liegt einfach daran, dass ich mit meinem Leben, so wie ich es derzeit lebe oder besser gesagt „vergeude" nicht dacor gehe. Ganz und gar nicht. Diese Achterbahnfahrten sind einfach Gift!*>>.

Und wer sorgt für die Achterbahnfahrten seit Urzeiten? Vermutlich sind ihre Vorfahren die Erfinder der Achterbahn. Erfunden wurde sie im 16. Jahrhundert in Russland. Gibt`s da einen Stammbaum?`:-)). Ihr Gefühlshaushalt zeigt einen permanenten Angstbedarf. Ich verkenne ihre Situation nicht, aber es sind lächerliche und banale Ängste, die vollkommen grundlos in ihr schlummern. Mir kommt`s vor, wie das ewige Scheitern. Hier fehlt der Common Sense (der gesunde Menschenverstand), denn wäre sie nicht blind wie ein Maulwurf (Maulwürfe sind übrigens nicht blind -das ist vollkommener Schwachsinn!), hätte sie spüren müssen, dass genau das was sie so häufig beschrieben hat die Realität ist, die uns umgibt ...und nicht eine scheinbare Verliebtheit unter Teenagern. Ich war wegen ihrer Angst extra bei einem Psychologen. Der Typ meinte, es ging darum, dass wir bereits in den frühen Kinderjahren diverse Bindungsmuster entwickeln, die wir später auf die Gegenwartsbeziehung übertragen. Verharren wir durch hinderliche Erfahrung in einem entsprechenden Bindungsmuster, kann man sich in der Gegenwart nur dann vorurteilsfrei begegnen oder binden, wenn man sich von diesem Muster irgendwann mal lösen kann. Häufig vermeiden Menschen gewohnheitsgemäß das, wonach sie sich sehnen, denn Angst und Sehnsucht (als zwei Seiten der gleichen Medaille) beeinflussen sie dabei. Ich glaube, niemandem ist gedient, mit ihrem „nicht handeln" (weder ihr, dem Noch-Mann, noch mir). Es gäbe wohl ein größeres Ganzes, das Kraft und Sinn gibt, falls man das erkennen, verstehen und sehen möchte (aber: ohne Wille -nie ein Weg!).

Ich erinnere mich noch sehr gut an ein November-Wochenende, an dem sie mir wieder erzählt hat, dass sie in all unseren Treffen eine Art „Urvertrauen" spüren könnte, und wie gern sie mit mir gemeinsam in die Semperoper nach Dresden fahren würde. Kaum war sie aus dem Haus, saß ich schon vor dem Computer und habe zwei Karten + Hotel gebucht. Als ich ihr die Überraschung verkündet habe am nächsten Tag, kam die Ansage, dass wir das im nächsten Jahr garantiert nachholen werden. Immer das selbe Schema (absolut nicht nachvollziehbar). Solange noch Zeit vor uns lag, kamen die „schönsten" Versprechen und je näher der besagte Termin (egal ob Urlaube, Einzugstermin, etc.) bevor stand, umso mehr schlug sie um sich und fühlte sich eingeengt. Auch dem Geduldigsten fehlen mal die Worte! Schön, wenn man`s erkennt, aber schlimm, wenn man`s nicht ändert, obgleich alle Möglichkeiten bestehen, dies zu tun`:-((. Jeder andere Mensch, halbwegs klar im Kopf, hätte schon zigfach das Weite gesucht und sich von dieser Frau verabschiedet, nur ich „Vollpfosten" war immer noch da, weil ich etwas in ihr gesehen habe, was sonst garantiert NIEMAND sehen kann. Ein Herz und eine Seele, die ich mit einer Engelsgeduld wieder auf Vordermann bringen wollte, die sich aber beide von mir nicht retten lassen wollen, weil`s scheinbar an allen Ecken und Enden fehlt (hoffnungslos!). Wenn ich`s nicht so nah und herzergreifend erlebt hätte, wäre ich doch längst über alle Berge geflüchtet -egal wohin- nur weit, weit weg von diesem Elend.

Aber es war diese einzigartige und unbeschreibliche Leichtigkeit, diese vollkommene Unbeschwertheit während unserer gemeinsamen Stunden, die dem Leben eine sanfte Note verliehen haben. Erst wenn man`s dauerhaft umsetzt, wäre die Liebe richtig lebendig geworden (und das wusste sie auch!). Mit manchen Menschen kannst du gemeinsam träumen, aber leider nie gemeinsam leben, weil sie dazu nicht fähig sind. Es waren die kostbarsten Momente -so was gibt man doch nicht freiwillig auf, wenn man es mal erlebt hat -im Gegenteil, man sehnt sich dauerhaft nach diesem Glück und will es nie wieder hergeben. Empfinden zwei Menschen doch so anders, obwohl Worte und Zeilen das Gefühlte wiedergeben? Gibt`s ein Kurzzeitgedächtnis unter Liebenden? Ein gesundes Selbstvertrauen erlangt man, in dem angestrebte Ziele im Leben gelungen sind. Ich nehme mir stets die nötige Zeit für Dinge, die für mich bedeutsam sind und versuche schlechte Gewohnheiten durch gute zu ersetzen. Ich glaube nicht, dass im Leben auf magische Weise etwas geschieht. Menschen mit Herz und Verstand die linear gepolt sind, werden ihr Glück beeinflussen, denn jeder von uns ist der Schöpfer seiner eigenen Realität. Es ruft eine gute Stimmung in mir hervor, wenn ich auf dem Weg zum Ziel bin. Aufgrund meiner sozialen Struktur sehne ich mich nach Stabilität. In einer Beziehung möchte ich gerade stehen, wie ein tief verwurzelter Baum.

Mir ist noch ein Anruf von Ende November im Kopf. Sie meinte, <<***...ja Weihnachten, das Fest der Liebe. Ich kann mir vorstellen wie`s heuer wird: Leise, sehr leise sogar, still, nachdenklich und verschlossen ...aber mit „ihr“ -der Liebe- und dir ganz tief im Herzen. Und diese Gewissheit stärkt und wärmt!***>>. Ab Dezember wurde mal wieder ein Embargo verhängt. Was das für ein seltsamer Schwachsinn war, kann ich leider nicht erklären, da ich es bis heute selbst nicht verstanden habe, jemanden „auf Zeit“ nicht mehr zu sehen, den ich von ganzem Herzen liebe (am Abend davor waren wir bei mir daheim und es war einfach nur voll schön und gechillt). Es war von ihrer Seite beabsichtigt, ihre Probleme mit dem „Noch-Mann“ endgültig aus der Welt zu räumen, oder vielleicht auch der x-te Versuch, diese Ehe zu retten (ich hab keine Ahnung!). Ich sollte mich zurückziehen und sie würde sich danach auch wieder bei mir melden. Woher manche Menschen solche Schizo-Ideen beziehen, wird für mich immer unbegreiflich bleiben (so wie ganz viele andere Dinge auch, die mit dieser Frau zu tun haben). Manchmal kam ich mir vor wie bei

„THE GAME“ (Untertitel: Das Geschenk seines Lebens) mit Michael Douglas. Wer den Film nicht kennt, und sich dafür interessiert, wie ich mich über mehrere Monate gefühlt habe, der sollte den Streifen ruhig mal auf sich wirken lassen (THE GAME hat immerhin ein Happy End, aber nicht so richtig „happy“). Der Kinofilm *„FÜR IMMER LIEBE“* von 2012 trifft ebenfalls ins Schwarze, denn aufgrund eines Verkehrsunfalls verliert die Ehefrau ihr Gedächtnis und ihr Mann muss sich täglich darum bemühen, sie für sich zu gewinnen. Dass es solche Menschen auch im realen Leben gibt, ist kaum zu fassen, aber es ist jene Realität, die mir zuteil wurde. Warum ausgerechnet mir? LIEBES GLÜCK - DU NERVST!

Anfang Dezember kam ein Anruf, dass sie angeblich ab 21.01. zu mir kommt (und bleibt!). Von diesem Gespräch wusste sie aber kurze Zeit später nichts mehr (vielleicht hat sie ja unter Pseudonym das Drehbuch zum erwähnten Film „FÜR IMMER LIEBE“ geschrieben -das wäre stimmig!). Ich notiere immer gleich alles, denn solch entscheidende Dinge in meinem Leben, die überlasse ich nicht dem Zufall. Pauken, Trompeten, etc. organisieren ...da will ich schon gewappnet sein `:-)). Wenn man`s nicht mit einem gewissen Galgenhumor betrachtet, kann man sich gleich die Kugel geben. Ihre Erinnerungsfähigkeit war einzigartig -im negativen Sinn. Am 13.12. erhielt ich einen Anruf, der die Frage in meiner Mail wiedergibt. Sie sagte, <<***Ein Spiel ????? Unendlich traurig find ich diese Aussage. Mit Menschen spiel ich nicht*** >>. An dieser Stelle sollte die Frage schon erlaubt sein, was es denn seit Januar ist, wenn nicht ein einseitiges, ziemlich mieses Spiel, bei dem es nur Verlierer gibt. Wie oft wurde angekündigt, dass es bald los geht ...und warum ist nie was zu unseren gemeinsamen Gunsten geschehen? Mit Verlaub: In der Zeit, in der diese Frau eine verkackte Beziehung beenden möchte, bauen Chinesen fünf neue Mauern, die man vom Pluto aus mit verbundenen Augen erkennen kann. Was ist denn bitte so schwer daran, das zu tun, was unabdingbar ist im Leben?

Meine Freunde meinten, ich müsste endlich einen Schlußstrich ziehen, denn sonst wär auch ich bald reif für die Klapse`:-)). Mir wurde geraten, mich bei Online-Dating Plattformen anzumelden und ihr (selbstverständlich!) davon zu berichten. Erstens würde es bewirken, dass sie endlich zum Finale kommt mit ihrem Noch-Mann, des weiteren sollte ich die Augen offen halten, nach einer „realen“ Frau, die ein ehrliches Leben anstrebt, das in der Öffentlichkeit stattfindet (ohne Versteckspiel). Ich kam mir vor wie Günter Wallraff! Was ich Online vorgefunden habe, hat mich selbstverständlich nicht bewegt (war mir eh klar!), denn das Einzige was ich wollte, hatte ich längst gefunden. Ein paar Mädels habe ich angeschrieben und ihnen Fragen via Mail gestellt, ...über Zukunftspläne, was Glück für sie bedeutet, wie sie sich ein gemeinsames Leben mit einem Partner vorstellen, und was sie unter Zuverlässigkeit verstehen. Von zehn Frauen haben genau drei diese Fragen beantwortet und die Antworten waren genau so „grauslig“, wie ich`s mir vorgestellt hatte. Geistloses Dasein im Quadrat.

Mitte Dezember bin ich alleine nach Baja California (Mexiko) geflogen ...wir hatten telefonisch Kontakt. Sie sagte mir, dass wir beide im nächsten Jahr das

Ende von „DIE BRüCKEN AM FLUSS“ neu schreiben werden, was im übertragenen Sinn bedeuten würde, dass „die 2 aus dem Film“ doch noch ein glückliches und zufriedenes Paar werden (schön wär`s!). In Mexiko erreichte mich nach der Ankunft gleich ein Anruf: <<***...wenn ich bei dir bin, und alles um uns vergesse, mich in Liebe fallen lasse, dann fühl ich mich schwerelos, bin wunschlos glücklich in dieser Oase und es fühlt sich an, als ob die Welt sich ein wenig langsamer dreht. Das war von Anfang an so und ist die ganze Zeit so geblieben.*** *Hast du zuvor schon mal Weihnachten in warmen Gefilden verbracht? So blöd, dich alleine loszuschicken, war mit Sicherheit noch keine. Das ist alles sowas von schräg und macht mich verrückt, noch verrückter als ich eh schon bin, sofern das überhaupt möglich ist:-)). War schon irgendwie seltsam, dieses Jahr, nicht wahr? Dabei hat es so vielversprechend begonnen. Nach dem Skifahren zu hause angekommen -im alt bekannten Fahrwasser- war meine Verzweiflung plötzlich einer Aufbruchstimmung gewichen. Ich hatte das alles so satt, hab mich auf mich selbst besonnen, mich von dem ganzen Müll distanziert, war wieder lebenshungrig* ***und dann... warst da plötzlich du! Und mit dir ging einher Lebensfreude, Leichtigkeit, Fröhlichkeit, Unbekümmertheit, Geradlinigkeit, Ehrlichkeit, Gelassenheit, das Gefühl von „Sch... da nix, dann feit da nix“, Freiheit, ein ganz ganz großes Maß an Geborgenheit, Zärtlichkeit, Einfühlsamkeit, Begeisterungsfähigkeit, Liebe und Lust! Für all diese, für das Leben so wertvollen Dinge, stehst gleichsam du! Du hast die Schönheit und die Leichtigkeit des Seins in mein Leben gebracht ...mit deiner grenzenlosen Liebe und***

dem felsenfesten Glauben an uns, verbunden mit einer gemeinsamen wunderschönen bunten Zukunft vor Augen. All das trägt uns seitdem durch die stürmischen Tage und dunklen Monate, die ich über uns gebracht habe. Weil „SIE kam und SIE war da“ und SIE geblieben und nicht mehr gegangen ist, ist dieses „eigenartige“ Jahr doch ein ganz besonderes für uns beide. Für all das Schöne und Einzigartige, möchte ich dir heute von ganzem Herzen danken. Du bist ein Juwel! Wunderschön dass es dich -für mich- gibt. *Ich wünsch dir eine gute 1. Nacht in Baja California und eine -so gut wie`s geht- schöne Zeit. Ich bin bei dir, ganz innig und nah -blöderweise nicht physisch!>>.*

Einen Tag vor Weihnachten offerierte sie mir am Telefon, dass sie über Silvester mit dem „Noch-Mann“ zum Skifahren fährt. Ich bin regelrecht ausgerastet -diese Horrornachrichten nahmen nie ein Ende bei dieser Frau! Irgendwie brach im Dreivierteltakt meine Welt zusammen ...da kommen Ansagen wie „ich vermisse dich“ und gleichzeitig erwischte mich wieder die geballte Faust im Gesicht -KNOCK OUT zu Heilig Abend, in einem Land, das mich in dieser Lebenssituation weniger bewegte, als die Weltmeisterschaft im Sackhüpfen. Es kommt immer etwas anderes bei ihr heraus, als sie beabsichtigt. Die Wurzel weiß nicht, was das Blatt denkt! Wenn ich in eine vergleichbare Situation komme, schau ich mir alles von innen und von aussen an, bilde mir eine Meinung, fälle ein Urteil und dann setze ich es um. Manche Menschen hätten gerne eine Vollkasko-Versicherung für`s Leben, wenn möglich ohne Selbstbeteiligung (mit allen Rechten, aber ohne Pflichten). Diese Weltfremdheit ist mit Dummheit gleichzusetzen. Unser erstes gemeinsames Jahr (oder wie auch immer man es nennen mag) war das Jahr der „Träume ohne Erfüllung!“ -es war der blanke Horror, obgleich es der Traum hätte werden können. **Ein Chaos der Gefühle**, ausgelöst von einer Frau, deren Aussagen nie tragfähig sind!

Da meine Herzdame (the one and only) gemeinsam mit ihrem Noch-Mann über Silvester vom Erdball verschwunden war, verbrachte ich sowohl die Jahreswende, als auch die Zeit im Januar des neuen Jahres mit div. anderen Menschen (lange genug hab ich mich daheim eingesperrt und jeden Abend gehofft, dass die Tür sich öffnet und mein Traum aus Fleisch und Blut für immer bleibt). Es gab mehrere Frauen, die sich vergeblich um mich bemüht haben, aber mein Herz war nicht frei. Einige hätten wohl gerne einen „Spielgefährten“ in mir gesehen, darunter auch eine gut aussehende Schauspielerin aus Berlin, mit Mitte 30, die viele von euch aus dem Fernsehen kennen! Seit Januar des Vorjahres stand jedoch glasklar fest, dass es nur eine Frau in meinem Leben geben wird (eine Einzige, die je meine Seele berührt hat) ...und mehr als ich von ihr geschwärmt habe, kann man gar nicht schwärmen! „Bei jeder Begegnung“ mit einem weiblichen Wesen habe ich sofort zu verstehen gegeben, dass es eine Frau in meinem Leben gibt, die mir mehr bedeutet, als alles andere auf der Welt!

Das neue Jahr startete traurig. Am 19.01. gab`s das erste Telefonat mit der Herzdame, aber es schien keine Zukunftsperspektive mehr zu geben. Zwei Tage später schrieb ich eine SMS an sie und erhielt einen Anruf, dass ich mich nie wieder melden sollte(!) und noch am selben Abend kam wieder ein Anruf von ihr -da drehst du irgendwann mal durch (oder man gewöhnt sich dran`:-)). Leider hab ich keine Ahnung, wie ihr Betriebssystem funktioniert (auch beim besten Willen wird mir hier der Einblick auf immer und ewig verwährt bleiben). Lamentieren ist nicht gesund, ewiges Warten genau so wenig. Am 23.01. habe ich zufällig ihr Auto vor einem Einkaufszentrum entdeckt und kurz am Parkplatz neben ihrem Gefährt auf sie gewartet. Wir redeten 45 Minuten und irgendwie war klar, dass es wohl eine Fortsetzung mit baldigem Ergebnis geben wird (ihr habt verdammt Glück „Fellas", das Buch ist bald zu Ende`:-)). Sie fragte mich an diesem Abend, ***„Willst du mich denn überhaupt noch?"*** (ich wollte nie etwas anders, als diese eine Frau!) ...und ich sagte, das wäre nun aber **der „point of no return"**, was das gemeinsame Leben betrifft. Ich hab ihr unmißverständlich erklärt, dass ihre latenten Zukunftsängste, die vollkommen grundlos in ihr schlummern, nun der Vergangenheit angehören müssen und sie hat mir fest versprochen, mich nicht mehr zu enttäuschen und für eine baldige, gemeinsame Zukunft zu sorgen!

Sie erzählte mir am 26.1.: *<<Als ich heut Nacht so schlaflos im Bett lag, ist vor meinem geistigen Auge ein wahrer Film abgelaufen, weil ich die selbe Reise- und Lebenslust verspürt hab, wie offensichtlich du.* ***Ich hab uns im Sommer über saftige Almwiesen springen, uns auf den Gipfeln der Berge lieben sehen, am Strand spazieren gehen und auf das weite Meer hinaus blicken sehen, dorthin wo die Sonne das Meer berührt, uns gemeinsam neue Wege und Welten erkunden gesehen! Egal ob nah oder fern, im Sommer oder Winter, aber immer glücklich und***

voll Freude bei der Sache. Egal ob Neuseeland, Italien, Spanien, Kanada -alles gilt es zu sehen, zu spüren und zu riechen. Warum hinder ich mich eigentlich immer wieder selbst daran, aus grundloser Angst motiviert zu leben? Im Grunde sehn ich mich nach nichts mehr, als nach Momenten wie gestern im Auto. Behütet, geliebt und beschützt>>.

Beim Telefonat am 27.01. erklärte mir Eva: <<*...ich lass Dinge nicht zu. Nur die Ursache dafür ist eine andere: Angst, die nur in meinem Kopf existiert. Meine Seele dagegen will zu dir. Aus welchen Gründen auch immer -vielleicht anerzogen oder fremdgesteuert-, hat mir mein Kopf das ganze letzte Jahr verboten, meinem persönlichen Glück oberste Priorität einzuräumen, stattdessen bin ich einem wie auch immer gearteten Verpflichtungsgefühl gefolgt. Ich muss danke sagen für deine zärtliche, behutsame Liebe, die auf so vielfältige Weise für mich spürbar und wichtig ist und die mir bis heute zuteil wird. Ich hoffe du spürst tief im Herzen, dass mein Kopf nicht Herr meiner Seele ist. Würde dich jetzt zu gern umarmen*>> ...und am 9.Februar sagt sie mir: <<***Menschen sind nicht einfach austauschbar*** >>. Wenn sie nur einmal „Wort gehalten hätte“, dann würden uns nun schreiende Kinder umgeben und sie wäre „vielleicht“ glücklich bis an ihr Lebensende -so wie im Märchen. Und wenn sie nicht gestorben sind, dann...aber...!`:-)).

Im Februar haben wir wieder Wohnungen besichtigt, weil sie der Ansicht war, dass sie zuerst in ein eigenes Heim ziehen möchte, um jeglichen Stress mit dem „Noch-Partner“ zu vermeiden (die Situation kannte ich ja inzwischen). Sie wirkte total zuversichtlich und meinte, <<***Ich hab nicht aufhört zu träumen! Ich glaube an die Realität meiner Träume, weil ich glaube, dass meine Träume bald Realität werden. Meine Vorstellung vom Leben, und ich würde mir wünschen dass du meinen Worten soviel Glauben schenkst, sind deckungsgleich mit deinen, aus meiner Sicht. Mein Verlangen nach Leben ist groß***, *ein Verlangen nach „Arbeit im Übermaß" gibt es nicht.* ***Ich glaub nicht nur, dass es mit uns gutgehen kann, ich bin mir sicher, dass es verdammt gut tun wird****. Voraussetzung dafür ist, dass du wieder Vertrauen zu mir finden kannst, sonst seh auch ich realistisch schwarz. Wenn es -trotz Vertrauen- dennoch nicht gut gehen würde, läge es aus meiner Sicht sicher nicht an den von dir beschriebenen Gründen, sondern an uns und unseren gegenseitigen Erwartungen aneinander>>.* LIEBES GLÜCK - FALSCHE ERWARTUNGEN FÜHREN ZWANGSLÄUFIG ZUR ENTTÄUSCHUNG!

In den Augenblicken wenn sie bei mir war, schien alles perfekt. Die Weichheit des Lichts, die immer stärker werdende Anziehungskraft, alles war so wunderschön und außerordentlich. Sie war der einfühlsamste Mensch, den ich je getroffen habe, ...ein unbeschreiblich sanftes Wesen, gefühlvoll und zerbrechlich. Ich war hingerissen vom sinnlichen Gleichklang von Körper und Seele ...ich hätte schwören können, dass sie mich nicht mehr verletzen wird, so bald dieser eine (wichtige) Schritt getan ist und sie spüren wird, dass wir beide ein leichtes Spiel haben. Nichts auf der Welt bereitete Zweifel, die diese, unsere Liebe betraf. „Zwischen uns darf kein Blatt passen", sagte sie immer wieder und ich habe ihr vertraut. Sie war im

Beisammensein weder rücksichtslos, noch auf ihre eigenen Bedürfnisse bedacht, ...ich hoffte nur, dass sie weder die Fährte noch ihr Gedächtnis verliert`:-)). Am 14.Februar meinte sie: <<***Ich hab`s dir vor einem Jahr schon gesagt: Du hast mir gezeigt, wo der Himmel anfängt, und jetzt gilt es, den ganzen Himmel zu sehen!*** *Realistisch betrachtet, haben sich deine Gefühle zu mir im Laufe der -schlimmen- Zeit negativ verändert, durch meine rosarote Brille betrachtet, erreichen wir das Glück von vor einem Jahr nach ein paar gemeinsamen Tagen am Stück wieder. Lass es mich zumindest versuchen.* ***Bitte hör nicht auf zu träumen, von unserer geilen Welt! Wir beide, wir kriegen das schon irgendwie hin*** *`:-)>>.* Was ich nicht checke: Diese Frau scheint zuversichtlich zu sein für den Moment(!!!) und ohne irgendein Zutun von meiner Seite kann alles in Bruchteilen von Sekunden wieder komplett kippen. Jemanden, der so wechselhaft durchs Leben schwirrt, hab ich nie zuvor erlebt (ist vermutlich auch einzigartig). In diesem Zusammenhang fällt mir ein Gespräch mit dem früheren Benetton-Fotografen Oliviero Toscani ein. Er sagte sinngemäß: „Ich würde zu gern wissen, was in einem Amokläufer vorgeht, der am Vormittag frühstückt, genüßlich seinen Kaba schlürft, zur Arbeit fährt und am Abend sieben Leute abknallt!“ Genau so Schizo (natürlich mit einer anderen Tragweite) sind für mich die unzähligen Ansagen dieser Frau, die gar nicht unberechenbarer sein könnten, denn sie tut NIE das, was sie verspricht. Und was noch hinzu kommt: Ihr habt hier lediglich ein paar Zeilen zu lesen ...ich hatte immer den Blick in die Augen, wo keinerlei Zweifel in mir aufkam, weshalb ihr gesprochenes Wort nicht der Wahrheit entsprechen könnte.

Sie sagte: <<***...weil du in wenigen Minuten des Zusammenseins soviel Wärme und Geborgenheit ausstrahlst, dass alles andere unwichtig erscheint; dass ich nur bei dir bleiben und dieses beruhigende, behütete, liebende Gefühl auskosten und mich fallen lassen und dabei „uns finden“ möchte! Danke für die Nestwärme!***>>. Ich hab`s vorher schon erwähnt: Vielleicht gibt`s Menschen, die sich solche Zeilen einfach so vom Leib reden, aber es geht doch sowohl im gesprochenen als auch im geschriebenen Wort (bei Menschen die uns verdammt nah stehen) immer um die Tragweite, deren wir uns bewusst sein müssen. Alles im Leben hat ab einem gewissen Alter eine Konsequenz. Wenn ich einem liebenden Menschen etwas verspreche, dann hat dies auf jeden Fall Bestand (nicht nur für eine Sekunde). Beständigkeit ist der Schlüssel, welcher uns Vertrauen beschert (bleibendes Vertrauen!), die Grundbasis für ein Fundament, das irgendwann Stabilität erreicht und dementsprechend tragfähig ist. Ich gestehe, dass mich die Situation (dieses Wechselbad der Gefühle) über all die Monate an den Rand des Wahnsinns getrieben hat, denn ein geerdeter Mensch handelt völlig anders. Wie oft wurde mir gesagt, der „Noch-Mann“ wäre für sie lediglich wie ein Mitbewohner und dass da schon lange nichts mehr wäre, was auch nur im entferntesten Sinn mit Liebe zu tun hat. Wie oft hat sie ausdrücklich betont, dass es nur noch Gewohnheit ist und dass es keine Basis mehr gibt, an dieser Ehe festzuhalten. Auf meine dringliche Frage, aus welchem Grund sie nicht längst ihr Leben gemeinsam mit mir verbringt, kamen nie logische, eindeutig verständliche, oder nachvollziehbare Ausführungen. Wie oft kam diese Frau zu gemeinsamen Treffen mit dem

Ehering. Für mich war das immer sehr schmerzhaft, denn sie hat so oft vom gemeinsamen Kinderwunsch geredet, von unserer bunten Zukunft, dem leichten Glück, dem schönen Leben an meiner Seite ...und dann trägt sie immer wieder einen Ring am Finger, von einem Mann, der angeblich seit langer Zeit bedeutungslos ist. An unserem zweiten Valentinstag bot sich mir wieder ein unglaubliches Szenario: Als ich den Ehering am Finger bemerkt habe, war unser Abend für mich gelaufen. Ich hab sie sofort zu ihrem Auto gebracht und ihr vermittelt, dass ich mir total verarscht vorkomme. Häufig dachte ich, ob sie`s vielleicht gar mit Absicht macht, um meine Reaktion zu testen. Immer wenn es zwischen uns „total schön und geschmeidig war“ (häufig!), dann kam beim nächsten Treffen wieder so ein Hammer. Warum fügt dir ein Mensch immer wieder Schmerzen zu, der dich angeblich liebt? Ich finde keine passende Antwort auf diese mir bedeutsame Frage.

Am Tag danach meinte sie, <<***...auch wenn du manchmal aufbrausend und rigoros bist, weil dein Temperament mit dir „durchgeht“, tief im Inneren bist du unglaublich sanftmütig, einfühlsam, nachsichtig, liebevoll und geduldig, und genau das spür ich im täglichen Umgang mit dir! Dass du unverschuldet an der Situation leidest, tut mir schrecklich leid. Bleib so wie du bist, es ist gut so, wie du bist***>>. Ich kann mir für all die schönen Worte nix kaufen. Wenn sie ehrlich gemeint wären und sie aus den Fehlern der Vergangenheit gelernt hätte, könnte man ja IRGENDWANN einen Fortschritt erkennen und loslegen, endlich die Gegenwart leben und die Zukunft planen. Wenn etwas nicht funktioniert, dann hinterfragt man die Dinge -das mach ich seit Urzeiten so. Es gibt Menschen, die sind so in ihrer kranken Vergangenheit verstrickt, dass sie gar nicht sehen wie schön dieses Leben wäre, wenn`s ehrlich und geschmeidig abläuft. Warum hat sie denn fortwährend Angst vor einer Veränderung? Wenn man sieht und spürt, dass ein Mensch es ernst meint (und so gut sollten weibliche Sensoren nach 34 Jahren ausgeprägt sein), dann gibt es doch keine offenen Fragen. Bis du schaust, ist das Leben vorbei`:-((. An einem Abend (wir saßen im Auto) habe ich ihr noch mal ganz klar vermittelt, dass ich keine weiteren Spielchen und Aufschübe mehr dulde. Sie versprach hoch und heilig, dass sie sich ersthaft bemühen wird und flehte mich an(!), dass ich sie nicht alleine zurück lasse, denn ich wäre ***„die einzige und größte Hoffnung in ihrem Leben“***, denn ohne mich könnte sie sich gleich eine Kugel verabreichen, oder sich in die Isar stürzen (das war der O-Ton).

Sie hatte inzwischen auch eine Wohnung in Tutzing am Starnbeger See gefunden (geplanter Einzugstermin 01.04.), die wir Mitte Februar gemeinsam besichtigt haben. Nach wie vor schien sie nicht geerdet zu sein. Ich kannte sie einerseits sehr gut, andererseits wieder gar nicht (und zwar in dem entscheidenden Bereich, der die Verlässlichkeit ihrer Aussagen bzgl. unserer gemeinsamen Zukunft betrifft). Sie erklärt mir am 20.02. am Telefon: <<***...ich hab nicht aufgehört an uns zu glauben -schon gar nicht an dich, denn du bist mein Licht, mein Anker im Glauben an die wahre selbstlose Liebe. Auch wenn du heute gesagt hast, ich soll dir nichts mehr sagen, sondern vielmehr handeln: Du bist die liebevollste,***

selbstloseste, gütigste, feinfühligste und treuste Seele ever, die ich begleiten möchte und mit der ich verbunden sein und bleiben will. Zu den Zeilen, die ich vor einem Jahr geschrieben habe: ja, ich würd sie heute wieder so schreiben, weil ich noch immer so fühle, nur handeln würde ich anders. Es waren viele schwerwiegende Fehler. Ich hab ja damals schon gespürt, wie ernst es dir ist, wie weit deine Liebe reicht. *Negativerfahrungen und Enttäuschungen hätte ich zur Bestätigung nicht gebraucht. Ich weiß nicht, welcher der beiden letzten Absätze deiner Mail mich trauriger macht. Der fehlende Nachfolger oder der gefühlte, fehlende Glaube an dich. Keines von Beiden sollte fehlen. Dass ich dir so unsäglich viel Kummer und Schmerz bereitet hab ist durch nichts aufzuwiegen, ich weiß.* ***Ich kann nur hoffen, dass die Wunden heilen und wir zurückfinden ins leichte Glück. Bewahr dir dein sein. Nichts ist wertvoller und wichtiger!*** >>.

Was nutzt mir der geilste Porsche 911 GT3 RS 4.0, wenn der Tank ein Loch hat und die Kreditkarte gesperrt ist? Nichts, nada, niente -es ist wieder mal „zum laut Schreien!“, wenn du nicht mehr an das gesprochene Wort glaubst. Ich hatte lange Zeit durch sie dieses wunderschöne Gefühl in mir, das so viel Kraft und Energie schenkt, dass man ganze Stadtteile mit Strom versorgen könnte. Ich glaube es ist verständlich nach all dem Theater, dass ich nach über einem Jahr keine weiteren Vertröstungen mehr hören wollte (nicht eine Einzige!), sondern UMGEHEND aktiv leben, wie das wohl jeder normale Erwachsene erwartet, sofern man gemeinsame Ziele vor Augen hat. Zwei Tage später sagte sie: <<*...ich weiß, du willst keine Worte mehr* *von mir hören, aber* ***du bist meine Zuversicht, meine Hoffnung und mein Glück. Ich brauch dich, weil meine Seele dich so sehr braucht. Ich brauch einen Seelenverwandten an dessen Seite ich leben kann, ja das siehst du sehr richtig -und ich hab ihn gefunden, ich hab dich gefunden, auch das ist richtig!*** *Du wirst wütend, wenn ich dir schöne Worte, die aus meinem Herzen kommen sage, o.k., dann lassen wir auch das. Du magst mich nicht sehen, wenn ich wieder gehe, o.k., auch das lassen wir.* ***Dass ich mich nach dir sehn und positiv denke, weil das, was vor uns liegt mich aufatmen und glücklich sein lässt, das werde ich nicht lassen; ich werde es auch nicht lassen, mich darauf zu freuen. Dass man sich auf mich verlassen kann und zwar nicht nur auf Worte, sondern auf mich als Person, das stand, und das kann ich nach bestem Wissen und Gewissen sagen, in keiner meiner bisher geführten Beziehungen außer Frage; aber mach dir im Frühjahr dein eigenes Bild****, denn das ist ja das Zeitfenster, das mir noch bleibt, wenn ich dich richtig verstanden habe>>.*

Am Tag darauf erreichte mich folgende Nachricht: *<<****...geschmeidig und sanft gemeinsam durch`s Leben zu gehen, ist auch meine Vorstellung von Beziehung und Partnerschaft. Dem Februar folgte der März, dem Juli der August. Ich will keine Neuauflage, sondern geklärte Fronten vor einem Neuanfang****>>.* Wenn`s denn mal so gewesen wäre. Geklärte Fronten gab`s NIEMALS(!!!) bei der Braut, die sich nicht traut -eher schneit es im Sudan! Manchmal habe ich das Gefühl, sie wird lieber noch fünf weitere Menschen bis ins tiefe Knochenmark verletzen, als einmal etwas „sauber und mit Anstand“ klären. Traurig, aber wahr! Schöne Worte, die gab`s immer -doch wo waren die Taten? Vor ziemlich genau einem Jahr wollte sie einziehen ...am 27.02. ...und wie viele Anläufe zur endgültigen Realisierung würde sie noch benötigen? Mir kommt`s so vor, als wäre es eine ewige Reise ins Ungewisse! Sind meine vielen Bedenken und Gedanken für sie so schwer nachvollziehbar? Spreche ich jukagir? „Jukagir“ ist eine äußerst seltene Sprache im Nordosten Russlands.

Immer wenn ich gefühlt habe, dass sie wieder (in welcher Form auch immer) Abstand sucht, kam Angst in mir auf. Versteht mich nicht falsch: Ich bin kein ängstlicher Typ. Mich kann man ins gefährlichste Ghetto schicken und in der Regel komm ich da auch wieder lebendig raus (ich war in der South Bronx von New York, in Compton und South Central von Los Angeles ...habe einen Dokumentarfilm mit Straßengangs gedreht, da geht dir der Arsch auf Grundeis!), aber wenn du einen Menschen an deiner Seite hast, der jeden Tag wieder seine Meinung ändert (und zwar zu elementar wichtigen Entscheidungen), dann wird man zwangsläufig unsicher -das ist ein echtes Scheißgefühl. Wie ich bereits erwähnt habe, gibt`s unzählige Fotos von ihr ...und ich sitze heute noch oft davor und kann in Sekundenschnelle sagen, wann`s ihr gut oder schlecht ging. Nie zuvor habe ich einen Menschen getroffen, dessen augenblickliche Befindlichkeit ich schneller einschätzen konnte (und was bringt`s mir? Gar nix!). Obwohl sie ihren Mietvertrag Mitte Februar unterschrieben hatte, was Grund zur Freude sein sollte, war sie weiter unsicher und betrübt. Sie hat mir immer zu verstehen gegeben, dass sie mir

weder Kummer noch Sorgen bereiten möchte, aber ich glaube, sie war immer hin- und hergerissen, was den Schritt in die Zukunft betrifft (der ihr Leben „von heute auf morgen“ schlagartig verändert hätte).
LIEBES GLÜCK - WORAUF WARTEST DU?

Anfang März haben wir uns wenig gesehen ...sie sagte immer, dass sie mich sehr vermisst, aber sie hätte es jederzeit ändern können. Am 06.03. folgte wieder mal ein Durchhänger: <<*Mir geht`s zunehmend bescheidener, heut wieder um eniges schlechter als gestern. Mir fehlt der Frieden, die Harmonie und der Hafen so sehr. Weiß nicht was heut mit mir los ist. Bin total unruhig, aufgewühlt und nervös. Aber wenn ich ehrlich bin, weiß ich`s.* ***Du und die fehlende Zeit mit dir sind die Ursache, für den fehlenden inneren Frieden und der Grund warum ich nicht zur Ruhe komme*** >>.

Es ist schon echt ein doofes Gefühl, wenn die Wolken bei einem Menschen immer tief hängen, und der dann nichts dagegen unternimmt. Von selbst wird`s Leben nicht besser -da sollte schon ein erfrischender Ruck durch den Body gehen und danach muss man aktiv werden. So bald ich zum Thema meinen Senf abgegeben habe, wurde aus den Wolken gleich Gewitter, denn alles was mit Kritik zu tun hatte, wollte sie nie hören. Es ist dieses „du willst mich gar nicht verstehen!“-Gelaber, weil die einen vom Mars sind, und die anderen von der Venus -so ein Blödsinn! Unter beiden Geschlechtern gibt`s welche, die kompliziert sind und nix auf die Reihe bekommen und einfach jene gechillte Frohnaturen, denen alles im Leben leicht von der Hand geht, weil sie schlicht und ergreifend „WOLLEN“ -Punkt`:-)).

Als wir am Abend des 9.März eine Runde an der Isar drehten (ein langsamer und gemütlicher Spaziergang), erzählte sie mir, wie sehr sie sich darauf freut, endlich „von oben bis unten" geliebt zu werden und dass sie sich so sehr nach diesem Leben mit mir sehnt. Wir hatten ein wunderbares Gespräch und malten uns die Zukunft aus (nicht zu bunt, sondern völlig realistisch, inkl. den zeitlichen Details zum lange geplanten Kinderwunsch). Nach diesem Abend war ich mir absolut sicher, dass sie diese letzte Chance garantiert nicht vergeigen und auch nicht mehr umkippen wird (sie hat im Gespräch bestätigt, dass es für sie „kein Zurück" mehr gibt seit dem 23.01.). Es ging in diesem Gespräch auch darum, dass wir „keine" Geheimnisse voreinander haben werden, gerade deshalb, weil wir uns unbeschreiblich nah waren (es gibt keinen Tag im Leben, wo mir diese Unterhaltung „nicht" durch den Kopf geht!). Als ich an diesem Abend daheim angekommen war, checkte ich online bei mobile.de, was ein Audi Q5 Jahreswagen kostet, weil ich mir dachte, es wäre angebracht, ihr eine übersichtliche und sichere Familienkutsche zu kredenzen, in der man locker Babyjogger und Kinderwagen verstauen kann. Ich bin den Q5 auch gefahren und hab mir den Kofferraum und sämtliche Stauräume zeigen lassen ...war in der Babyabteilung eines Möbelhauses und hab mir zum ersten Mal in meinem Leben Kindersitze und Zubehör angeschaut. Für mich war klar, „es wird ein Storchenmühle -Starlight (der ist sicher, sieht geil aus und ist für Kinder von 9 Monaten bis 12 Jahren geeignet)!" Das hatte für mich alles schon längst nichts mehr mit Tagträumerei zu tun, denn ich selbst war bereits vor über einem Jahr in unserer gemeinsamen Welt angekommen -nur gelebt wurde sie nicht. Eva`s Worte,

<<***Süßer, wenn ich mal da bin, dann bin ich da und geh nimmer fort. Dann gibts auch keine Sorge mehr um morgen oder irgendeinen anderen Tag! Mach dir nicht so viele Gedanken***>> hätte ich zu diesem Zeitpunkt längst nicht mehr angezweifelt.

Ihr Anruf vom 14.03.: <<*Was ich brauche und suche ist Frieden und Harmonie, ein Leben ohne Agression, Respektlosigkeit, Drohungen, ... (...). Beständigkeit statt Unberechenbarkeit, das gilt sowohl hinsichtlich Treue, als auch alltäglichem Verhalten*>>. LIEBES GLÜCK - BIST DU VERÄRGERT? Was ich hochinteressant finde, ist der Umstand, dass der wohl unbeständigste und gleichzeitig unberechenbarste Mensch in diesem Sonnensystem nach Beständigkeit sucht! Wie lang könnte sie das schon haben? Seit über 400 Tagen! Die Weltfremdheit hat einen neuen Namen: „the one and only EVA“! Sie kam häufig fertig und erledigt von ihrem „Daheim“, ich puschte sie wieder auf und brachte sie zu guter Laune und danach ging sie wieder ...will sagen, die schlechte Energie brachte sie stets zu unseren Treffen mit (ausgelöst durch den Umstand, dass ihr privates Leben ein einziges Dauerchaos und sie keineswegs mehr Opfer, sondern Hauptbestandteil oder zumindest Mittäter dieser Drama-Komödie war). Alle Probleme die wir beide hatten, konnte man einer einzigen Ursache zuschreiben (dem Nicht-Handeln). Man sollte doch die Ursache erkennen, den Umstand bekämpfen und dann eine Lösung finden. Manchmal glaube ich, dieser skurrile Spieltrieb in Beziehungsgeflechten machte ihr Spaß! Es ist in etwa so, als würde ich jeden Tag in einem Meer voller Reißnägel baden und 400 Tage lang jammern, dass es immer „aua“ macht. Einer meiner Freunde sagte mal, wem`s einmal passiert, der lernt daraus, wem`s zweimal passiert, der denkt nicht, wem`s dreimal passiert, der ist lernbehindert. Bei viermal ...erspare ich mir lieber die Antwort. Was soll ich dazu sagen? Nix mehr!

Zum Verständnis: Die Frau sagte im Januar des Vorjahres, „...glaub mir, da ist nichts mehr“, schafft es aber in über einem Jahr trotz unzähliger Ansagen, Anläufe und Versprechen nicht, dort die Schotten dicht zu machen und in ein neues Leben zu wechseln. Kann ein Mensch, der sich diesem Zirkus annimmt (ich!) wirklich so „gechillt“ bleiben auf Dauer, dass ihn das kalt lässt? Für Juni wurde von ihrer Seite eine Italien-Reise an den Gardasee mit ihrer Familie angekündigt (vermutlich, um weitere Zeit zu gewinnen) ...es waren die ewigen Versprechen! Keiner mit halbwegs klarem Verstand, gibt sich diese Gülle über 14 Monate am Stück. Das hält der härteste Krieger nicht aus. Irgendwann kommt bei jedem noch so gutgläubigen Menschen mal der Tag, an dem man „REIN GAR NIX“ mehr glaubt`:-((.

Vielleicht liege ich falsch mit meiner Einschätzung, ...aber ist es normal, dass eine Frau, die man seit mehr als 14 Monaten kennt und die seit 13 Monaten bereits bei mir wohnen sollte, eine Woche vor dem Einzug ins neue Leben an einem Samstag Nachmittag noch mit dem „Ehering“ durch die Stadt spaziert? Wie soll man da reagieren? Selbstverständlich wurde da meine Stimme etwas lauter, denn angeblich gab`s ja neben dem Wunsch nach einem aufrechten Partner auch noch den Wunsch nach gemeinsamen Kindern. Es wäre doch geradewegs so, als hätte ich im gemeinsamen Schlafzimmer immer noch die Großbilddrucke meiner Ex-Freundin an den Wänden und würde täglich die alten Fotoalben von 1989 durchblättern -das ist doch völlig krank! Wenn mich „ihre Seele“ so sehr braucht, wie sie mir mehrfach geschrieben und erzählt hat, dann könnte sie diesen Ehering längst in die Isar werfen. Die immer selbe Diskussion hatten wir seit über einem Jahr -und immer wieder kam sie zu manchen Treffen mit diesem Ring. Meine Frage war, ob sie den auch noch tragen wird, wenn wir unseren Nachwuchs gemeinsam im Kinderwagen durch die Stadt schieben, oder ob`s vielleicht gar sein mag, dass ich auch künftig in 15 Meter Abstand hinter ihr gehen muss, mein Auto in Tiefgaragen oder Seitenstraßen verstecken muss, da ja NIEMAND je erfahren darf, dass ihre Ehe seit Jahren gescheitert ist und auch nie etwas öffentlich oder gemeinsam stattfinden kann. Warum ist es nur so schwer, ein ehrliches Leben zu führen? Manche Menschen nehmen tausend Lügen mit ins Grab -andere leben frei und offen, weil sie ein ehrliches Leben anstreben. Was ist wohl gesünder auf Dauer?

Ich schrieb ihr „Stop holding on to what hurts and make room for what feels good“ und versuchte ihr Mut zu machen und Hoffnung zu schenken. An manchen Tagen wollte sie`s hören, an anderen Tagen nicht. Ende Februar und Anfang März waren wir 2x gemeinsam in Möbelhäusern und haben nach dem passenden Interieur für ihre Wohnung geschaut. Die meisten Möbel haben bis zu acht Wochen Lieferzeit. Sie verhielt sich sehr bedeckt und unschlüssig (für meinen Geschmack) und auf meinen Vorschlag, welche Läden wir noch aufsuchen könnten, ging sie kaum ein. Wir haben uns im März nicht oft getroffen (keine Ahnung weshalb, aber ich dachte, sie würde Abschied nehmen, von ihrer Vergangenheit). Es verging Woche um Woche und mit Ausnahme vom Bett wurde auch nix geordert. Ihre Ansage war, sie würde sich darum bemühen, so bald sie eingezogen ist (für mich schwer nachvollziehbar, denn wer lebt gerne in einer leeren Wohnung? Man möchte es doch gemütlich haben im neuen Domizil, oder denk ich da schon wieder falsch?).

Am 24.03. war unser letztes Treffen, zu dem sie mit dem Ehering vom „Noch-Mann“ kam. Als ich mich darüber aufgeregt habe, kam eine SMS mit dem Text <<***Bitte lass mich nicht allein. Nicht du*** >>, ihre Nachricht am 30.03. (sechs Tage später!): <<*Mich auf das alles einzulassen, war mein aller aller größter Fehler, unverzeihlich. Das war nicht gut für mich!>>.* Einen Tag später sollte der Umzug in ihre neue Wohnung stattfinden ... da hat sie ja mal wieder „ZUVERLÄSSIGKEIT“ im Quadrat bewiesen. Mein lieber Herr Gesangsverein, dagegen war ja unser „Ehrenwort-Mann“ Kohl ein Waisenkind! Die Wahrscheinlichkeit, dass Helmut Schmidt 2013 für die Piratenpartei kandidiert liegt höher, als ein weiser Entschluss von Eva, uns beiden endlich eine faire Chance zu geben (von Intuition und Logik nicht den Hauch einer Spur). Subjektiv betrachtet könnte man sagen, ich hätte mich da vielleicht in etwas verschossen, das in Wirklichkeit gar nicht existiert, jedoch radikalisiert sich mein Verhalten durch die erlebten Umstände „mit dieser Frau“. Genau aus diesem Grund lassen sich diese Geschehnisse dieser gemeinsamen 14 Monate für mich nicht relativieren. Damit möchte ich zum Ausdruck bringen, dass diese enorme Wertschätzung für (explizit) diesen einen Menschen in besonderer Form existierte, weil erlebte Situationen in der gemeinsamen Vergangenheit weit mehr in mir hervorgerufen haben, als nur eine optimistische These. Ich hatte nie daran gezweifelt, dass wir beide „einwandfrei & glücklich" dieses gemeinsame Leben in großer Freude hätten teilen können. Warum gibt`s Menschen, die immerzu nur scheitern? Hunderte von Versprechen und nie etwas davon umgesetzt -welch eine Leistung `:-((.

„Immer wenn sie kurz vor ihrem angestrebten Ziel steht (zumindest das Ziel ihrer Worte), dreht diese Frau komplett durch und katapultiert mich vollkommen grundlos ins Nirvana, kann sich schlagartig an <<rein gar nichts>> mehr erinnern und verhält sich, als hätte es uns nie gegeben! Es gibt scheinbar Menschen, die legen sich in ihrer Gummibärchen-Welt immer alles so zurecht, wie`s gerade passt. Heute bist du <<*der Allergrößte*>> und morgen schon <<*Vergangenheit*>>.
Was sind das nur für masochistische Machtspielchen? Was war real, was war erfunden, was war wahr, was war falsch? Wird sich diese Frau jemals demaskieren um sich dem Wesentlichen zu widmen? Wie kann ein Mensch nur so mutlos sein? Wovor hat sie Angst?"

LIEBES GLÜCK - WAS IST GESCHEHEN?

Eingehende Nachrichten im Schnelldurchlauf:

30.01. Bin auf dem Weg zu dir. Freu mich tierisch! **02.02.** Zeigst du mir Italien? Kenn`s nur aus dem Lateinunterricht **05.02.** Ich zähl die Minuten, bis ich wieder bei dir bin und träum von dir. Kann mir nicht mehr vorstellen, ohne dich zu sein **09.02.** Die Mama deiner Kinder hat gemeint, das was immer du auch machst, hätte einen romantischen Touch -du fehlst **25.02.** Hallo Schatz. Nicht erschrecken, dein Schutzengel küsst und umarmt dich jetzt gleich ganz fest; ich hab ihn darum gebeten und er meinte: ok, geht klar`:-) **26.02.** Du bist der Megatraum schlechthin. Ich küss dich **29.02.** Danke, wie behutsam du mit mir in der für mich keineswegs einfachen Situation umgehst **01.03.** Lieber Adam, ich hoff dir gehts einigermaßen gut. Hab keine Angst. Ich bin bei dir und zu reden gibts hier auch nichts mehr. Alles gesagt und nichts verstanden. Bin tatsächlich dabei eingeschlafen. Wir arm wär mein Leben ohne dich. Menschen wie du sind selten. Wenn du magst, fahr ich vor der Arbeit zu dir **03.03.** Mach dir keine Sorgen, mein Schatz. Ich hab alles im Griff und vor allem dich über beide Ohren lieb. Kannst dir gar nicht vorstellen, wie gut mir die Stunden mit dir heut wieder getan haben. Einfach nur wunderschön, dass es dich gibt. Danke, dass du bei mir bist -schlaf gut und träum schön **07.03.** Mit dir zu lachen war verdammt schön eben. Danke **16.03.** Hallo Schatz. So gehts nicht weiter. Ich kann und will dich nicht jeden Abend enttäuschen. Ich meld mich. Kuss **21.03.** Hallo Schatz. Unbeschreibliches Glück, dass es dich gibt.

Mir geht`s gut. Du bist ja da. Mach dir keine Sorgen **25.03.** Gute Nacht mein Schatz. Ich liebe dich. Danke, dass du da bist und geblieben bist **28.03.** So lieb wie ich dich hab, so traurig bin ich heute. Ich sollte wohl erst wieder zu dir kommen, um zu bleiben **15.04.** Danke für heute Nachmittag. Ich fühl mich so wohl bei dir. Danke, dass du noch da bist **26.04.** Wegen dem Wochenende: Darüber wollte ich persönlich mit dir reden, face to face ...daher bitte nicht vorab buchen **09.05.** Hey sweet heart! Hab keine Angst, ich vergess dich und deine Liebe nicht! Dickes Indianer Ehrenwort. Ganz bestimmt nicht! Miss you **23.05.** Hey Engel. Danke nochmal, dass du heute vorbeigekommen bist; so ganz nach dem Motto „call me I`ll be there". Hat verdammt gut getan. Kuss **28.05.** Ich bin so erfüllt von Liebe zu dir und das ist gut so. Erstaunlich, wie fremd mir Menschen sind, die mich seit Jahren umgeben und wie verbunden im Gegensatz dazu WIR sind. Schlaf gut, mein geliebter Schatz **02.06.** Schatz, sei nicht traurig. Glaub mir, es wird alles so, wie du mir heute geschrieben hast: Alles wird GUT! Danke für heute Nachmittag **03.06.** Mein Engel, ich hab dir heute gesagt, was ich im Zusammensein mit dir fühle und wie du bestimmt gemerkt hast, hatte ich Tränen in den Augen, Tränen der Rührung und des Glücks, weil du mir unbeschreiblich schöne Gefühle und wahre Liebe schenkst **04.06.** Hey, bitte glaub mir, deine Angst ist aktuell vollkommen unbegründet. Und das kann keiner so gut beurteilen wie ich. Ich hab dich sehr sehr lieb und daran ändert auch dieses Wochenende nichts. Kuss ...du weißt gar nicht, was mir den ganzen Tag durch den Kopf geht`:-) **06.06.** Wenn ich deine Mail lese, möchte ich am liebsten im Erdboden versinken, so schäm ich mich. Fühl mich unendlich schlecht und bin tieftraurig, weil ich auch weiß, wen ich damit tief verletzt habe und was der Preis für mein Tun und Handeln war. Ich verstehe deine Reaktion voll und ganz. Hätte ich mich „frei" gefühlt, wäre das alles nicht passiert. Ich bin auf dem Weg. Unabhängig davon höre und akzeptiere ich deinen Aufschrei **07.06.** ...hab mich dort so wohl gefühlt an deiner Seite und wollt gar nicht mehr aufstehn. Du fehlst **07.06.** Mach dich nicht verrückt Süßer. Meinst wirklich, das Stahlseil zwischen uns reißt? Glaub nicht`:-) **07.06.** Hallo mein Schatz. Danke für die Fröhlichkeit, die du heute verbreitet hast, für deinen Sanftmut, deine unendlich große Nachsicht mit mir, deine große Liebe, Danke für dein Herz! **07.06.** Und ich bin erst vollständig glücklich und zufrieden, wenn ich dir die Ruhe und Sicherheit geschenkt hab, die dich in meinen Armen sanft, tief und fest und absolut entspannt schlafen lässt. Tausend Küsse **07.06.** Deine Liebe ist unbeschreiblich. Wahnsinn. Haut mich um! Wunderschön **09.06.** Weißt du, ich bin sicher, dass wir beide „leichtes Glück" erfahren können. Und sag mir, was gibt es Schöneres? Schlaf gut und träum süß **09.06.** Bingo`:-) Bin noch alleine! Danke mein Engel, für die schönen Stunden. Es liegt ein wunderschönes Leben vor uns! Tausend Küsse **11.06.** Ich brauche und vermisse dich jeden Tag mehr. Hab dich voll lieb **12.06.** Hallo mein Schatz. Wie`s mir geht? Nach dem Nachmittag GUT`:-) Denk die ganze Zeit an dich/uns. Bin so nah bei dir! Einfach geil. Keine Sorge -ich bin und bleib ganz bald bei dir **12.06.** Ich kann dich verstehen. Deshalb werd ich`s ändern **12.06.** Ich enttäusch dich nicht mein Engel. Du bist mein Leben! Ich hab nur eins`:-) **12.06.** Ich habs erkannt -sehr deutlich sogar. Du musst nicht mehr lange warten -VERSPROCHEN. Das Warten hat sehr bald ein Ende. Sehn mich nach zuhause. Miss you **12.06.** Aber diesmal geb ich die Schlüssel nicht wieder her **12.06.** Gute Nacht! Ich wünsche mir, dass sich jede Sekunde deiner Trauer wegen uns in Kürze in pures Glück umwandeln wird **12.06.** Wunderschöööön! Ich werde unsere Kids grenzenlos lieben, sie vergöttern ohne sie zu verziehen, weil ich weiß, sie sind das Abbild unserer Liebe! Bin ganz nah bei dir **15.06.** Danke, dass du gekommen bist, dass du immer für mich da bist! Jetzt gehts mir wieder gut`:-) **17.06.** Ich bin unverantwortlich -du bist was ganz Großes! **19.06.** Gute Nacht Adam. Ich hoffe du schläfst und die Träume entführen dich auf Wolke sieben`:-) Fühl dich umarmt **19.06.** Dich nennt man wohl unfassbares Glück`:-) Muss gestehen, du rührst mich grad zu Tränen. Ich wünsch mir so sehr, und werde alles daran setzen, dass es dir gut geht **19.06.** Hallo mein Herz. Danke für die bewegenden Momente. du bist wie eine Perle, die den erstaunten Betrachter ob ihrer Schönheit verstummen lässt! Ich wünsch dir eine geruhsame Nacht. Dein Engel wacht über Dich. Zärtlicher Kuss **19.06.** Mir tuts weh, wenn ich dich so leiden seh. Hab ich dich doch so lieb. Ich darf dir keinen Kummer und keine Schmerzen mehr zufügen. Verzeih mir **19.06.** Du kennst doch das Motto: Kommen um zu bleiben`:-) **19.06.** ...und es wär mir die größte Freude, wenn es auch dein schönster Lebensabschnitt wird **20.06.** Gute Nacht mein Herz. Bin traurig, dass ich dich jetzt nicht in meinen Armen halte. Dein Schutzengel muss mal wieder aushelfen und dich meinerstatt durch die Nacht begleiten. Schlaf ruhig, tief, fest und lang, bis ich dich morgen früh wecke. Kuss **20.06.** Aber hallo! Könnte sogar sein, dass es mich ziemlich megamäßig extremst interessiert`:-) **20.06.** Und welchen

Bonus gibts, wenn die Kinder dann mal da sind`:-)? Überleg dir gleich mal nen Folgebonus`:-) **20.06.** Mein Schatz -ich fühl mich geborgen und zugleich inspiriert in deiner Nähe. Wenn ich mich mit dir umgebe, bekomm ich unglaublich Lust auf das Leben, ja du weckst Lebensfreude in mir und du hast die Hauptrolle. DANKE und zärtliche Küsse **20.06.** Die Voraussetzungen könnten nicht besser sein: Meine Liebe zu dir kommt von ganz tief im Herzen und wird jeden Tag größer **21.06.** Ich will mit dir leben und in dieses Drehbuch passt kein Umdrehen. Ich meins ernst, mein Schatz. Ich bin der Lügen leid. Ich will einen Menschen an meiner Seite wissen, der kein Schauspiel aufführt, sondern einfach nur das Herz am richtigen Fleck trägt und mir nah ist -so wie du es mir bist **21.06.** Mein Schatz -und wie wohl ich mich in deiner Obhut fühle. Unglaublich schön was du schreibst. DANKE für den Abend, für deine Liebe und Wertschätzung! Miss you **21.06.** Mein Süßer, das kann ich sinngemäß nur zurückgeben. Du trägst soviel Liebe in dir; sie zu empfangen ist ein unglaublich erhebendes Gefühl, angenommen zu sein und dabei diese tiefe Geborgenheit zu verspüren ist großes Glück **22.06.** Gute Nacht mein Herz ...schlaf gut. Der hellste Stern am Firmament leuchtet für uns`:-) **23.06.** Wieso glaubst du eigentlich immer, dass ich das nicht möchte? Hab dir doch schon so oft erzählt, dass ich bisher nur extrem intensive Beziehungen gelebt habe. Gemeinsam jeden einzelnen Tag und das Leben gestaltet habe, für den anderen zu sorgen, für ihn dazusein, uneingeschränkt, in jeder Lebenslage, steht außer Frage. Dass wir in einer solchen Beziehung noch nicht angekommen sind, ist uns beiden klar, genauso wie der Grund dafür. Kuss -denk ständig an dich`:-) **24.06.** Ich brauch dich, mein Herz! **24.06.** Weißt du Adam, ich hab elf Jahre 100.000% gegeben -und was hat`s mir gebracht? Ich will doch nur in Liebe leben **25.06.** Ich wollt dich keinesfalls mit ihm vergleichen und dich auch nicht beleidigen. Aber du hast doch immer gesagt, man muss nicht um die Liebe kämpfen, sie kommt und sie ist da. Und so seh ich das inzwischen auch. Die Liebe ist eben keine Anstrengung bzw auch mit aller Anstrengung kann man sie nicht gewinnen oder halten. Sie ist einfach da **26.06.** Bin bei dir und nicht am Gehn`:-) Wenn unsere Kids mal groß sind, werd ich ihnen erzählen, wie großartig ihr Dad für die Liebe eingestanden ist und sie werden`s nachfühlen können, weil sie selbst fähig sein werden bedingungslos zu lieben, so wie wir sie lieben werden, so wie sie sind, großartig **29.06.** Lieber Adam. Ich weiß, du bist stark, wohingegen ich schwach bin. Ich bin nicht böse auf dich, nur kraftlos nach der langen Zeit und ich hoff, es geht dir einigermaßen erträglich **30.06.** Lieber Adam, ich sehn mich einfach nach dieser deiner bedingungslosen Liebe, nach Nähe, Geborgenheit, Familie, Fröhlichkeit und Glück. DANKE -du weißt wofür`:-) **03.07.** Guten Morgen. Ich weiß, „01.09." (GEPLANTER UMZUGSTERMIN!) war ne blöde Idee, da nicht machbar. Allein meine Abwesenheit gestern hat zu Stress geführt und so gehts nicht weiter. Ich muss mir kurzfristig was überlegen, weil mich die Situation zerreißt. Ich halt das nicht aus. Fühl mich schlecht. Wollt dir noch sagen, dass es wunderschön ist, von dir geliebt zu werden. DANKE **06.07.** Hallo mein Herz. Wollt dir nur kurz sagen, dass es total schön war, eben deine Stimme und darin deine Lebensfreude zu spüren. Dich lachen zu hören macht mich glücklich **06.07.** Ich spür dich. Mach die Augen zu, atme tief und spür mich, wie ich mich von Kopf bis Fuß an dich schmiege und wir uns innig küssen! **06.07.** Gut angekommen mein Herz? Heute erwarte ich sehnsüchtig dich morgen in die Arme schließen zu können, zukünftig erwartet dich jemand sehnsüchtig zu Hause! Schlaf gut, mein Schatz. Küsse dich zur Nacht **09.07.** Die Redaktion vom SZ-Magazin hat sich für die heutige Ausgabe auf die Suche nach der Liebe in Deutschland gemacht. Zu den Geschichten würde „unsere" ganz gut passen`:-) Weißt du, Zweifel, dass ich es bereuen könnte, kenn ich nicht; nur manchmal, ganz selten, kommt der Gedanke auf, das hat aber wohl auch mit meiner „Geschichte" zu tun, was ist, wenn dir plötzlich mal eine „Tanya" über den Weg läuft. Aber auch dann würde ich bis dahin keine gemeinsam gelebte Sekunde bereuen. Vermisse dich sehr **09.07.** Hallo Süßer. Ich wollt mich nur nochmal für die wunderschönen Stunden, die du mir heute wieder geschenkt hast, bedanken ...Tausend Küsse **10.07.** Gute Nacht mein Schatz. Du hast mir heute wieder gezeigt, wie unbeschreiblich schön das Leben an deiner Seite ist. DANKE für jede Minute! Die Sterne mögen dir meine Liebe überbringen heut Nacht **10.07.** Ich bleib, keine Sorge. Wie könnte ich gehen? Du fehlst ja jetzt schon wieder sooo **10.07.** Das muss ich dir nicht glauben, da bin ich mir sicher, fühl ichs doch`:-) Wunderschön! Und ich möcht, dass das für immer so bleibt **12.07.** Ja das stimmt schon. Aber die Sehnsucht nach Nähe, Liebe und Wärme, einem zuhause, so wie du es mir schenkst, ist viel viel schwerwiegender. Ich will endlich wieder Liebe leben, statt mich einsam und allein, fehl am Platz zu fühlen. Wünschte ich wär bei dir`:-( Ich brauch dich und diese deine/unsere Vorstellung von Glück! Einfach nur unbeschreiblich wunderschön, dass es dich für mich gibt -DANKE! **15.07.** ((THEMA KINDERWUNSCH!)). Wird ganz schön knapp`:-) Hab mir das anders gewünscht. Falscher Mann`:-(Fazit: Das Erste muss fast mit 35 sein. Kuss: jetzt hat sich der Mond bei mir auch aus dem Staub gemacht. Na bravo! **15.07.** Dr.L. ist der gleichen Meinung wie du. Deshalb hat er mich schon startklar gemacht, Tabletten und Tabelle zur Aufzeichnung der Temperaturkurve hab ich schon im Schrank **15.07.** Lass den Kopf nicht hängen. Alles wird gut. Kuss **17.07.** Lieber Adam, bitte verzeih meine schlechte Laune heute. Du kannst nichts dafür und doch lass ich sie an dir aus. Das war nicht o.k.! Wünsch dir eine geruhsame Nacht. Kuss **17.07.** Lieber Adam. Es war sooo schön heute Nachmittag. DANKE! Fühl mich wohl behütet, geborgen, geliebt. Verspür eine innere Ruhe, die sehr gut tut. Kuss **18.07.** Mein letzter Gedanke gehört wie jeden Tag dir: An die schönsten Momente des Tages, die ich mit dir und durch dich erleben durfte. So schlaf ich beseelt ein und hör nicht auf zu träumen! Eine gute, geruhsame Nacht wünsch ich dir, mein Schatz **21.07.** Hoffe, du kannst mir irgendwann all deine schlaflosen Nächte des letzten halben Jahres verzeihen **20.07.** Das Schöne ist, mein Herz, dass ich mir immer deiner sicher war, weil deine Liebe so unglaublich gut tut, deine Entschlossenheit soviel Mut macht und Lebensfreude schenkt. Dass mich die Angst, dich zu verlieren in essentielle Panik versetzt, kommt nicht von ungefähr`:-) Ich freu mich auf dieses unser liebende, lebendige Leben! DANKE. Die Mina hat gejubelt, aber wie! Und: Schöne Grüße von ihr **29.07.** Hallo Schatz. Wollt dir nur kurz sagen, dass ich dich ganz fest lieb hab und mich grad mindestens genauso fest danach sehne, in deinen Armen zu liegen`:-) **30.07.** Guten Morgen, mein Herz. deine Schlafmütze ist eben erst aufgewacht. Dass dies der letzte Anlauf zum bleibenden Glück ist, ist mir klar. Deshalb besteht auch nicht die Notwendigkeit, dem Albert abzusagen. Würden uns diese zwei Tage scheitern lassen, welch schwache Basis hätten wir dann? Hab dich voll lieb. Was soll da noch schiefgehn?`:-) **30.07.** Sehn mich auch so sehr nach einer zweisamen Nacht -die letzte liegt schon Lichtjahre zurück. Glücklich bin ich, wenn ich dich an meiner Seite endlos glücklich seh! **30.07.** ((THEMA KINDERWUNSCH!)). Da kenn ich noch jemanden, der froh darüber wäre`:-) Stell mir grad vor, wie ich`s dir sag und wie du neun Monate später unser „Permanentpräsent“ das erste Mal im Arm hältst`:-) **31.07.** Gute Nacht, mein Herz. Auch wenn die Zeit heut wieder viel zu kurz war, haben die wenigen Minuten dem ganzen Tag einen Glanz verliehen, der brillanter nicht strahlen könnte. Miss you. So schön, dass es dich gibt **04.08.** Du hast keine Ahnung mein Herz, soviel steht fest. Deshalb seh ich dir jede SMS nach. Kannst sagen, schreien und schreiben was du willst. Hab dich trotzdem saulieb **04.08.** Das ist einer der vielen Gründe, warum ich dich so wahnsinnig lieb hab und nie wieder loslassen will! Vielleicht checkst du`s ja irgendwann doch, weißt ja: die Hoffnung stirbt zuletzt`:-) Wünsch dir eine geruhsame Nacht. Deine Große **15.09.** Hab genau das gefühlt und empfunden, was du schreibst. Ich kann bei dir so sein, wie ich bin, völlig normal und trotzdem oder genau deshalb hast du mich auf eine wundervolle selbstverständliche, unkomplizierte und natürliche, unverblümte Art und Weise geliebt. Und das ist es meiner Meinung nach, was uns festhalten lässt. Drück und küss dich ganz ganz fest **26.09.** Glaub mir, ich spür wie sehr du mich willst und im Grunde sehne ich mich auch nach nichts mehr, als nach einem Leben an der Seite eines Menschen, der mich liebt, so wie ich bin und der Gewissheit, dass er das auch morgen noch tut und auch morgen noch da ist, nach einer beständigen Liebe, in der Treue eine Selbstverständlichkeit ist. So wie du eben liebst. Sitz grad am Gate zum boarden. Hab den ganzen letzten Flug geschlafen wie ein Murmeltier und zwar liegend, hatte eine Reihe für mich allein`:-) Pass auf dich auf **26.11.** Keine Ahnung, wie der gestrige Nachmittag für dich war, für mich war er unbeschreiblich schön. Ich hab schon ganz lange nicht mehr so tief in mir geruht, wie in diesen paar Stunden. DANKE **07.12.** ((AM 06.12. HATTE ICH DIESES ZITAT „Es gibt Menschen -manchmal begegnet man ihnen zur großen Freude -von denen eine solche Strahlkraft ausgeht, dass man sich sofort in ihrer Nähe wohlfühlt. Nichts hindert sie, das zu leben, wovon sie überzeugt sind, und das zu sagen, was ihre Intuition ihnen eingibt und sie für richtig halten. Es ist als ob das klare helle Sonnenlicht ungehindert durch ihre Seele und jede Zelle ihres Körpers flutet. Sie strahlen, und nichts in ihnen vermag diese Kraft aufzuhalten oder zu verschatten“ VON PETER DYCKHOFF AUF FACEBOOK GEPOSTET)). ...solch einer strahlenden Seele bin ich begegnet: DIR! Und ja, es ist wahr -nichts aber auch gar nichts vermochte diese Strahlkraft seit der ersten Begegnung einzudämmen. Seit einer Woche herrscht Finsternis und ich sehn mich so sehr nach Sonnenlicht! **08.12.** Oh doch, ich hab Ahnung, weil`s auch mir alles andere als gut geht. Weil ich mir Sorgen um dich mach, beschützen und behüten statt weh tun möchte. Weil ich, so wie grad jetzt, panisch aufwach, weil ich`s nicht ertrag wie weh ich tu, statt Liebe und Zuwendung zu geben. Weil ich im Grunde nichts mehr brauche als „geordnete Bahnen“ und einen Hafen, in den ich jede Nacht einlaufen kann, zusammen mit dem Menschen, der dabei das gleiche Glück erfährt wie ich! **10.12.** ...ich vergess es nie und empfinde es als unbeschreibliches Glück, das ich manchmal gar nicht fassen kann. Es war wieder wunderschön in deiner Nähe sein zu dürfen und an deinen Gedanken und Gefühlen teilhaben zu dürfen. DANKE für jeden Moment! **17.12.** Schön dass du dich meldest, mein Stern. Ich denk unentwegt an dich! Anscheinend geht ein Überfluss an Geld einher mit dem Verlust des Verstandes. Vermutlich hat das Land deshalb nichts, womit es meinen Schöngeist beeindrucken könnte. v.a. wohl nichts liebliches. Ich küss dich und vermiss dich sehr! Yours **17.12.** Schatz, ich bin nicht weit weg von dir! Ganz im Gegenteil: Hörst nicht, wie mein Herz nach dir schreit? Und am 24.12. fühl ich heuer nicht Weihnachten, das weiß ich. Dazu fehlst du! **17.12.** Süßer, wenn ich mal da bin, dann bin ich da und geh nimmer fort. Dann gibts auch keine Sorge mehr um morgen oder irgendeinen anderen Tag! Mach dir nicht so viel Gedanken. Ich hab dich doch auch lieb! **18.12.** Hey Süßer. Hab gestern den Satz gelesen, „Der Glaube ohne Beweis ebnet den Weg zur Liebe. Er selbst bildet die Voraussetzung für jegliche Sinngebung“ und ich hab dabei an dich gedacht. Du darfst niemals aufhören an dich selbst zu glauben! Wir beide kriegen das schon hin **18.12.** Lass mich einfach mal positiv gestimmt sein. Ich will wieder leben! Bin mir sicher, dass das neue Jahr für uns beide ganz anders verläuft als das letzte **18.12.** Ja ich weiß und bekenne mich schuldig! Hab`s in den Sand gesetzt. Aber was hindert uns daran nach vorne zu schauen und noch glücklich zu werden? Ich hab dich saulieb. Deshalb wird`s auch und muss einfach „funzen“`:-) **22.12.** Ja, gemeinsam zur Ruhe kommen, eine gemeinsame Auszeit, das wär`s. Was meinst wieviel Kraft und Glück das geben würde **23.12.** Hey sweet heart! Ich wünsch dir nen schönen Tag. Keine Ahnung warum, aber ich bin seit gestern noch mehr aufgewühlt, hab das Gefühl, ich muss dich ganz fest an mich drücken und dich behüten und deine traurige Seele heilen. Miss you so much! Ich müßt auch nicht in Mexiko sein. Nur allein und ungestört mit dir und mit ganz viel Zeit! Ich vermiss dich meilenweit.

26.01. Ich fühl mich einzigartig in Momenten wie heut mit dir`:-) Danke dafür und überhaupt für alles **26.01.** Weißt du was das heißt? Dass du mir dein Leben schenkst. Dein einziges, das Kostbarste was du hast! Der Eingangssatz deiner SMS ist aus die Brücken am Fluß, stimmts? Ich finds schön, dass uns „dank dir“ seit Beginn an solche Geschichten begleiten ...weil wir uns darin wiedergefunden haben und das zu einem sehr frühen Zeitpunkt **29.01.** Gute Nacht. Ich sag danke`:-) Folge grad deiner süßen Verführung. Wär schön, wenn du morgen dabei wärst. Mina hat heut Abend eh gemeint, ich könnt dich ja „mitbringen“. Küsse dich zur Nacht **30.01.** Sorry Schatz. Ruf dich morgen früh an. Wird bald anders. Miss you **31.01.** Ich spür dich, Adam. Will dich auch um Himmels Willen nicht weiterreichen, das denke ich, hättest du gestern Abend spüren sollen **03.02.** Ich möcht aber auch für dich da sein; egal was dich beschäftigt oder dein Herz schwer macht, oder welche Wünsche in dir schlummern, mit allem kannst du zu mir kommen. Zärtlicher Kuss **03.02.** Schatz, ich freu mich unbeschreiblich darauf, endlich wieder zu leben. Mit dir Zeit zu verbringen und on the road zu sein. Und das nicht in vier Jahren, sondern heuer! **05.02.** Wohl behütet bin ich bei dir`:-) Schlaf auch du gut und denk nicht so viel nach. Wir tun uns gut und das ist entscheidend. Kuss **10.02.** Tut mir leid, dass ich dich so vernachlässige! Hab dich sehr lieb **13.02.** Ich bin leider so, wie ich bin. Glaub mir, ich wünschte ich wär so wie du oder Mina und alle anderen. Wer weiß, vielleicht wenn`s doch noch was wird mit uns, wie du heut gesagt hast, bist hoffentlich froh drum, dass ich so bin, wie ich bin. Ein komisches Gefühl, dass ich dir offensichtlich jegliches Ver- & Zutrauen zu mir genommen hab **13.02.** Was glaubst`n du wie weh`s mir tut, wenn du sagst, ich wär nicht ehrlich zu DIR, zu dem Menschen, zu dem ich immer alles grad raus gesagt hab, weil ich immer alles sagen durfte, mein Herz auf der Zunge getragen hab, weil ich`s durfte. Was glaubst`n du wie`s in MIR dabei aussieht??? **14.02.** Schatz, die Zeitdauer macht aber doch dich kaputt und das kann ich doch nicht machen! Du bist der liebevollste, nachsichtigste, sanftmütigste, korrekteste und zärtlichste Mann ever, dem dürfte man solche Qualen überhaupt gar nicht aufbürden! **14.02.** Du bist einzigartig und wundervoll. Ich bete, dass Amor nichts anderes mit dir vor hat. Denn Angst um uns hab ich schon, große sogar **19.02.** Vermiss dich unglaublich. Zum Glück sind diese Nächte gezählt. Freu mich auf das Leben mit dir **19.02.** Du solltest Eintritt verlangen`:-) Ein drei Tage 5-Sterne Wellness Hotel Aufenthalt ist ein Witz gegen zweieinhalb Stunden bei dir`:-) DANKE, Kuss **26.02.** Ich spür wie sehr wir uns brauchen! Du fehlst mir auch so. Hab dich unbeschreiblich lieb -und noch jeden Tag mehr... **04.03.** Weißt du eigentlich, dass mir dein unbedingter

Glaube an uns mir immer sehr viel Kraft gegeben hat und das Gefühl liebenswert, angenommen, geliebt und für dich was besonderes zu sein. DANKE **06.03.** Du machst dir zu viele Sorgen, Adam. Ich wollt, ich könnt all diese quälenden Gedanken von dir nehmen. Wenn du nur spüren könntest, wieviel Liebe zu dir und Lebensfreude ich in mir trage, dann könntest du jetzt ganz bestimmt schlafen **07.03.** Ich hab dich sehr sehr lieb. Schlaf gut. Ich bin bei dir ...bitte halt durch Schatz! **07.03.** Gute Nacht mein Herz. Ich muss und werd nur annähernd so viel Geduld für dich wie du für mich aufbringen müssen, damit ich dich wieder ganz ganz ganz gechillt erleben darf`:-) Schlaf gut und träum was schönes. Danke, dass du heut, wie immer, Zeit für mich hattest ...Küsse dich zur Nacht **07.03.** Du bist einfach und schlichtweg der weltallergrößte Schatz! Hab dich superlieb. Du bist echt mein Engel! **09.03.** Hab dich voll lieb. Keine Angst, wir kriegen das schon hin. Kuss **14.03.** Lass Ruhe einkehren und es wird gut **17.03.** Dass du am Ende bist, ist offensichtlich. Was du sagst tut trotzdem weh, wahrscheinlich weils wahr ist. Der größte Optimist, ich, glaubt oder hofft, dass wir beide das ganz schnell wieder hinbekommen. Es wär jammerschade! Auch wenn Worte dich nicht mehr trösten können, aber es ist immer wunderschön mit dir, wenn wir „wir" sind und nichts von außen stört. Ich will da wieder hin! Wenn wir beide es wollen, schaffen wir es -gemeinsam schaffen wir es **17.03.** Hast mich noch a bisserl lieb? Komm mir so verlassen vor **18.03.** Nein mein Schatz, ich bin nicht weit weg von dir; die Situation ist weit weg von unseren Moralvorstellungen und macht aus mir einen Menschen, der ich nicht bin. Will dich und unsere Träume nicht verlieren! **24.03.** Hatte geplant mit dir über Ostern wegzufahren, vier

Tage am Stück in Ruhe verbringen und dann hättest du gesehen, dass deine „Ausraster" absolut überflüssig waren.

((*** ZUR ERKLÄRUNG: Ich treffe Eva eine Woche vor dem geplanten Einzug ins neue Leben wieder mit ihrem Ehering vom „Noch-Mann" am Ringfinger, das war am 24.03., nach dem wir uns über ein Jahr kannten und gemeinsam Familie und Kinder planten. Das brachte mein Blut mächtig in Wallung -ich hab „Klartext" geredet und gesagt, dass es so nicht laufen kann! Hätte ich sie dafür loben sollen, ignorieren, Klappe halten und hoffen, dass sich nach der geplanten Schwangerschaft etwas ändert? Tickt die Frau noch richtig? Ein Osterurlaub mit Ehering und täglichen Anrufen vom Noch-Ehemann hätten wohl noch gefehlt „zum großen und vollkommenen Glück"**))**. **24.03.** Bitte lass mich nicht allein. Nicht du **31.03.** Warum kommts nur immer so weit, dass ich dir so weh tun muss? Ich will dir doch gar nicht weh tun!!! Bin bei dir **16.04.** Du kannst dir nicht vorstellen, wie sehr es mir leid tut, dass ich dir das alles sagen muss. Nur hat mich die Vergangenheit gelehrt, dass ich dir langfristig noch viel mehr weh tue, wenn ich dich schone, vor der Realität verschone. Es tut mir leid. Aber es ist nun mal so und bleibt auch so. Pass auf dich auf **((***WAS WAR DER GRUND FÜR IHREN SINNESWANDEL?))**. **03.05.** Du checkst nicht, dass ich dich NICHT liebe !!! Ich kann deine Liebe nicht erwidern! Tut mir leid, diese Gewissheit kommt tief aus meinem Herzen. Bitte lass mich jetzt auch endlich in Ruhe. Ja!!! **12.05.** Unterlass das jetzt, du machst dich lächerlich**...**
((***KINDERWUNSCH, FAMILIE UND EIN EHRLICHES LEBEN WAREN AB MAI IN IHREN AUGEN AUF

EINEN SCHLAG „LÄCHERLICH“, OBWOHL WIR UNS SEIT DEM 24.03. (O-TON: **BITTE LASS MICH NICHT ALLEIN -NICHT DU**!) GAR NICHT MEHR „REAL“ GETROFFEN HABEN. EINE WAHRLICH HOCH-INTERESSANTE ENTWICKLUNG, DIE IN IHREM KOPF URPLÖTZLICH STATTGEFUNDEN HAT!)).

Ende März hatte ich eine „klar verständliche“ Mail an sie verschickt, in der ich sie darauf hingewiesen habe, dass es nicht nur wünschenswert, sondern auch „ERFORDERLICH“ ist, ab 1.April (zum Einzug ins neue Heim) ihr ewiges Versteckspiel zu beenden. Dazu gehört, dass sowohl ihr Noch-Mann als auch ihre Arbeitskollegen von der Trennung und unserem neuen Leben erfahren, und dass dieser Ehering nicht mehr zum neuen Leben passt (nach dem endlos gescheiterten Versuch, 23 Monate lang ihre Scheinehe zu retten). Nach meinem Ermessen wär`s längst an der Zeit gewesen, auch die Scheidung einzureichen. Dieser Forderung konnte sie nicht nachkommen. Sie antwortete: ***<<Du willst mich ja entmündigen und nennst es Liebe! >>***.

Sie selbst sprach vor nicht mal vier Wochen (vor dieser Mail) von «geklärten Fronten vor dem Neuanfang». Was sie damit wohl meinte? Warum ziehen manche Menschen «alles» endlos in die Länge? Gelebte und ehrliche Beziehungen sind doch die Grundvoraussetzung für einen Familien- und Kinderwunsch, aber sie konnte diese Ansicht nicht teilen, sondern wollte weiter flüchtig sein und fühlte sich wieder mal unverstanden. Nie etwas richtig machen, darin ist sie perfekt. Man kann doch nicht ein Leben lang mehrgleisig fahren und sollte mit 35 Jahren durchaus in der Lage sein, aufrecht zu stehen und nicht pausenlos umkippen, wenn`s ernst wird. Dem einzigen Weg, dem sich Eva ungeschützt und frontal stellt, ist der Weg des ewigen Verdrängens. Mir lag so viel daran, dass es ihr dauerhaft gut geht, aber sie hat`s leider bis heute nicht geschnallt`:-((Sie hat eine äußerst seltsame Wahrnehmung und lässt sich so leicht von Menschen blenden, auf die sie besser nicht hören sollte. Es gibt so viele gescheiterte Ehen und es gibt die Möglichkeit sich zu trennen. Warum macht sie nur einen Staatsakt aus der Angelegenheit? Als ich Klarheit forderte, machte sie wieder einen Rückzieher!

Am 08.04. hat sie mir einen kleinen Roman über das Glück geschrieben (wirklich schöne Zeilen) -aber sie wollte mich trotz allem nicht sehen. Ich vermute, die Zeit war ihr mit Abstand größter Feind geworden (alle bisherigen Absprachen waren auf einmal wie ausgelöscht und vergessen; immer wenn`s eng wurde und «der Tag X» vor der Tür stand, ist sie umgekippt). Einen Tag später, am 9.4. hatten wir telefoniert und sie war derart schlecht gelaunt, dass ich gleich wieder aufgelegt habe. Im nächsten Gespräch (wenige Minuten später) hatte ich sie gebeten, einen Psychologen aufzusuchen, denn sie agierte wie Dynamit, das im Sekundentakt in die Luft geht und ganze Landstriche verwüstet (ähnliche Phasen hatte sie schon öfter, wegen ihrer chaotischen Lebensumstände -allerdings mit weit weniger Sprengstoff im Gepäck). Ich bat sie höflich um ein vernünftiges Vieraugengespräch unter Erwachsenen, aber sie lehnte ab. Als ich sie noch in der Leitung hatte, kam sie geradewegs zum Parkplatz des Fitness-Studios (wo auch ich mich befand) und ohne anzuhalten fuhr sie weiter -und zwar mit Vollgas!

So was «krankes» hatte ich bis dato nicht erlebt, denn es gab von meiner Seite nicht mal ansatzweise einen Grund für diesen Ausraster (ich war weder schlecht gelaunt noch unhöflich). Egal was ich in diesem Telefonat auch gefragt habe, ihre Antwort lautete stets «Das geht dich nichts an!» und selbst wenn ich nur nach dem Wetter von morgen gefragt hätte, wäre der Kontext identisch geblieben. Seit diesem Tag war sie wie ausgewechselt -eine 180 Grad-Drehung (aus dem liebevollsten Menschen, der sie lange Zeit für mich war -trotz kontinuierlicher Stimmungsschwankungen- wurde schlagartig ein «**unberechenbares Monster**»!). Sie reagierte, als hätte ich unsere gemeinsame Brut im Schwarzen Meer versenkt und ich habe bis heute keinen blassen Schimmer, welche Tarantel sie gestochen hat. Extrem auffällig war ihr seltsames Verhalten auch am 14. und 15.04. im Fitness-Studio; sie lief völlig neben der Spur (und ich kann`s sehr gut beurteilen, denn selbst wortlos konnte ich ihre Körpersprache lesen). Ich vermute, sie plagte ein schlechtes Gewissen:-((.

Am 25.04. fragte mich ein ehemaliger Freund (bzw. einer, der sich selbst so nannte!), ob ich etwas dagegen hätte, wenn er «der Prinzessin» mal ordentlich die Meinung geigt. Natürlich hatte ich, ohne darüber nachzudenken eingewilligt, denn was sollte ich auch dagegen haben? Sie hatte in der Tat durch ihre Vorgehensweise einen verbalen Einlauf von einem «nicht Beteiligten» (so dachte ich!) verdient. Als ich nach meinem Training aus der Umkleide kam und das Studio verlassen wollte, sah ich ihn am Crosstrainer und die Frau meines Herzens (mit dem Rücken in meine Richtung halbschräg daneben stehend) -beide kichernd.

Sie hatten eine amüsante Unterhaltung und ich war erfreut darüber! Als ich mich ihnen näherte sagte er zu ihr (ich war noch drei Schritte entfernt), «Achtung, jetzt kommt er!» und sie flüchtete blitzartig, ohne sich umzudrehen. Als ich diesen (in Anführungszeichen) «Freund» fragte, was das eben gewesen sei, antwortete er, ich sollte sie in Ruhe lassen, denn sie hätte Angst vor mir`:-((. Ich entgegnete, wie sie denn vor mir Angst haben könnte, sie will doch die Mutter meiner Kinder werden! Ich ging zu ihr, aber **sie sprach seit diesem Tag „kein einziges Wort mehr" mit mir!** Das hat er ja „gefickt eingeschädelt", der gute „Freund". Ich habe ihn mehrmals darauf angesprochen und wollte in Erfahrung bringen, was er ihr denn erzählt hat, aber auf seinem Gesicht gab`s nur ein breites Grinsen (wie der sprichwörtliche Araber, der dir das Messer in den Rücken rammt, so bald du dich umdrehst -er hat`s mir durch seine Geste ins Gesicht und durchs Herz gerammt). Von da an wusste ich: „Jetzt ist Polen offen!" An dieser Stelle könnte ich noch ein paar interessante Dinge ausführen, die zwischen 25.04. bis 13.05. geschehen sind, aber das möchte ich euch und vor allem mir selbst ersparen. Manche Dinge, die mir im Laufe dieser Zeit zugetragen wurden von Menschen aus meinem Umfeld, würde ich aus heutiger Sicht lieber nicht mehr wissen wollen:-((. Die alten Römer sagten „quidquid agis, prudenter agas, et respice finem", übersetzt: „Was auch immer du tust, tu es klug und bedenke die Folgen!" **Man muss sich nur mal vorstellen, dass die Frau, die über 14 Monate ein Leben inkl. Kindern mit mir plant (das bald losgehen sollte) ohne Angabe von Gründen oder einem vorangegangenen Streit nicht mehr mit mir spricht -keine einzige Silbe mehr!**

Ich erinnere mich zurück, an eine Zeit, als ich beruflich sehr viel unterwegs war. Damals hatte ich eine Fremdgänger-Freundin, die sich auch für „besonders schlau“ gehalten hat: Auf dem Einzelverbindungs-Nachweis ihrer Handy-Rechnung von einer einzigen Monatsabrechnung befanden sich 311 SMSn und 126 Anrufe an den Lover (er war zumindest so intelligent und hatte zwei Mobiltelefone in Gebrauch, damit ihn seine Frau nicht entlarven konnte). Mittlerweile hat die Braut von damals zwei Ehen zerschossen. Egal wohin ich blicke: Es gibt so viele traurige und geistlose Gestalten auf diesem Planeten. **Ich kann all die Menschen verstehen, die sich immer mehr aus ihrem sozialen Umfeld zurückziehen und lieber alleine sind, weil sie niemandem mehr vertrauen**. Es ist mir auch zu anstrengend, immer wieder erneut für eine Liebe zu kämpfen, die unbeständiger nicht sein könnte. Es gibt Menschen, die versprechen dir das Blaue vom Himmel, aber sie werden bei jeder Gelegenheit schwach (Frauen wie Männer geben sich da nichts -zu bedeutungslos ist die Liebe für sie -allzeit austauschbar- je nach Gefühlslage und Laune). Ich war ernsthaft bemüht, dass dieses eine Leben mit „dieser einen Frau“ harmonisch, friedvoll, anständig und in geregelten Bahnen verläuft -und es wäre SICHER gut verlaufen, hätte diese Frau nicht unentwegt ihre Richtung gewechselt. Alle Mühe ist vergebens, weil man sich scheinbar auf NIEMANDEN mehr verlassen kann!:-(((((.

Unglaublich aber wahr! Am 04.05. erreichte mich ihre letzte Mail: <<*Ich weiß, dass vieles bestimmt nicht richtig von mir war, ja sogar falsch und ich würde es nie nie wieder so machen. Aber auch du hättest* *erkennen können, dass ich nicht bereit war zu geben, was du erwartet hast und du selbst willst und wolltest. (...) Wie stellst du dir das vor, wie soll das aussehen, wenn das Ziel nur einen glücklich macht? (...) Vieles ist überhaupt nur auf deinen Druck und deine Initiative hin gesagt und geschrieben worden und auch um dich zu besänftigen, zu beruhigen und nicht weiter zu enttäuschen, aber ich kann das nicht fortsetzen. (...) du sprichst immer von gleichen Zielen und Vorstellungen. Diese teilen wir wohl mit vielen Menschen auf dieser Erde, aber das bedeutet doch nicht, dass man sich mit allen in Liebe vereint fühlt. Glaub mir, ich handel mit vollem Verstand und vor allem aus tiefem Herzen und absolut unbeeinflusst>>.* **Ich erfriere bei dieser Gefühlskälte! Wo war nur ihre Herzenswärme geblieben?**

Schon erstaunlich, wie sich manche Dinge in so kurzer Zeit verändern können. Ich erhalte von Januar bis Ende März im darauffolgenden Jahr (14 Monate lang!) die schönsten Zeilen dieser Welt, gepaart von den wärmsten und innigsten Augenblicken, die man sich als liebender Mensch erträumen kann ...und von heute auf morgen erfährt man via Mail (...mir in die Augen blicken kann sie ja leider nicht mehr!) wie überflüssig „die große Liebe“ und der Glaube daran ist. Wenn ich mir die vielen Nachrichten in den Kopf hole und mir vorstelle, dass ich einem (scheinbar) geliebten Menschen sage, dass dieses Stahlseil nicht reißen kann, dass sie mich nie wieder los lässt und ich bitte durchhalten soll, dass ich nicht austauschbar bin, sie sich unbeschreiblich auf das Leben an meiner Seite freut und dass zu diesem

Leben kein Umdrehen passt ...dass wir beide alles schaffen, wenn wir nur wollen und dass sie nicht mehr fortgeht wenn sie mal da ist und ich mir bald keine Sorgen mehr machen muss... *„was war das dann zum Henker nur für sie?“*

Immer noch quält mich von früh bis spät diese eine Frage. Wo finde ich die Antwort? Was sollte das Gefasel mit Kinderwunsch und all den großen Plänen?

Es gibt scheinbar nichts mehr, was den Menschen heut noch heilig ist!

„Du bist über meinen Himmel gesaust wie ein Meteor ... alles stand in Flammen, da war Glanz und da war Schönheit. Als Du weg warst ist der Meteor hinter dem Horizont verschwunden ...alles wurde schwarz. Meine Augen waren immer noch vom Licht geblendet ... ich konnte die Sterne nicht mehr sehen und es gab für nichts mehr einen Grund“

Edward -Bis(s) zur Mittagstunde

Das Nachspiel ...

„Wollten wir beide nicht heiraten und zwei gemeinsame Kinder?“

Nach meinem persönlichen Geschmack war Eva das bezauberndste Wesen, das mir je begegnet ist - ein gefühlter Volltreffer, auf den ich schon immer gewartet hatte. Es war die Magie des Augenblicks, denn bereits nach unserer ersten Unterhaltung war mir klar: Diese Frau möchte ich heiraten! Nach ganz kurzer Zeit wusste ich wie sie tickt (so meine Vermutung!), welche Werte ihr im Leben wichtig sind und dass wir beide genau „auf einer Wellenlänge“ liegen. Sie war (gefühlt) ein seltener Glücksfall, ein Rohdiamant, deren Weiblichkeit nicht aufgesetzt wirkte, eine natürliche Schönheit, von ihrer liebenswürdigen und humorvollen Art bis hin zu ihren völlig normalen Ansichten (ohne Gehabe und Gezicke), „alles in allem“ in keiner Form steigerungsfähig. Es war weit mehr als nur körperliche Anziehung. Ich hab ein Leben lang von einer Frau geträumt, die mich berührt ...und ich hatte sie gefunden. Eva hatte das wundervollste Lachen, das mir je zu Ohren gekommen ist, ...und sie hatte ein herzliches Wesen, das mich fasziniert hat. Ohne groß nachzudenken wusste ich nach wenigen Tagen, **...sie ist die Richtige für mich, und selbst wenn ich bis ans Ende meiner Tage akribisch danach suchen würde, fände ich keine einfühlsamere und bessere Frau für`s Leben** (davon war ich überzeugt und ihre Aussagen deckelten sich mit meinen!).

Gerne hätte ich sie glücklich an meiner Seite gesehen und ich kenne mich gut genug um zu behaupten, dass meine starken Liebesgefühle für sie nicht nachgelassen hätten, denn ich habe mich bei ihr nie unverstanden gefühlt. Wenn mich heute jemand fragt, bei welcher Gelegenheit ich zum letzten Mal „Glück" empfunden habe, dann fallen mir endlos viele gemeinsame Augenblicke mit Eva ein, ...als wir ungetrübt Zeit miteinander verbracht haben und ich fühlen konnte, dass es ihr „voll gut" geht und sie sich bei mir wohl fühlt. Unsere gemeinsamen Stunden waren immer geschmeidig -es hätte nicht schöner sein können. Kurzum: Sie war für mich das Wichtigste, ...sie war der Mensch, mit dem ich den Rest meines Lebens verbringen wollte -jeden einzelnen Tag! Ob aus unseren irdischen Träumen von einem harmonischen Leben in Zweisamkeit jemals Realität werden kann, können wir Menschen scheinbar nicht steuern, wie sehr wir uns auch darum bemühen. Wie ich bereits vermittelt habe, ist für mich „auf Augenhöhe" die einzig fruchtbare Möglichkeit der Begegnung. Wenn bedingungslose Liebe als Unterwerfung angenommen wird, kann das Glück nicht von Dauer sein. Ich wollte sie von ganzem Herzen beschützen, ihr Zufriedenheit und Frohsinn schenken, sie immer auf Händen tragen und ihr Verlässlichkeit bieten -von Anfang an! Eva`s Leben besteht aus ganz viel Arbeit, aus Fitness-Studio und ein klein wenig Shoppen -sonst ist da nix! Ich wollte ihr Lebens-Spektrum gerne dauerhaft erweitern, gemeinsame Ausflüge machen, ihr die vielen schönen inmateriellen Dinge zeigen, die unser Leben so wertvoll und besonders machen, aber dazu kam es nicht. Es war nie mein Bestreben, ihre Lebensbedingungen grundlegend zu verändern, ...mir lag lediglich daran, dass sie ab und zu ihrem schnell drehenden Hamsterrad entflieht (sie ist rastlos, getrieben, unentschlossen und kommt nie an!), denn „langsamer, weniger und ruhiger" hätte ihr spürbar gut getan. Ich wollte ihre individuelle Lebenszufriedenheit verbessern, ihr dabei helfen, das seelische Gleichgewicht wieder herzustellen und mit ihr ein erfülltes Leben verwirklichen, aber sie hat mich immer wieder kurz vor dem Ziel im Stich gelassen und uns beiden keine Chance gegeben.

An ihrer Seite wäre ich der mit Abstand stolzeste Vater geworden, den man sich vorstellen kann ...und ich hätte meine ganze Liebe an unsere Kinder weitergegeben, denn das ist alles was zählt im Leben. Ich glaube, der schönste Halsschmuck einer Frau ist weder Gold noch Silber, und es sind auch keine Diamanten, sondern es sind die Arme ihrer Kinder, die ihren Hals liebevoll umarmen`:-)). Für mich war Eva eben nicht austauschbar! „**Das Glück zu erkennen, wenn es vor einem liegt, den Mut und die Entschlossenheit haben, es aufzuheben und in die Arme zu schließen und es festzuhalten, das ist die Intelligenz des Herzens. Verstand ohne Gefühl ist reine Logik, und das ist nichts Besonderes**" (Marc Levy).

Die Frau, die mir geschrieben hat, *„Träume sind die Flügel, die uns in eine andere Wirklichkeit tragen, und uns zu einer glücklichen und erfüllten Existenz führen!"* und die mir bis kurz vor dem geplanten Einzug ins neue Leben vermitteln wollte, dass ich nicht aufhören soll, von *«unserer geilen Welt»* zu träumen, kann keine Silbe mehr mit mir reden, läuft weg wenn sie mich sieht. Sie ist zu feig, um mit mir zu kommunizieren, kann mir nicht mal mehr in die Augen schauen. Anfang April hat sie mir im negativen Sinn zu verstehen gegeben, sie hätte sich von meinen Träumen anstecken lassen -welch schlimmer Fauxpas! Ein passendes Zitat: „Berühre nie ein Herz, wenn du nicht in der Lage bist, es zu ehren und zu schützen. Verwechsle nie Liebe mit Leidenschaft, denn Du könntest dieses Herz so sehr verletzen, dass es nie wieder lieben kann!“ Ich glaube, es verging selten ein Monat ohne die berechtigte Frage von mir, ob ich nur eine Affäre bin ...und die Antwort war stets *<<nein, du bist die Liebe meines Lebens ...du musst nicht um unsere Liebe kämpfen -sie kam und sie war da!>>*. In einer der letzten SMS`n hat sie mir geschrieben, dass ich nie ihre große Liebe war, sondern ihr größter Fehler`:-((. Alles ist bei Eva beliebig austauschbar, manchmal innerhalb weniger Minuten. Sie wechselte von der Sonnenseite des Lebens auf die dunkle Nachtseite, ohne auch nur einen winzigen Gedanken zu verlieren, wie es mir dabei geht. Ich wollte nie, dass sie mein Herz berührt, ich wollte, dass sie es festhält und nicht mehr loslässt!

Eva hat von Anfang an „unser Glück in die Zukunft verschoben“ und wenn ich ihr sagen würde, dass sie ziellos umherirrt, käme garantiert ein forscher Widerspruch. Dass diese Rechnung so nicht aufgehen konnte, war mir längst klar. „Verschiebe nichts auf morgen“ ...vor allem nicht die wirklich grundliegenden Dinge des Lebens. Wer den Augenblick „im Jetzt“ nicht auffängt und weiter ausbaut, hat die Geschichte nicht richtig verstanden. Ich glaube, dort wo man die große Liebe am stärksten empfindet, entsteht „der Sinn des Lebens“. Und dieser wächst aus dem Engagement, das wir für diesen einen Menschen einsetzen, zumindest ist dies mein Blickwinkel. Wir können uns nicht ein Leben lang nur auf irgendwelche schwachsinnigen Fakten berufen, sondern müssen Verantwortung als Individuum mit eigener Moral übernehmen. Erst wenn dieser Punkt erreicht ist, wird man ausgeglichener und findet seine eigene Balance (diesen Zustand hatten wir beide immer wieder nach wenigen Stunden des Zusammenseins erreicht). Ich setze bei fast jeder Handlung mein Bauchgefühl ein, ...und „wenn ich mal eine Entscheidung getroffen habe, dann steht die Burg!"` :-))

Sie hat verkündet, dass man sich nicht mit allen in Liebe vereint fühlt ...was meine „Austauschbarkeit" unterstreicht. In unserer Zeit springen die Menschen von Beziehung zu Beziehung, geraten ständig in Versuchung und irgendwann nimmt diese Sinnlosigkeits-Erfahrung überhand. Menschen werden weggeworfen und ersetzt, so bald das kleinste Problem am Horizont auftaucht -so tickt unsere Gesellschaft heute. Was zählt, ist scheinbar nur der unmittelbare Glückszustand, aber das ist ein Trugschluss. Daraus resultiert Perspektivlosigkeit, und die gibt es zuhauf. Wer braucht das? Ich habe Eva anscheinend falsch eingeschätzt, weil ich blind war vor Liebe und ihr vertrauen wollte. Wenn ich sie heute fragen würde (vorausgesetzt, sie könnte mir noch in die Augen schauen und mit mir reden -was ja nicht der Fall ist), wie ihre genaue Vorstellung von der Zukunft aussieht, dann würde sie vermutlich wieder im Dreieck springen, weil sie solche Fragen nie hören möchte, denn sie lebt (bzw. „arbeitet") nur im Jetzt! Ich habe sie immer mit offenen Armen empfangen, weil sie mein Engel war, ...ich habe ihr gern zugehört, weil mich interessiert hat, was sie zu sagen hatte, ...habe nie an ihren Worten gezweifelt, weil ich ihr von Anfang an vertraut habe, ...habe sie bedingungslos geliebt, weil ich mir sicher war, dass sie mein Herz nie missbrauchen würde. Eva hat immer gehofft, dass sich ihre Lebenssituation „von ganz allein“ ändert, ...vielleicht hofft sie ein Leben lang (und ihr entgeht dadurch so unendlich Vieles). Wo ist nur ihr Instinkt?

Was die Lebensführung betrifft, so scheinen sich nur wenige Zweibeiner „große Gedanken“ zu machen, obgleich die Uhr tickt (tick-tack, tick-tack, tick-tack). Meine persönliche Lebenszufriedenheit erhöht sich, wenn ich mir Pläne mache und diese in die Tat umsetze. Der größte Luxus, der mir Wohlbehagen verschafft ist die Zeit, die ich mit dem Menschen verbringe, der mir am meisten bedeutet (Eva -wer sonst!). Daraus lässt sich für mich ableiten, dass ich zumindest die Summe der Augenblicke in guter Stimmung beeinflussen kann (sofern der Mensch an meiner Seite ähnlich tickt und fühlt). Es ist wohl so, dass ich ganz genau spüre wo ich hingehöre und gerne „zu Hause sein“ möchte! Man verliebt sich erst dann in eine Seele, wenn man bemerkt, dass sie die eigene Sehnsucht verkörpert. Genau aus diesem Grund wollte ich mit Eva eine Familie gründen. Für mich ist „Familie“ eine von Liebe getragene Gemeinschaft. Es ist ein Ort, an dem Liebe, Zufriedenheit und Glück entsteht, sofern die Basics stimmen. Sehnsucht nach Geborgenheit in einer mir vertrauten Heimat bedeutet „ANKOMMEN“. Es ist das wichtigste Versprechen zwischen Frau und Mann, das Kontinuität und Aufgehobensein vermittelt. Dabei hatte ich das Ziel vor Augen, aus dem Schweren etwas Leichtes zu machen. Ich wollte etwas Verbindliches schaffen, denn unverbindlich gibt`s schon überall. Es gefällt mir, wenn Menschen die wertschätzen können „ihre Energie“ mit der sicheren Gewissheit einsetzen, dass sie damit etwas neues erschaffen. Und damit meine ich nicht nur neues Leben, sondern vor allem Sinn, der Freiheit in den Gedanken schafft. Offenheit zu leben ist etwas schönes. Ich bin mir der Liebe bewusst und stelle ihr nichts in den Weg. Im Gegenteil: Ich lasse mich gerne von der Liebe bestimmen! Eva hat am Ende nicht an uns geglaubt. Vermutlich hatte sie keine Vorstellung davon, was ich „für diese Liebe“ zu leisten imstande sein würde. Womöglich war sie zu sehr in ihren eigenen Unsicherheiten und Zwängen gefangen, dass sie sich offen zu mir bekennt.

Jene, die in Hingabe leben und lieben, sind auch zur Grenzüberschreitung bereit. Wir alle haben irgendwo ein Schicksal im Ärmel, oder sind irgendwann gescheitert und wissen, es hätte alles anders laufen können im Leben. Manche bleiben auf der Strecke, nur gehöre ich nicht zu denen, die einfach die Augen verschließen und sich damit abfinden -ich kämpfe gerne für meine Träume, denn sie halten mich am Leben. Für mich war`s ein großes Glück, dass ich Eva gefunden hatte, denn wir beide konnten die einfachsten Dinge voll genießen und über jeden Blödsinn lachen, fühlten Heiterkeit, spürten Gelassenheit ...und genau diese Momente des Glücks waren enorm kostbar für mich. Diese Echtheit, die sich genial angefühlt hat, so wie alles, was ich mit meinen Augen gesehen, mit meinen Händen berühren und in meinem Herzen fühlen konnte, finde ich an keiner anderen Stelle, ich kenne mich gut genug. Die Sehnsucht nach dieser einen Frau kreist permanent durch meinen Kopf und brachte mich schier in Regionen des Lebens, die ich vorher nicht kannte. All das Unsagbare und Ungesagte kreist in mir umher. Wie hätte ich je erahnen können, dass mir das Leben so brutal dazwischenfunkt? Was mir so sehr fehlt, ist die Hoffnung; und an die entgangenen Zärtlichkeiten der vielen Monate möchte ich erst gar nicht denken. Schmerzlich fühlt es sich an, aber ich habe keine andere Wahl und muss akzeptieren, dass sie meine Liebe nicht mehr erwidern kann. Es überfällt dich schonungslos, wenn auf einen Schlag komplette Distanz ins eigene Leben gerät, mit der man niemals gerechnet hatte. Unbegreiflich der Zustand, dass der Alltag die Biografie von gestern vollkommen ausgelöscht hat. Es existiert kein Halt, ...die Wucht ihrer Aussage von der nicht mehr vorhandenen Liebe zu mir, hat mich vollkommen aus der Bahn katapultiert. Es ist „ein Leben der Erinnerungen" an die Spuren meiner großen Liebe, die mir (einfach so) genommen wurde.

Bis vor ein paar Monaten lag auf meinem Schreibtisch noch ein kleines Büchlein mit dem Titel „Ich wünsch mir ein Baby!" (Inhalt: *Wie man sich auf die Schwangerschaft vorbereitet, die Chancen auf ein Kind erhöht und welche Körpersignale zeigen: Es hat geklappt!*). Ich habe es entsorgt, weil es keinen Sinn macht, in Zeiten wie diesen an einen Menschen zu glauben, der die scheinbar gleichen Ziele verfolgt und seine Träume auch lebt. Bin mir ziemlich sicher, dass ich ein liebevoller und leidenschaftlicher Vater geworden wäre. Eva hat mir mal geschrieben, <<*Stell mir grad vor, wie ich`s dir sag und wie du neun Monate später unser „Permanentpräsent" das erste Mal im Arm hältst*>> aber nichts von all dem hat den Weg in die

Realität geschafft, denn <<*der letzte Optimist, der an die große Liebe glaubt!*>> schwimmt genau so stromabwärts, wie die restliche Masse`:-((.

Vielleicht habt ihr jetzt einen Plan, weshalb ich euch zu Beginn der Geschichte gebeten habe „durchzuhalten"! Ich habe diesen „Achterbahn-Shitstorm" immer wieder erlebt und völlig illusorisch darauf gehofft, dass ganz bald eine Änderung eintritt und Eva sich in meiner Nähe stabilisiert. Ich hab ihr alle Entscheidungen überlassen, weil ich dachte, sie wäre klug und alt genug, ...und weil ich dachte, sie wird der Stimme ihres Herzens schon folgen. Wenn man aufrichtig zueinander ist, gibt`s diese hausgemachten Problemchen gar nicht. Für mich zählt die liebevolle Absicht, einem anderen zu helfen. Was dabei herauskommt, ist zunächst sekundär. Was man tun kann? Ich glaube, nur wenn beide „gleich weit" sind in einer Partnerschaft, geht man mit (s)einem Seelenpartner in eine Richtung. Wer wirklich zusammengehört, der findet sich immer wieder -überall!

Ich hab`s am Anfang vom Buch bereits erwähnt: Es ist nicht die Schönheit, die entscheidet wen wir lieben, sondern es ist einzig die Liebe, die entscheidet, wen wir schön finden. Für mich war Eva die mit Abstand schönste Frau ever! Ich war von Beginn an der Überzeugung nahe, dass ich einen authentischen Menschen gefunden hatte, der frei von materiellen Trieben und treu im Denken und Handeln ist, ...eine Frau, die an eine bessere und ehrliche Welt glaubt, die es sicher gibt, sofern man sich darum bemüht und sie gemeinsam lebt. Gefühle sind verdammt wertvoll und manche Gelegenheiten bieten sich uns nur einmal im Leben. In meinem Herzen ist kein Geist, der zwischen gut und böse hin und her switcht. Diese unglaublich starken Energiefelder, die im Beisammensein aufeinandergetroffen sind, die werde ich höchstwahrscheinlich anderswo nicht mehr in der Form erleben (es war Hochspannung im positiven Sinn). Ich hatte leider eine völlig andere Vorstellung vom Paradies ...und dabei dachte ich, es wäre nicht mehr weit. Wenn ich tief in mich blicke, dann habe ich wohl immer nach dieser einen Liebe gesucht und darauf gehofft, dass sie mir auch das Gefühl gibt, der wichtigste Mensch für sie zu sein. Diese Gnade wurde mir nicht zuteil`:-((.

Die Entlohnung der Lebensveränderung wäre wohl nichts Geringeres als „dauerhaftes Glück" geworden, denn sie war von mir aus tiefstem Herzen gewollt. Sie konnte das Gleiche wie ich empfinden, aber sie wollte es nicht dauerhaft. Mir lag viel daran, sie zufrieden und lächelnd zu sehen, ich wollte ihr die Heimat geben (den sicheren Hafen), welchen sie sich immer so sehr gewünscht hat. Sie gab etwas auf was sehr wertvoll war und blickte nicht nach vorne. Diese Gelassenheit und Fröhlichkeit, die wir beide hatten, wird sie womöglich nie wieder erreichen. Vermutlich wird sie`s schwer haben, jemanden wie mich zu ersetzen, denn meine Fähigkeit, mich in sie einzufühlen, meine Bereitschaft, mich auf sie einzulassen und nicht nur zu benutzen, ist etwas, das sie nicht an jeder Ecke findet. Sie hat mir eine Welt eröffnet, die ich vorher nicht kannte. Sie gab mir immer das Gefühl, als wäre ich eine wertvolle und wichtige Bezugsperson in ihrem Leben, doch leider zählte am Ende die Romantik genau so wenig wie ihre Träume

...und alles was mit Familie, dem Kinderwunsch oder mit mir zu tun hatte, war in ihren Augen von heute auf morgen „lächerlich“!

Ich wollte ihr „einen Platz an der Sonne“ anbieten, an dem sie immer wieder Energie auftanken kann, an dem man verstanden wird und sich nicht mehr erklären muss. Gleichzeitig sollte es ein sicherer Landeplatz sein, wo man sich geborgen fühlt, die Möglichkeit hat, „sich selbst“ zu finden, ...ein Terrain, an dem man sich fallen lassen kann, alle Viere von sich streckt und in Sicherheit wiegt. Von Beginn an hatte ich unzählige liebevolle Absichten, aber für Eva war das nicht genug; sie hatte am Ende doch andere Erwartungen an das Leben gesetzt, oder beherzigt eine andere Sichtweise auf die Dinge. Wenn ein Mensch seinen Träumen keinen Raum lässt, kann man nichts dagegen tun. Für mich war der gemeinsame Kinderwunsch niemals „lächerlich“, ...für mich wären unsere eigenen Kinder das Allergrößte gewesen, aber sie wird wohl ihre Gründe haben und das muss ich akzeptieren, ob`s mir gefällt oder nicht!`:-((. Es gibt Menschen, die besitzen die Fähigkeit zu lieben und für den anderen da zu sein -und das empfinden sie nicht als Aufwand, sondern es bereitet ihnen Freude uneigennützig zu sein, wenn sie spüren, dass sie dem anderen „gut tun“. Wenn man sich einer Sache sicher ist, dann steht man auch dahinter und leistet vollen Einsatz. Einige haben Angst vor einer Veränderung, oder sie denken nicht darüber nach, dass alles anders, vielleicht „ein Stück weit besser“ sein könnte. Manche gewöhnen sich an ihr Leben und sie bleiben immer dort wo sie sind, weil sie die andere Welt nicht kennen und vielleicht auch nichts vermissen. Ich glaube, es ist entscheidend, dass man immer auf seine innere Stimme hört und seine Träume beschützt. Wenn andere Menschen dir sagen, dass etwas nicht möglich ist, bedeutet es keineswegs, dass es nicht funktioniert. Wenn du etwas wirklich willst, dann mach es! Ich glaube an eine bessere Welt, denn ich glaube an das Gute, denn es ist oft nicht weiter entfernt, als das Schlechte. Bei Eva hätte all die Lebensmühe nichts gebracht, weil sie mich irgendwann nicht mehr spüren konnte ...sie hat nicht an unseren gemeinsamen Träumen festgehalten, sondern irgendwann „schlagartig" aufgehört an unsere Liebe zu glauben. Für sie war`s kein Verlust, mich auf den Mond zu schießen. Meine „kleine, bunte Wunderwelt" war einfach zu weit weg von ihrer sachlichen Kopfwelt, in der Träume und Gefühle keinerlei Bestand haben.

Alles was ich wollte, war ein „stinknormales Leben", so wie viele Paare das auch führen, die sich gerne um ihre Liebe bemühen. Ich wollte zu gerne Vater werden, immer für meine Familie da sein und hoffte, dass die Liebe siegt. Ich glaubte, einen Seelenmenschen an meiner Seite zu spüren, auf den ich mich verlassen kann, egal in welcher Lebenssituation. Genau das war mein Bestreben: Gegenseitige Rücksichtnahme, Teilen von Gemeinsamkeiten, vollkommene Offenheit, keinerlei Spielchen, Vertrauen und Respekt (den man sich erst mal verdienen muss -durch aufrechtes Handeln). Schlicht und ergreifend wollte ich eine Beziehung, die Forschritte macht. Ein Traum? Wie gerne hätte ich verrückte Dinge mit ihr gemacht und ihr die Welt zu Füßen gelegt, oder einfach nur ganz banale Aktivitäten unternommen, ...wie Biken, Städte erkunden, Lagerfeuer machen oder in die Berge fahren. Es hätte mir so viel Freude bereitet, für sie da zu sein. Mein ganzes Leben lang habe ich immer „meine Träume“ verfolgt und instinktiv auf mein Herz gehört, ...und dennoch bin ich gescheitert. Die wohl härteste Erkenntnis ist jene, dass ich irgendwann aufhören muss, sie zu lieben, weil sie aufgehört hat, mich zu lieben. Was ist der Sinn des Lebens, wenn nicht die Liebe?`:-((

„Wenn du einen Menschen gefunden hast, für den du alles bist, ...jemand, der dich nimmt wie du bist und der nicht versucht dich zu verändern, sondern auch Kompromisse eingeht und an sich arbeitet, ...der versucht dich zu verstehen und der immer hinter dir steht, auch wenn er es selbst nicht versteht, dann bist du angekommen und deine Seele hat ein Zuhause gefunden!“ (Elmar Rassi)

Ich wünsche mir für Eva, dass sie irgendwann in naher Zukunft einem Mann die Chance gibt, sie GLÜCKLICH zu machen. Eva soll jemanden finden, der sie versteht, sie allzeit gut und korrekt behandelt, der aufrichtig ist (und sie zu ihm!), ihr gesunde Kinder schenkt ...und immer für sie da sein wird. Ich hoffe, dass sie das Leben nicht verpasst, denn irgendwann ist es vorbei!

P.S. Folgendes möchte ich hier anmerken: Eva plante nach gut zwei Wochen eine Familie mit mir, sie hatte bereits Namen für „unsere“ zwei Wunschkinder und wollte mit mir eine Ehe eingehen, sie hatte seit mindestens einem Jahr das Foto für die Einladungskarten zur Hochzeit ausgewählt ...aber 14 Monate später durfte immer noch „NIEMAND“ erfahren, dass wir uns lieben, ...und sehen konnte man uns eh nirgendwo, denn wir versteckten unser gemeinsames Leben nach ihren Vorgaben „überall“ (von Anfang an)! Es war von ihrer Seite auch nicht wirklich beabsichtigt, dass sich dieses Szenario in absehbarer Zeit ändern wird. Lebenslänglich „Geheimstufe 1“ und immer nur anonym abtauchen -das spielt doch kein „gewollter Familienvater“ mit. Diese ewigen Halbwahrheiten, die sich durch ihr gesamtes Leben ziehen, würden mich auffressen!

„Wie soll man das verstehen und verarbeiten?“

Was kann man tun, wenn das eigene Herz dir sagt, es hätte seine andere Hälfte gefunden? Ich kann nicht ungeschehen machen, was in mir passiert ist. Gefühle lassen sich nicht wegdrücken mit einer Fernbedienung. Es gibt keinen Grund alles schlecht zu reden -mal abgesehen davon, dass Eva quer durch alle Galaxien schießt, wie ein „Space Shuttle“ das versehentlich mit Fäkalien betankt wurde und nun einen Riesen-Saustall im All anrichtet (dort, wo sie mich längst hingeschossen hat). Ich kann mir beim besten Willen nicht vorstellen, dass es ihr gut dabei geht. Ich hab leider überhaupt keinen Plan, wie sie wirklich tickt`:-((. Sie hat so oft ihre Meinung und ihre Pläne geändert, dass man niemals einschätzen kann, welche Bombe sie als nächstes zündet.

Sie war manchmal an Temperament und Vitalität nicht zu übertreffen, war zart wie eine Orchidee, machte vor allem bei ihrem letzten Anlauf einen lebendigen und gefestigten Eindruck (bis zehn Tage vor ihrem „dritten“ geplanten Einzug in unser neues Leben!) ...und innerhalb weniger Stunden wird wieder ein komplett anderer Mensch aus dieser Frau. Es ist nur noch die Hülle da, die vor mir wegläuft! Für mich ist es unfassbar, dass sich ein Mensch so derart verändert, dass man ihn nicht wiedererkennt. Manche treten dir auf den Fuß und entschuldigen sich. Andere reißen dir das Herz aus dem Leib und bemerken es nicht mal! Auf meine Anrufe, SMS`n und Mails nicht zu reagieren, obwohl sie wissen müsste, wie drecksbesch... es mir geht, lässt mich fassungslos zurück. Ignorieren ist immer die einfachste Lösung, wenn man die Wahrheit nicht preisgeben kann und zu feige ist, offen darüber zu sprechen. So ein Ereignis schmettert dich förmlich zu Boden und du hast das Gefühl, dass du nie wieder aufstehen kannst`:-(.

Ich bin weder Softi, noch Macho, weder Alpha, noch Beta, sondern ein fürsorglicher Mensch, der ein dauerhaft harmonisches Leben anstrebt. Ich bin kein Herdentier, sondern Individualist ...ich sage was ich zu sagen habe und daran wird sich auch nichts ändern (das war immer so und wird so bleiben). Ich habe keine Vorurteile, weil ich auf die Meinung von anderen nichts gebe, bevor ich mir nicht selbst ein Bild gemacht habe. Falls Frauen wie Eva den Respekt vor mir verlieren, nur weil ich bemüht bin, viel für sie zu tun, dann liegen die Prioritäten offensichtlich zu weit auseinander. Es liegt mir fern auf den Tisch zu hauen, denn ärgern kann ich mich täglich im Job. All diese Machtspielchen, ständig harte Grenzen setzen, ein verstecktes „second life“ zu führen, ...ist überflüssiger

Kinderkram (was bringt das?). Vielleicht hab ich eine andere Vorstellung von Nähe und trauter Zweisamkeit, das mag sein. Seit Jahren bin ich bestrebt, eine eigene Linie zu leben ...ich möchte gerne alles richtig machen und mit mir selbst im Reinen bleiben, weil`s mir wichtig ist. Eine Beziehung kann locker und gechillt ablaufen ...ohne den täglichen Zirkus und überraschende Showeinlagen. Es gibt Menschen, die immer auf das hören, was andere denken oder sagen, ...solche Vorgaben brauche ich nicht, denn ich weiß was mir fehlt. Wenn aus Spanien eine Seuchenwarnung kommt, hört das ganze Land auf „Gurken" zu essen. Wo leben wir? Wenn ich Gurken mag, dann esse ich Gurken aus anderen Ländern -Basta! Meine Selbstbestimmtheit gibt mir das Gefühl, immer auf der richtigen Seite zu stehen, ohne mich durch Vorgaben erdrücken zu lassen. Viele Menschen glauben, dass sie sich selbst finden, in dem sie Yoga machen oder mehrere Monate nach Indien reisen ...wenn`s im Kopf stimmt, reicht „ein kluger Gedanke" und eine einzige weise Entscheidung. Ich vermute, die „Vom Leben Davonläufer" verhalten sich nur in ihrer verborgenen Scheinwelt hemmungslos!

Früher dachte ich immer, meine Menschenkenntnis wäre gut, aber an dieser Stelle ist „meine heile Welt" in ihrer Gesamtheit eingebrochen. Zu gutgläubig? Zu naiv? Beides? Eva läuft völlig neben der Spur und vor allem läuft sie vor jeder Unanehmlichkeit davon. Lieber 30 Dinge „nicht" richtig machen, als für den nötigen Umstand zu sorgen, dass eine wichtige Sache in geregelten Bahnen verläuft. Man kann einen Menschen, der in diesem Ausmaß ziellos handelt und sich wie die Axt im Wald benimmt nicht „auf Händen tragen", das dürfte einleuchtend sein. Ein Leben voller Lügen und Schein macht sie weder zur glücklichen Mutter, noch zur geliebten Ehefrau. Sie ist die ungekrönte Weltmeisterin der Verleugnung! Dort, wo alles beliebig austauschbar ist und man große Versprechen leistet (die keinerlei Bestand haben), wird sich bald niemand mehr fallen lassen.

So lange sie den Kopf in den Sand steckt und liebende Menschen behandelt, als wären sie der Löwenzahn am Straßenrand, wird sich nichts verändern. Viel früher hätte ich die Grenzen abstecken sollen, aber ich liebte sie, zeigte Verständnis und wollte ihr den nötigen Raum und ausreichend Zeit lassen (es wäre endlos geworden -so wie alles bei ihr). Wie gerne hätte ich sie manchmal fest wachgerüttelt, weil sie die aller einfachsten Sachverhalte nicht nachvollziehen konnte. Und immer wenn ich mich von ihr entfernen wollte, kam ein regelrechtes Flehen, dass ich bleiben soll. Irgendwann verlieren Worte an Glaubwürdigkeit, wenn man bemerkt, dass nie etwas umgesetzt wird. Sie hat im Grunde genommen weder Angst vor ihrem Mann, noch vor mir, sondern sie hat Angst vor`m Leben, vor jeder Veränderung, ...ich vermute, sie hat Angst davor, sich zu binden und ihr fehlt andauernd der Mut zur Entscheidung. Sie wollte immer „unsichtbar" bleiben.

Durch Eckart von Hirschhausen kenne ich die Bezeichnung AHIGs: „Ach hätt ich`s doch getan!" -getreu dem Motto, mit 35 gestorben, mit 80 begraben! Wer zum Henker will so leben? Anscheinend kann man keinen Ponyhof nach der Vorlage aus dem „Bussi Bär-Hefterl" mehr hochziehen, weil nahezu keine Frau mehr im Gleichschritt trabt, sondern bei jeder Gelegenheit durchgeht, wie ein wilder Gaul. Geschmeidig geht anders -und ich trage eine genaue Vorstellung von einem harmonischen Leben in Zweisamkeit in meinem Herzen, die ich auch umsetzen möchte. Mit einem Alien gelangt man nie nach Wolkenkuckucksheim, das ist inzwischen selbst mir klar geworden.

Falls Eva verstanden hätte, was der Unterschied zwischen dem unsinnigen und bedeutungslosen Schein nach draussen (den so viele pflegen) und der gelebten Liebe ist, wäre sie auch geblieben, sofern es „diese eine Liebe" war, von der sie so hingebungsvoll sprach. Falls sie kapiert hätte, was sie auf der einen Seite aufgibt und auf der anderen Seite gewinnt, wär sie doch längst aufgewacht -und unser gemeinsames Leben hätte beginnen können. Wenn ich mal eine Ehe eingehe, dann ziehe ich das richtig durch -eine Alternative kommt nicht in Frage. Viele Dinge sind austauschbar, aber längst nicht alles! Wofür leben die Menschen, wenn sie nicht lieben? Vielleicht für Geld? Daran scheitern wir in Zeiten wie diesen!

Glück und Glas, wie leicht bricht das? Nichts auf der Welt rechtfertigt in meinen Augen, dass ein Mensch der mir derart nahe gestanden hat (oder zumindest so getan hat), nach all diesen Handlungen nicht mal den nötigen Mut aufbringt und die Courage besitzt, mit mir offen und ehrlich zu kommunizieren. Warum kann man einem Menschen, den man mal geliebt hat, nicht mehr mit Anstand begegnen, ihn respektvoll behandeln und mit ihm reden? Was hatten die unzähligen „wundervollen" und schönen Worte zu bedeuten? Welch tiefschürfende Erkenntnis über die Zerbrechlichkeit des Glücks soll ich daraus schöpfen? Wie soll ich Dinge jemals verarbeiten, die ich nicht mal im Ansatz verstehen kann? Es ist furchtbar: Ich wurde aus einem scheinbar überschaubaren Leben geschleudert, lote nun die tiefsten Winkel meiner Seele aus und fühle mich grausam von früh bis spät. Meine Welt ist total aus den Fugen geraten und ihre Widersprüche treten so offen zutage wie nie zuvor. Diese posttraumatische Belastungsstörung, die sich in mir ausgebreitet hat wie ein gefährliches Geschwür, gepaart mit verminderter Selbstachtung, Insomnie (Schlaflosigkeit) und was sonst noch, hat mich in einen weiten, dunklen Kosmos katapultiert, in dem ich umherschwirre (24-7-365). Aus den Magenschmerzen der ersten Monate wurden nach 14 Monaten dauerhafte und heftige Magenkrämpfe! Indikator ist „eine völlig durchgeknallte Frau", die sich weder öffentlich mit mir zeigen, noch ihre Versprechen am Fließband einlösen wollte. Wenn man längere Zeit mit so einem Geisterfahrer unterwegs ist, der unter völligem Realitätsverlust leidet, kippt man aus der Bahn, traumatisiert und niedergeschlagen, von einem Unverständnis gezeichnet, das so schnell nicht aus dem Kopf schwindet. Es ist wie die Starrheit aus einem heftigen Schleudertrauma. Manchmal wache ich nachts schweißgebadet auf, weil ich geträumt habe, dass Eva mir von ihrer Schwangerschaft erzählt hat ...und dem Zusatz, dass wir niemandem von unserem Baby erzählen dürfen. Das klingt „strange" für jede Mutter, aber es gibt Menschen, die sind ein ganzes Leben lang auf der Flucht vor der Wahrheit. Ich will wissen was geschehen ist, möchte zu gern für ein paar Sekunden in die Gefühlswelt dieser Frau eintauchen um ihre Handlungen zu verstehen, aber je mehr man in dieser Scheiße rührt, um so heftiger fängt alles an zu stinken. Viele ihrer Aktionen waren so überflüssig wie eine dritte Schulter! `:-)). Was Eva nach 14 Monaten vollbracht hat, lässt sich in Worten gar nicht umschreiben: Für ganz wenig Spaß mit ganz viel Nerven und Leiden bezahlen, ist ein schlechter Deal. Wir ernten immer, was wir säen ...und die alten Römer, die waren absolut nicht geistlos: „Was auch immer du tust, tu es klug und bedenke die Folgen!"

Ich glaube, sie hat irgendwo auf der Strecke ihre Seele verloren und ein tiefes Bedürfnis zu verbieten und zu verletzen. Immer wieder wurden mir Grenzen gesetzt -völlig unnötig. Einer meiner Freunde sagt: Willst du den Charakter eines Menschen erkennen, so gib ihm Macht! Sie konnte wohl nicht damit umgehen. Wenn sie ihr „Noch-Mann" angerufen hat, ging sie nie ans Telefon. Sie war nicht in der Lage, in meiner Wohnung zu telefonieren (obwohl die Bude groß genug ist und jedes Zimmer durch eine Tür getrennt ist). Sie musste immer kurz ins Auto, eine Runde fahren um mit ihm zu telefonieren ...und danach kam sie wieder zu mir. Alles in allem „ein ständiges Geflecht aus tausend Lügen". Meine Erfahrungswerte zeigen, dass man in vielen Beziehungen unserer Zeit weder für seine Ehrlichkeit, noch für die Gutmütigkeit mit Respekt belohnt wird. Behandelst du dein Gegenüber gut, wirst du nicht respektiert -das ist leider so (übertrag das einfach mal auf meine Geschichte im Buch). Alle die sich mir gegenüber korrekt verhalten, werden auch korrekt behandelt -so einfach ist das Prinzip. Und wer diese grundsätzlichen Regeln bricht, der braucht sich nicht zu wundern, wenn er nicht gestreichelt wird.

Weshalb Menschen lieber große Probleme schleppen, als sie abzulegen (was einfach umzusetzen wäre), wird nie in meinem kleinen Schädel fruchten. Dieses ganze Verhaltensmuster erscheint mir völlig suspekt. Normalerweise existiert unter sich liebenden Menschen eine „soziale Struktur", da ist es selbstverständlich, sich dieser einen Person anzunehmen, ohne einen Vorteil zu erlangen. Vermutlich hat Eva das Ausmaß ihrer Handlung gar nicht bedacht. Ein emotionaler Nahhorizont scheint nicht zu existieren! Ein langjähriger Freund sagt: „Irgendwann gelangt man zu jener Erkenntnis, dass Schönheit ein Gebrechen ist, das unmittelbar zur Verblödung führt, bzw. zur Charakterschwäche!". Vielleicht sollte sie an dieser Stelle noch bedenken, dass auch das schönste Grün mal Heu wird. Wer ohnehin nur abtaucht in eine irreale Welt und im Verborgenen lebt, wird damit wohl zurechtkommen müssen. Ein Freund sagte mir, <<*Sie war nur eine, aus der Horde der Verzweifelten, die zu gerne im Schein der Fassade glänzen. Mit einer derart unbeständigen Frau das vermeintlich „bestehende Glück" zu zementieren, käme wohl dem Versuch nahe, einen afrikanischen Berggorilla mit einem sibirischen Tiger zu kreuzen>>.*

Sie machte am Ende unserer Liebe aus heiterem Himmel aus einer Schneeflocke einen Schneeball und im Kopf entstand daraus ein Eisgletscher (endgültiges Drama!). Man könnte sagen, sie hat ausgereizt, was schön und brauchbar war. Sie hat die Karre mit Vollgas gegen die Wand geknallt`:-((. Als sie alles komplett zerstört hatte, ist sie abgedampft und war von jetzt auf gleich nicht mehr erreichbar. Wie krank ist das? Ich fahr doch auch nicht zu meinen Freunden, zünde grundlos deren Hütte an und mach mich dann vom Acker. Obendrein ist sie der wohl einzige Mensch, der hinzukommend noch Brandbeschleuniger ins Feuer wirft. Um sie zu verstehen, reichen womöglich keine 50 Semester Psychologie. Was liegt hier im Argen? Die Nachfrage nach dem Sinn muss doch ein Angebot zur Folge haben. Der Möglichkeitssinn fehlt. Ein besseres Angebot konnte ich ihr leider nicht bieten „als mich!“ -aber ich war offensichtlich nicht gut genug für sie!`:-((.

Als Mensch in einem kreativen Beruf bin ich ziemlich frei im Denken und soweit, dass alles erstmal ein Vorschlag ist (wie die Dinge laufen könnten) und nicht ein Urteil -selbst gegen das Urteil könnte man Revision einlegen. Hart aufgeschlagen, auf dem Boden der Tatsachen, stelle ich mir heute die Frage, worin das Bestreben liegen könnte, einen Menschen emotional zu misshandeln, sofern man ihn liebt. War es vielleicht nur ein romantischer Singsang, der von ihrer Seite kam? Hat sie über so lange Zeit nur vor sich hingeträumt? War ich für sie nur eine Flucht aus dem Alltag? War ich wie „Urlaub im Kopf“? War ich der Pausenclown im Minenfeld? Warum scheut sich ein Mensch so sehr vor der Verantwortung des Lebens und geht nie auf die Knie der Fakten? Liegt in der Dynamik ihrer verzweifelten Lebenssituation, dass sich ihr gequälter Geist eine Gegenwelt errichtet hat, in der sie das Verlorene (Glück, Beziehung, ...was auch immer) nach Wünschen und Forderungen gesucht hat, die sie in ihrer „Scheinwelt“ (dem alten zuhause) vielleicht nicht mehr fand? Warum gab`s nie eine plausible Antwort auf die Frage, nach dem Tragen des Eherings? Wollte sie auf irgendeine Weise immer noch die Beziehung retten, in der sie zu leben gewohnt war? Habe ich tatsächlich 14 Monate lang nur als Blitzableiter fungiert? Wenn ihr der Fremdgänger daheim den Einlauf verpasst hat, bekam ich die verbalen Prügel ab, unreflektierbar vermittelt durch immer wiederkehrende Gereiztheit und aggressiver Laune. Was hatte ich (mal nüchtern betrachtet) mit ihrem persönlichen Unglück zu tun? Sie sagte zu mir, ich wäre schuld am Scheitern ihrer Ehe -das ist absurd, denn ihr Noch-Mann pflegt seit 2 1/2 Jahren eine Daueraffäre mit seiner Geliebten. Ich hab darauf zunächst nicht geantwortet, aber mir gedacht: „Eva, du kannst doch nicht den Sack schlagen, wenn der Esel bockt".

Glaubte sie je an das, was sie sagte, träumte, schrieb? In ihrem Fall ist das Gesagte ziemlich instabil und vor allem hat es mit den Handlungen überhaupt nichts zu tun. Wird sich ihre Verzweiflung ewig breit machen? Verfügt sie über ein besonderes Talent, sich an den Worten geträumter Schönheit einfach so zu berauschen, ohne sich deren Tragweite bewusst zu werden? Lag es immer wieder an ihrer Angst, niemals Taten walten zu lassen? Wein predigen und nicht mal Wasser servieren -ist das überhaupt möglich, wenn es beispielsweise um einen Kinderwunsch geht, der tief im Herzen einer Frau verankert ist? War ich lediglich eine Projektionsfläche, wo das stattfinden sollte, was sie mit dem Noch-Mann seit langer Zeit nicht mehr teilt? Sie schrieb sich sehnsuchtsvoll mit Tastatur und Unterleib in mein Leben und Denken hinein, um mich zu haben und wagte aber nicht, die Konsequenzen zu ziehen. Falls dem so ist, wäre dieser Umstand sehr bedenklich, denn sofern sie die Differenz zwischen ihren Texten und ihren Handlungen nicht bedachte, leidet sie offensichtlich unter massivem Realitätsverlust (und ich ebenso, weil ich es so lange nicht gecheckt habe, bzw. den Glauben an sie und „die wahre Liebe" nie aufgeben wollte). Die Differenz von Wort und Tat hat mich häufig und immer wieder verletzt.

Solch instabile Situationen, wie ständig wechselnde Tageslaunen (Zweifel, Zuversicht, Trauer, Hoffnung, Zorn, Absichten...) kannte ich bislang nicht. Wenn du aus einem gefestigten Elternhaus kommst, existiert rundherum Stabilität -da kann man sich aufeinander verlassen (und zwar in jeder Lebenssituation). Mir war das bislang fremd, dass sich Stimmungen und Ereignisse in loser Folge mischen. Täglich entstanden Überschneidungen und Verzerrungen dieses geträumten, verbal und in E-Mails endlos fabulierten Glücks. **Hatten all die schönen Formulierungen keine realen Entsprechungen, da all das, was vor dem Theater stattfand nicht den Weg auf die Bühne geschafft hat?** Dieser permanente Konflikt in ihr, der zwischen formuliertem Anspruch und gelebter Wirklichkeit tobte, wie weit war er je von der gelebten Zweisamkeit in Harmonie entfernt? Kann eine erwachsene Frau im Alter von 35 Jahren (wohl bedacht „mit ernsthaftem Kinderwunsch") überhaupt so unsicher in Gesinnung und Haltung sein und nie genau wissen, was sie vom Leben erwartet, wenn sie doch immerzu erwähnt, dass sie nun angekommen ist, im Leben ihrer Wahl. Dieses Schwanken, von einem Plan zum anderen, das kann doch niemand wollen. Gibt`s denn überhaupt einen Plan? Wie leicht war Eva von ihrem Noch-Mann zu beeinflussen und übernahm dessen Positionen, obwohl sie wissen hätte müssen, was ihr die Vergangenheit beschert hat (nichts als Probleme und Ärger!). Diese Frau hat keine eigene Meinung, darum ist sie immer wieder „klein" geworden. Einer meiner Freunde meint:

<<Erziehung und Anstand bleiben auf der Strecke. Was ich sehe, sind Zweibeiner, mit denen man barmherzig sein muss, weil sie sehnsüchtige, einsame und verzweifelte, weil zum Sterben verfluchte, aber leider „nur manchmal denkende" Säugetiere sind>>.
Völlig schräg, nicht wahr? Sie hat wohl vom Apfel gebissen und der war vergiftet -Shit! Soll ich mich einsperren, das Haus nicht mehr verlassen, aus der Angst heraus, wieder verletzt zu werden?

Und weil ich zwei Jahre später noch nicht weiter war (im Kopf), besuchte ich einen meiner langjährigen Freunde, der sich beruflich der menschlichen Psyche annimmt. Sein Name ist Paul. Er verfügt über ausreichend Weitblick und hatte mir schon mehrfach seine Unterstützung angeboten. Ich verbrachte mehrere Tage auf seiner Ranch im Silicon Valley (südlich von San Francisco) und durfte auf seinem wunderschönen Anwesen residieren, das sich zwischen Palo Alto und Saratoga befindet. Bei dieser Gelegenheit zeigte er mir die Stanford University und führte mich über seine Weinberge, ...die jüngste Errungenschaft, welche er im letzten Frühjahr erstanden hat.
Paul machte sich verblüffend viele Notizen zu unseren Unterhaltungen und stellte mir Fragen über Fragen. Sollte ich ihn in absehbarer Zeit noch mal dort besuchen, werde ich vermutlich zum Experten kalifornischer Weine`:-)).

Mein langjähriger Freund Paul, Psychologe und Philosoph aus Palo Alto, Kalifornien (USA) hat seine eigene Auffassung zu meiner Geschichte:

<<Man muss kein Psychologe sein, um zu erkennen, dass viele Menschen in der westlichen Welt heute Persönlichkeitsstörungen entwickeln, die früher in weiten Teilen der Bevölkerung nicht aufgetreten sind. Hauptsächlich handelt es sich um Störungen, die auf die komplexen Verhältnisse der heutigen Gesellschaft zurückzuführen sind. Dazu gehört u.a. das Aufwachsen in einer nicht-intakten Familie, der Zwang erfolgreich und schön zu sein, das ewige Streben nach Ruhm, Status und materiellem Reichtum, etc.. Jede zweite Ehe wird geschieden, unzählige Beziehungen zerbrechen, da die Beständigkeit fehlt. Sex und Liebe, ...die Menschen können das doch heute gar nicht mehr voneinander unterscheiden. Fast alle schwimmen im Strom der Masse, weil`s vermeintlich einfacher ist. Wer bemüht sich denn noch um einen anderen Menschen? Die Welt 2.0 -wie du sie gerne nennst- lässt den Zweibeinern keine Zeit für Warmherzigkeit und Nächstenliebe. Es dominiert der Eigennutz unter den Narzissten.

Was ich dir nun erzähle, wird dich vielleicht nicht erfreuen, aber du solltest langsam die harten Fakten erkennen und aus deinen Träumen erwachen! Deine Eva ist schlicht „unfähig", in einer glücklichen, intakten Beziehung zu leben und an sich selbst zu arbeiten. Fortschritt nach 14 Monaten? Fehlanzeige! Du warst vermutlich nur ein Bauernopfer. ***Hätte sie je ernst-***

haft einen Familien- und Kinderwunsch gehabt, dann wäre sie aufgrund ihrer verkorksten Vita am 27.02. liebend gerne bei dir eingezogen und aus ihr wäre längst eine glückliche Mutter und Ehefrau geworden *-genau so, wie`s von euch beiden geplant war. Klare Voraussetung: Sie hätte ihre Vergangenheit „komplett" hinter sich gelassen und das Leben in der Gegenwart angenommen (...wie waren ihre Worte? „Kommen, um zu bleiben!"). Selbstverständlich halte ich es bei einem tatsächlichen Kinderwunsch vonseiten der Frau für angemessen, eine „gemeinsame" Wohnung zu beziehen, was denn sonst? Wo will sie denn das Kind aufziehen? In ihrer Wohnung ...ohne Vater? Man kann die ersten paar Wochen solche „geheimen Treffen" schon akzeptieren, aber wer ernsthaft an einer neuen und langfristigen Partnerschaft interessiert ist, der würde Rückgrat zeigen und handeln (Farbe bekennen, Fakten auf den Tisch legen, Beziehung beenden, Ehering in den Ausguss, Scheidung einreichen, klare Konsequenzen ziehen und den Kontakt zum Ehemann „endgültig" vollziehen, FERTIG! Danach kann das neue Leben beginnen, in allen Facetten). Ich glaube, du wurdest lange Zeit verarscht und hast es nicht geschnallt, mein Lieber!*

Warum schützt du Eva immer noch? Nach allem was ich höre, hat sie LSE-HD Tendenzen (LSE steht für low self esteem, übersetzt „geringes Selbstwertgefühl"). Vermutlich bräuchte sie einen guten Therapeuten, oder zumindest einen Kerl, der sie weniger gut behandelt, den wird sie dann evtl. auch respektieren. Du hast ihr keine Grenzen gesetzt, somit wurdest du betaisiert und abgeschrieben -da war der Drops für sie gelutscht! LSE-Frauen können generell keine gute

Behandlung ertragen, denn Harmonie, Zufriedenheit und Glück bedeuten für sie pures Gift. Sie braucht das ewige Auf und Ab in ihrer Gefühlswelt (die emotionale Achterbahn) um von ihren eigentlichen Problemen abzulenken. Diese antisoziale Persönlichkeit hat dich mit ihrer Art „bespielt" und lässt gar niemanden zu, der sie auf Händen trägt. Mal realistisch betrachtet: Sie war niemals verlässlich, verfügt über keinerlei Disziplin, zeigt keine Verantwortung und ist kein Mensch, auf den man zählen kann. Von dieser Frau wolltest du Kinder haben? Ach du meine Fresse -bist du mutig! Sofern eine Frau an dich und an sich selbst glaubt, mit dir eine Familie gründen möchte, dann lässt sie sich an der Hand nehmen und überquert mit dir gemeinsam die Straße! Ist doch ewig schade, für diese „verspielten Jahre" -du hättest dir in dieser Zeit längst was ehrliches und wertvolles aufbauen können.

Zu einer aufrechten Partnerschaft ist sie nicht fähig! Deine treue Gefährtin auf der langen Reise kann sie nicht werden, weil sie dich gar nicht sieht, dazu müsstest du erst mal mächtig Ärger machen, das lässt sie aufhorchen. Wenn sie dir sagt, dass sie nicht schlecht behandelt werden möchte, dann hat sie dich wohl belogen. Was geschieht denn seit fast zwei Jahren? Unentwegt nur leere Versprechen und Illusion. Überleg doch mal logisch: Dieser Mensch, der weitgehend an Orientierungslosigkeit leidet (Beispiel: Ehering nach 14 Monaten!), wirkt im höchsten Grad destabilisierend. Jede Form von manipulativen Tendenzen ist generell zum Scheitern verurteilt. Wie soll man mit so einer Frau glücklich werden? Ein typisches LSE-Markenzeichen ist das lethargisch-masochistische Ausharren in einer extrem unangenehmen Lebenssitua-

tion, von der bei ihr immerzu die Rede ist. Das ist auch der Grund, warum`s viele LSE-Frauen mit irgendwelchen Idioten so lange aushalten. Irgendwie erinnert mich die Geschichte von Eva und ihrem Noch-Mann auch an das Stockholm-Syndrom. Vielleicht erinnerst du dich noch an Natascha Kampusch. Da entwickeln Opfer manchmal mehr Sympathie für den Peiniger, als für die rettenden Einsatzkräfte. Sie kann sich vielleicht nicht vorstellen, dass es eine Existenz außerhalb dessen gibt, was sie gefangen hält.

Könntest Du denn beispielsweise 2 1/2 Jahre mit einer Frau zusammen wohnen, die eine Daueraffäre mit einem anderen Mann hat? Nicht eine einzige Nacht würdest du mit der unter einem Dach leben wollen -hab ich recht? Alleine daran hättest du es merken können. Deine Eva steckt das locker weg, weil es sie nicht stört. Sie lebt doch selbst nicht anders. Heb sie nicht in den Himmel, sondern geh mal lieber davon aus, dass solche Frauen nur zu Affären fähig sind ...und sei bitte nicht so naiv und glaube, dass du der Einzige warst in dieser Zeit. Warum glaubst du, wollte sie eine eigene Wohnung beziehen? Dieser Typ Frau hält sich häufig an verheiratete Ehemänner, die ebenso unentdeckt bleiben wollen, wie sie selbst. Und nach Möglichkeit sucht sie nicht nach einem armen Schlucker, sondern nach einem Mann mit „mehr Geld und Ansehen“, weil ihre evolutionsbiologische Programmierung immer nach dem besten genetischen Material jagt. Eva wollte nach langen 14 Monaten noch „unentdeckt“ bleiben, obwohl sie von dir angeblich Kinder haben wollte -geht dir langsam ein Licht auf? Alles was geheim ist und für dein persönliches Empfinden „abnorm“ wäre (Beispiel: Ehering!), das findet sie pri-

ckelnd und interessant. Eine versteckte Affäre könntest du auch jetzt noch mit ihr haben, da gehe ich jede Wette ein! Deine Eva will ALLES, aber nichts richtig, und solche Personen sind dann verwundert, warum ihre Karre andauernd in der Sch... feststeckt und nie was vorwärts geht in ihrem Leben. Wer so ein Leben führt wie du, ist für sie ein Langweiler - da fehlt der Kick! Als Du wolltest, dass sie die Fakten offenlegt, hat sie dich aus ihrem Leben verbannt. Sie lässt sich ihre Macht nicht nehmen (nicht von dir!), denn nur ihre Belange zählen! Für sie wäre ein „gemeinsames" Leben <<entmündigend>> und genau das ist ihre Denkweise. Egoistischer geht`s nicht!

Stell dir nur mal vor, ihr hättet bereits gemeinsame Kinder und Eva würde so ein Szenario an den Tag legen. Was würde sie für eine Mutter abgeben? Was würde geschehen, wenn mal ein echtes Problem auf euch zukommt? Flüchtet sie ein Leben lang in ein Paraleluniversum? Sie läuft vor allen Problemen weg, hat nie den Mut stehen zu bleiben und für Klarheit zu sorgen (weder hier noch dort). Bringen sie ihre Handlungen weiter nach vorne im Leben? Nein! Könntest du dich je auf sie verlassen? Nein! Was sie bisher bewiesen hat lässt viele Frage offen. Im Leben kommen immer wieder Probleme auf uns zu, denen wir uns stellen müssen -vor allem wichtige Entscheidungen, die keine Flucht zulassen, denn wir Menschen müssen nicht nur für uns selbst Verantwortung tragen, sondern auch für unsere(n) Partner und vor allem für unsere Kinder.

Wie Menschen hinter schwammigen Fassaden wirklich ticken, wirst du nie erfahren. Deine Eva hat eine fast anmutende Gewissheit entwickelt, dass sich die Erde nur für sie dreht und alles nach ihren Wünschen passieren muss und die Bedürfnisse anderer nicht von Bedeutung sind (vor allem nicht deine). Du warst nur der Spielball ihrer Launen und Manipulationen. Das geglättete Wunschbild, welches sie abgegeben hat, war scheinbar weit entfernt von ihrer tatsächlichen Lebensvorstellung. Ihre vielen verbalen Ergüsse bringen dich nicht weiter im Leben. Es war Programm, dich in der ewigen Warteschleife zu halten (O-Ton: „Bitte geh nicht -bleib!", „... es dauert nicht mehr lang", u.s.w.). Ich vermute, sie ist eine Meisterin des „Double Binds", sie hat dich dressiert mit „ködern und warten lassen". Ich möchte gar nicht bestreiten, dass sie vielleicht „tief im Herzen" den Traum hegt, ein korrektes Leben inkl. Familienplanung anzusteuern, aber was sie auch einbrachte, war ein „shit load of hell" an Problemen. Vertrauen, Verlässlichkeit, Romantik und Liebe hättest du mit ihr nicht auf Dauer erleben können, denn sie wird „immer" eigennützig handeln -so viel solltest du nach 14 Monaten begriffen haben. Sie wird dir nie vertrauen, weil sie sich nicht mal selbst vertraut (wer sich selbst vertraut, der handelt!). Konntest du ihr jemals vertrauen? Überleg mal, wie unzählig viele Versprechen sie schon gebrochen hat. Brauchst du noch 500 weitere Beweise? Dann bleib am Ball!

Sie steht jeden Morgen auf und versucht das Beste aus ihrer Situation zu machen. Ich vermute, sie sitzt in einer verrückten Lage fest und tut das, wovon sie denkt, es sei das Richtige. Aber unter der Oberfläche brodeln Gefühle von Angst und Paranoia, die immer wieder in Erscheinung treten; das alles inmitten einer nur scheinbar friedvollen Welt! Es könnte durch-

aus möglich sein, dass ihr Ehering dazu dient, eine Art moralischen Kern aufrechtzuerhalten, um die Glaubenssätze dieser Gesellschaft nicht zu brechen. Höchstwahrscheinlich hat sie viele Dinge unterdrückt, sie schaut lieber weg anstatt nachzudenken und zu analysieren. Es ist ein Dilemma, denn deine Absichten sind für mich zweifellos nachvollziehbar.
Ich glaube, das Beständigste an Menschen wie Eva ist wohl ihre Unbeständigkeit! Sie reiht sich ganz gut in die Sparte derer ein, die du immer verabscheut hast, aufgrund ihres oberflächlichen Wirkens. Es gibt so viele korrekte und warmherzige Frauen mit Freude am Leben, die es ernst meinen -die haben vielleicht nicht so viele schöne Worte auf Lager- aber dafür kannst du mit denen morgen loslegen und dir was „richtiges" aufbauen, das mit etwas Glück auch Bestand hat. Geh raus und such sie -die wollen gefunden werden! `:-)).

Solche Eva`s rauben dir deinen letzten Nerv und saugen mehr Energie aus dir, als du je produzieren kannst. Für ein paar „scheinbar" harmonische Stunden, erleidest du Tage der Qualen -das ist ein schlechter Deal. Ich vermute, dir fehlt die DNA, ihre geschickten Spielchen zu durchschauen, denn eine heile Welt existiert nicht in ihrer Umgebung. Um attraktive Frauen bemühen sich unentwegt sabbernde Männer. Derartige Frauen müssen zwangsläufig keinen guten Charakter an den Tag legen, denn um frischen Nachschub brauchen sie sich nicht bemühen. Noch mag das bei Eva mit 35 funktionieren, ...aber auch sie feiert in dieser Hinsicht gerade ihre letzten Feste -und darüber ist sie sich sehr wohl bewusst! Vielleicht geht`s im Moment einfach nur darum, ihren Arsch meistbietend zu ver-

steigern. Das gilt längst nicht für alle schönen Mädels im erwachsenen Alter, aber es ist ein Indiz meiner Erfahrungen aus dem täglichen Leben. Viele dieser Prinzessinnen nutzen heute das Fitness-Studio als Affärenbörse (dort werden sie gefunden und können frei auswählen!). Ehrliche Frauen schenken dir geschmeidig Energie ohne nennenswerte Kraftanstrengung. Sie sorgen für dauerhaften Frieden und Harmonie, ohne dass sie Spielchen treiben, oder teure Geschenke erwarten!

Permanente Richtungswechsel und das Navigieren ohne Kompass, empfängt man wie regelmäßige Messerstiche, die eine fühlende Menschenseele tief verletzen. Irgendwann baut man sich einen Schutzwall auf, um weitere Verletzungen (diese permanenten Zusagen und Versprechen einer „Hoffnungslosen und Verlorenen“, die nie eingehalten werden) zu eliminieren. Diese Angst manifestiert sich in eine Richtung aus der Zweifel entstehen, was wiederum die Anzahl der Verletzungen vermehrt. Irgendwann wird dadurch die komplette Karosse so verformt, dass es in den Augen schmerzt, sie anzusehen. Dabei wäre es so einfach, sie instandzusetzen, würde man die Ursache (das ewige Nichthandeln, bzw. Umsetzen von Worte in Taten) erkennen und endlich jenen Schritt gehen, der längst unabdingbar ist -nämlich handeln und agieren! Wer intelligent genug ist, betrachtet die Sachlage nüchtern von oben, setzt Vernunft und Kontrolle durch ... und kann so mit der Situation fertig werden. Nach einer Problemerkennung folgt die Lösung und folglich solltest du wohl akzeptieren, dass es Lebewesen auf unserem Planeten Erde gibt, die „NIE“ handeln (an Beispielen mangelt es hier nicht)! Respektvoll und be-

dingungslos war von ihrer Seite gar nichts, das wird vor allem dann klar, wenn du dir ihr Wirken ab Ende März auf den Screen holst. Was sich angesammelt hat, sind viele Formen der Gemeinheit, der miesen Berechnung und einer obligatorischen Dauerverarschung, die sie offensichtlich auch noch als Triumph genießt ...mehr ist es nicht. Es könnte übrigens durchaus möglich sein, dass sich ihr Ehemann lediglich nach Beständigkeit gesehnt hat, die es daheim bei seiner Frau nicht gab. Dazu müsste man die Fakten näher kennen.

Es gibt Menschen, die im Leben immer den geraden Weg wählen (langfristig sicher der leichtere): Da ist eine breite, gut ausgebaute, asphaltierte Straße -und die benutzt man- Basta. Wenn deine Eva diese Straße befahren würde und entdeckt, dass parallel noch ein holpriger Feldweg verläuft, würde sie wahrscheinlich von dieser Straße abfahren und den Feldweg nutzen, ungeachtet, ob`s ihr da den Auspuff wegreißt, da sie generell den Weg daneben benutzt. Bei jedem einzelnen Treffen wurden 14 Monate lang euere Autos irgendwo in Seitenstraßen oder Tiefgaragen versteckt, das ist doch völlig abnorm. Diese neurotischen Strukturen einer zwanghaft veranlagten Person hättest du längst erkennen müssen. ***Sie ist eine von Sozialphobien gepeinigte Seele, die nicht klar denkt****.*

Du hattest eine Engelsgeduld aber solltest begreifen, dass Menschen wie Eva in schweren Krisen eine Persönlichkeitsveränderung durchmachen, da ihr Schutzfilter, der normalerweise zwischen unserer Wahrnehmung und der Außenwelt steht, mit einem Mal weggerissen wurde. In ihrem Fall hat sich das

Drehbuch des Alltags, die Gewohnheiten und die Selbstwahrnehmung im Nichts aufgelöst -und dieses Drehbuch muss erst neu geschrieben werden (dagegen ist auch nichts einzuwenden, wenn sich das Mädel dabei helfen lässt und auch gewillt wäre, wieder ein geordnetes Leben in Harmonie zu führen). Ich beschäftige mich seit vielen Jahren mit Evolutionsbiologie, der Neurowissenschaft und mit Fairnismotiven. So ein selbstsüchtiges Gehirn entscheidet nach einer Trennung, ob Geschehnisse im Leben tief oder oberflächlich verlaufen. Je nach dem, wie diese Impulse genutzt werden, leitet sich daraus ab, ob nur Strohfeuer oder ein neuer Lebensabschnitt geschaffen wird. Traurige Erkenntnis: Ich nenne dich ab heute Adam Strohfeuer! Und noch was, das dich interessieren könnte: Laut einer Studie der University of California in Berkeley mit mehr als 35.000 Teilnehmern, stabilisiert sich die Persönlichkeit von Frauen erst mit 50. Erst dann werden sie emotional stabiler, zuverlässiger und umgänglicher. Demzufolge müsste deine Herzdame noch 13 Jahre warten, bis sie stabil wird -bis dahin kann sie noch viele Herzen brechen und austauschen `:-))

Überleg doch mal: Wollte sie sich helfen lassen? Konntest du ihr helfen? Wollte sie von sich aus etwas verändern? Keine dieser drei Fragen kannst du mit „JA“ beantworten, obwohl sie schöne Versprechen geleistet hat bis zum Abwinken. Es kann einem Menschen nur geholfen werden, wenn er sich helfen lässt. Du hast ihr ja den Fluchtweg aus der Wirklichkeit angeboten, aber sie hat ihn nicht genutzt. Somit war es faktisch schon nicht möglich, mit ihr eine normale Beziehung zu führen, und je mehr du dich um sie bemüht hast, *um so weniger Respekt kam zurück. Alarmglocken? Fehlanzeige! Du hattest 14 lange Monate Mitleid bzgl. ihrer Situation und „nur sie" hätte es jederzeit ändern können -hat sie aber nicht. Was du erlebt hast, war reinstes „Brainfuck"! Immer wieder ließ sie die schöne Maske fallen und du dachtest wohl, „Was geht`n hier ab?" Es gibt Partner, mit denen entwickelst du dich nicht weiter im Leben, sondern alles was sie anrichten, zieht dich Vollgas „mit in den Sumpf". Man darf das gar nicht zulassen. Nur sie selbst hätte Ordnung in ihrem Chaos schaffen können. Warum lässt man sich schlecht behandeln, extrem runterziehen und nimmt den anderen viel wichtiger, als sich selbst? Vermutlich weil tiefe Gefühle im Spiel sind, gibt man seine Kontrolle ab -das ist der Knackpunkt. Man akzeptiert Dinge, die man so nie zulassen würde, weil man diesem Menschen einfach unentwegt glaubt, dass es „bald besser" werden wird, ...das waren ja ihre permanenten Falschaussagen („ködern und warten lassen"). Nach aussen hin können manche Artgenossen eine perfekte Rolle spielen, aber in einer Beziehung kommt dieser ganze „Seelenshit" ungefiltert hoch und die emotionale Instabilität ist im Preis bereits inbegriffen. Durch das ewige Hin und Her hat man als Partner eh schon keine gesunde Wahrnehmung mehr, man sehnt sich lediglich nach den schönen Zeiten die permanent „bald" versprochen werden, und blendet die schlechten Phasen aus. Sie wollte sich nie was von dir sagen lassen, da sie befürchtet hat, die Kontrolle zu verlieren. Aus diesem Grund bestimmte sie auch den Handlungsrahmen der Beziehung (grenzverletzendes Verhalten inbegriffen). Da sich Menschen wie Eva nicht selbst sehen und auch keine Verantwortung für ihr Handeln übernehmen, spalten sie die*

Beziehung weg und werten andere ab, übertragen die Schuld auf sie und dies so gut, dass der Mensch an ihrer Seite destabilisiert ist und kein Selbstwertgefühl mehr hat. Du wurdest für sie zum Objekt der emotionalen Manipulation und hattest keinerlei Einfluss auf ihren Gefühlsumschwung. Irgendwann hast du dann schlagartig nicht mehr in den Empfindungsbereich gepasst. Du hättest bei ihr „niemals“ in Gefühle investieren dürfen und früh genug erkennen sollen, dass vieles nur „Geschwätz“ war, was aus ihrem Mund kam!

Hat sie dich ihrer Familie vorgestellt? Nein. Kanntest du ihre Freunde? Nein. Hat sie jemandem von euren Plänen erzählt? Vermutlich auch nein! Wenn eine Frau wie Eva einen Mann wie dich „im Dickicht des Dschungels“ findet, der ihr einen Heiratsantrag macht und ihren Kinderwunsch umsetzen möchte, dann würde sie dich umgehend allen relevanten Menschen vorstellen, die ihr wichtig erscheinen. Hat sie nicht, stimmt`s? Du warst ihr „Plaything on call“ (Spielzeug auf Abruf). Bedenke: Eine LSE braucht jeden Tag ihren emotionalen Kick. Sie sucht häufig Beziehungen mit Männern, die ihr Extrema bieten. Selbstverständlich wird auf andere Menschen dabei keine Rücksicht genommen ... gehe deine Geschichte doch mal ganz logisch von vorne bis hinten durch, dann müsstest du langsam aufwachen und die Fakten deutlich erkennen. Ihr Wechselbad der Gefühle wird nie ein Ende nehmen, vor allem nicht, in dem du „lieb“ zu ihr bist. Checkst du gar nichts? So verwirrt kann man nicht mal nach mehreren Flaschen Hochprozentigem sein. Deine Gutgläubigkeit scheint ein Manko zu sein, -das ist erschreckend. Du wirst wohl zugeben müssen, dass dein Leben ohne sie weit weniger turbolent ist, ...oder täuschen mich die sinn-

lichen Geister? Ein Mensch der glücklich werden möchte, wird aktiv und verwirklicht seinen gewählten Weg durch entschlossenes Handeln.

Solche Frauen wie Eva sind der Grund, warum Jungs wie du irgendwann nicht mehr fähig sind, richtig zu lieben. Diese Beziehung der seelischen Grausamkeit hat dich vermutlich mehrere Jahre deines Lebens gekostet. Aus immer fröhlichen und gut gelaunten Kerlen werden in Windeseile völlig fassungslose und gebeutelte Geschöpfe, denn dieses pathologische Verhalten zerstört die Seele. Sofern du nicht mit wehenden Fahnen untergehen möchtest, dann geh ihr aus dem Weg. Sollen andere sich mit ihr plagen! Was ich dir rate: Renne weit, renne schnell und dreh dich vor allem nicht um!

Ich glaube generell, dass viele Frauen inzwischen genau so gewöhnlich und durchschaubar gestrickt sind, wie die Masse der leicht manipulierbaren Männer. Gleich den Hodenträgern, unterliegen sie inneren Zwängen, egal wie hartnäckig sie diese bestreiten mögen (Schutzbehauptungen sind Bestandteil zwanghafter Handlungen!). Ich trage die Überzeugung, sie sind in vielerlei Hinsicht berechnende wie auch berechenbare Wesen. Vielleicht suchen Frauen tief im Herzen tatsächlich nach einem charakterlich guten Mann, aber so bald sie den gefunden haben, landen sie dennoch häufig bei Typen, die sich völlig konträr zu jenen Wesenzügen verhalten. Sie ehelichen weit häufiger eine männliche Dumpfbacke, die sie unterdrückt und klein redet. Sie wollen zwar einen Schöngeist, aber wählen den Genusstrinker, der nach der dritten Pulle Edelwein zu toben beginnt. Welche wirklich hübsche Frau mit Intellekt möchte denn heute noch mit Phantasie erobert werden? Den Poeten lassen sie links liegen und verspotten ihn als lebensuntüchtig und richten sich stattdessen lieber nach einem offensichtlich grenzdebilen Silberrücken, der nach dem zweiminütigen Begattungsakt hören will, wie gut er war. Und wenn mir von Frauen erzählt wird, dass Geld nicht so wichtig sei, dann frag ich mich, weshalb sich so viele „alte Neureiche“ mit hübschen jungen Frauen oder Affären schmücken. Aus Liebe? Ganz bestimmt! `:-)) Dort wo sich erfolgreiche Männer „scheinbar“ fallen lassen, werden sie irgendwann kastriert -vor allem finanziell `:-)).

So lang der „Mitleidserregende“ sein Babe wirtschaftlich unterhält, darf er sich gerne mangelhaft verhalten und andere Mädels begatten -da schaut man gerne weg, als Ehefrau oder Geliebte. Ein dominanter männlicher Blick lässt die zarten fraulichen Knie wesentlich schneller einknicken, als ein sanftmütiges Wesen. Ich weiß, von was ich spreche! Alle leisten gerne Treueschwüre, nur wer hält sich daran? Sie fühlen sich „unfrei“, vielleicht gerade deshalb, weil sie sich gegen ihren Willen aneinander ketten und somit ihre persönliche Entfaltung boykottieren. Alles wäre einfach realisierbar, wenn unsere Menschheit etwas aufrichtiger durchs Leben gehen würde und man sich wenigsten auf ein paar von den unzähligen Ansagen verlassen könnte. Es ist weiß Gott nicht von allen Frauen die Rede, nur von einer stetig wachsenden Minderheit `:-))>>

Ein Freund aus Grünwald formuliert es anders: *<<Gib`s ihr, bis sie schreit und dann schmeiß sie raus. Du wirst sehen, sie wird wieder kommen, und wieder und wieder...>>.* Vermutlich mag da was dran sein, aber ich dachte einfach an eine ganz normale Beziehung, leider war das mit Eva nicht möglich. Es ist traurig, wenn du dem Menschen nicht mehr vertrauen kannst, der auf der obersten Treppe steht und im Leben die Hauptrolle spielen sollte, ...ein Mensch, mit dem du von Beginn an bis ans Ende der Welt wolltest ...und noch ein Stückchen weiter. **Meine Gefährtin auf der schönsten unendlichen Reise hat wohl ihr „Navi" verloren!**

Alle Menschen sind zum Guten fähig, aber sie machen selten von diesen moralischen Fähigkeiten Gebrauch: Liebe, Zuneigung, Achtung, Respekt und Anerkennung liegen zwar in unserer Erwartungshaltung, doch verkümmern diese Bereiche, je weniger wir sie zum Einsatz bringen. Ich würd gerne wissen, ob es überhaupt möglich ist, dass man sich nicht in andere Menschen hineinversetzen kann, falls man ihre Lage kennt. Wie steht`s um die Moralfähigkeit und der Erwartungshaltung von Menschen, die uns nahe stehen?

Ich glaube, dass wahre Liebe dem anderen die Freiheit lässt, egal wie, solange das Ziel bleibt, niemanden damit zu verletzen. Jeder muss so frei sein, seine Entscheidungen in aller Fairness und Offenheit treffen zu dürfen (selbstverständlich mit Blick auf den Zeitmesser, denn Lebenszeit ist kostbar ab einem gewissen Alter), nur dann gibt es Entwicklung ...und das ist vorrangig -nicht Zerstörung!

Was Paul mir erzählt hat, trägt zum Teil viel Wahrheit in sich, ...aber manche Dinge will man lieber nicht hören, denn sie lösen den vorhandenen Schmerz keineswegs. Das Schlimme ist, dass im Verstand vieles leicht und einfach zu begreifen ist, aber die Seele kann`s nicht verstehen. Man kann nicht immer alles im Leben nur sachlich begründen. Es ist nicht einfach, mit Schicksalsschlägen umzugehen, wenn man darin keine Erfahrung hat. Was ist der richtige Weg? Ich tu das, was ich für richtig halte und gehe in bedeutsamen Lebenssituationen künftig keine großen Kompromisse mehr ein.

Wenn es „die Liebe“ ist, die du spürst, dann rennst du los um das Leben zu umarmen, du öffnest dich und wenn du hinfällst, stehst du einfach wieder auf und läufst weiter. Nichts kann dich bremsen, nichts wird dich aufhalten, wenn sie in dir ist und tobt. Du kannst nicht einfach beschließen, den Kontakt zu dir selbst abzubrechen. Mag ja sein, dass ich für Eva (im Nachhinein) von heute auf morgen nur ein kurzes, völlig unbedeutsames Kapitel im Leben war, doch für mich war sie das endlos lange Buch ...und wir waren erst am Anfang. **Für mich war diese eine Liebe „gültig“, sie rechnete das Böse nicht an, sie freute sich nicht über Ungerechtigkeiten, aber sie erduldete fast alles**, und sie hoffte unentwegt! Sie hoffte vor allem, dass sich die Frau an meiner Seite stabilisiert, unser gemeinsames Leben endlich beginnt und Früchte trägt, so wie es unzählige Male von ihr angekündigt wurde. Was mich persönlich hart trifft und durchrüttelt wie einen Astronauten beim Wiedereintritt in die Atmosphäre, ist der erstaunliche Umstand, dass Eva im Zusammensein immer einen warmherzigen und toleranten Charakter gezeigt hat. Leider ist am

Ende aus *„das Beste, was mir je passiert ist"* kurzerhand *„mein gößter Fehler"* geworden.

Menschen, die gern gefestigt im Leben stehen, können damit überhaupt nicht umgehen. Wahre Liebe verändert den Menschen -und wenn auf einmal alles wegbricht das von größter Bedeutung ist, dann glaubt man einfach an „gar nix" mehr. Nie zuvor hatte ich mich einem Menschen so tief geöffnet und trotzdem wurde ich verletzt. Ihr emotionaler Ausnahmezustand nach dem Kennenlernen wurde realistisch betrachtet „ihr Dauerzustand". Immer auf der Flucht zu sein und „unsichtbar" bleiben, hält man nicht ewig aus, aber immer war die Hoffnung im Herzen verankert, dass ihr ein korrektes Leben mit mir viel mehr gibt, als die ewige Schein-Fassade.

Sie hatte mir versprochen ***<<Ich will mit dir leben und in dieses Drehbuch passt kein Umdrehen. Ich meins ernst, mein Schatz >>***, aber sie drehte sich öfter als ein Karussell. Und nur wenn dieses verdammte, doofe Karusell mal still stand, dann war sie meine Eva. Sie hat verdammt viel zerstört und sie interessiert sich „nicht die Bohne!" für das Unheil, dass sie hinterlassen hat. So was kann man nicht verstehen -niemand kann das verstehen, wenn er selbst betroffen ist. Dabei dachte ich immer, wir wären ein gutes Team, ...ach was sag ich: Ich war der festen Überzeugung, dass wir ein wirklich großartiges Team werden, das „unschlagbar" ist auf Ewigkeit. Eva betonte häufig, sie wäre <<***Vielleicht der letzte Optimist, der an die große Liebe glaubt!***>>, aber sie war nur ein Feigling der Heimlichkeiten. Seit unserer ersten Begegnung habe ich immer an sie geglaubt und war überzeugt, dass wir beide unseren Platz gefunden haben. „Entweder sie oder keine“ war meine Devise. Sie war „meine Story“ -niemand sonst. Ich war mir noch nie einer Sache so sicher im Leben (das waren auch mal ihre Worte!) und ich habe mehr als deutlich gespürt, dass wir beide die selbe Sprache sprechen. Ich dachte wirklich, sie wäre total anders ...es fühlte sich an wie „eine Liebe für die Ewigkeit!“. Es war manchmal, als würden wir zusammen atmen!

Ich glaube, die Welt ist so, wie man sie sieht. Wenn du Vertrauen in bestimmte Dinge hast, dann gelingen sie auch. Fast alles was man wirklich will, kann man schaffen. Eva fehlte einfach der Weitblick. Wenn ihr „Noch-Mann“ sagt, die Schein-Fassade darf „nach außen hin“ nicht beschädigt werden, dann verzichtet sie lieber auf ihre eigenen Pläne, auf Kinder, Familie und einen Mann, der sie aufrichtig liebt. Man muss sich das mal vorstellen: Sie lässt ihre „angeblich“ große Liebe nicht zu, um die Fassade zum Schein aufrecht zu erhalten. Warum ich sie dennoch so liebte? Weil ich fühlen konnte, dass sie tief im Kern der geilste Mensch ist, den man sich vorstellen kann. Wenn sie nur einmal den Mut und das nötige Vertrauen in sich selbst gefunden hätte, wäre sie so evtl. wieder „normal“ geworden und dementsprechend auch zufrieden mit sich selbst und GLÜCKLICH ...aber wir können andere nicht zum Glück zwingen, wenn die vielleicht gar nicht bemerken, dass etwas nicht stimmt in ihrem Leben`:-((.
Übrigens: Das Gedächtnis einer Fliege hält 0,7 Sekunden. Manchmal wäre es schön, eine Fliege zu sein`:-)).

Sie hätte meine Enttäuschung nicht fürchten müssen (zu keiner Zeit), wenn sie achtsam mit mir umgegangen und offen gewesen wäre; im Gegenteil: Dann wäre es eine Bestätigung unserer Freundschaft geworden. **Wer dreckig spielt, hat keinen Pokal verdient!** Solche Abläufe kenne ich aus meiner Vergangenheit durchaus eleganter und weltanschaulich korrekter.

So seltsame Typen wie ich, die sind nicht auf diesem Planeten um viele Frauen flachzulegen, um Reichtum anzuhäufen, endlos viele Stunden vor einem Computer zu verbringen, ...sondern wir können dem eigenen Leben nur dann einen Sinn geben, in dem wir einem anderen Menschen unsere ganze Liebe schenken, die tief aus unserem Herzen kommt. Wenn wir dazu in der Lage sind und dieser einen Liebe „eine echte Chance" einräumen (dazu gehören „2"), dann erst sind wir auch in der Lage, eine Familie zu gründen, auf die wir zählen können, ...und in dieses Drehbuch passt dann tatsächlich kein Umdrehen, denn eine Scheidung passt nicht zu meinem Lebenslauf -die wird`s nicht geben, weil ich „die große Liebe" nicht enttäusche, weder als Vater, noch als Ehemann. Für mich gibt`s eben nur **„Die eine große Liebe"** und was immer andere auch sagen oder denken interessiert mich nicht, denn ich höre auf die Stimme meines Herzens. Jeder, der sie „einmal" gefunden hat, diese eine große Liebe, wird mich verstehen. Wenn „2" das selbe empfinden und für ihre Träume leben, dann sagt das Navi, „Sie haben ihr Ziel erreicht!"`:-)) Jeden Tag hoffe ich, dass mein Wecker klingelt und ich aus diesem seltsamen Albtraum wieder erwache!

Ich glaube an die Realität meiner Träume, weil ich meine Träume für die Realität halte!

And now ...

Meine Haut ist nach dieser seltsamen Trennung nicht dicker, sondern noch viel dünner geworden. Die Vergangenheit hat mich noch verletzbarer gemacht. Heute lasse ich nicht mehr zu, dass Menschen mich respektlos behandeln oder endlos vertrösten. Ich werde mein Existieren nicht verschweigen, lebe unbeirrt „mein Leben“ und verfolge realisierbare Ziele mit Bedacht, denn wer nicht klar denkt, hat auf breiter Ebene verloren`:-). Es gibt keinen Grund sich zu verstecken, wenn man etwas „ehrliches“ anstrebt ...andere Pläne hatte ich nie. Ich bin erwachsen und dementsprechend „klug“ möchte ich handeln (keineswegs eigennützig). Unser Leben ist so vielfältig und bunt, es ist schön und geschmeidig, sofern man es zulässt und nicht ewig aufschiebt. Je älter ich werde, um so bedeutsamer manifestieren sich soziale Werte, auch wenn man sie in unserer Gesellschaft immer seltener vorfindet (Eva war „ohne jeden Zweifel“ ein Rohdiamant -leider falsch geschliffen!).
Ich möchte der Schöpfer meiner Umstände sein und nichts mehr dem Zufall überlassen oder sinnlos kostbare Lebenszeit „verblödeln“. Ich werde nur noch dort Tankstelle sein, wo auch ich auftanken kann. Eine finanzielle Gewinnmaximierung habe ich nie angestrebt, denn die Freizeit ist mir wichtiger, als alles Geld der Welt. Lebenszeit ist kostbar ...und die Sucht nach „purem Leben“ kommt irgendwann wieder! Für die wirklich großen Lebenspläne brauchen wir jemanden an unserer Seite der Verantwortung trägt, Verlässlichkeit zeigt, stabil ist, und hinter allen Aussagen steht. Fortwährende Stimmungsschwankungen passen nicht mehr in mein Leben. Ich brauche Menschen

um mich herum, die an das Gute glauben und sich bemühen um ihr Glück, ...die positiv denken, optimistisch sind und dementsprechend auf die Gegenwart, als auch in Richtung Zukunft blicken. Alles steht in den Sternen. Nähe existiert nicht mehr. Meine Zufriedenheit und das Glück finde ich in Büchern, in der Natur, beim Sport und mit meinen Freunden. Geistreich und sinnvoll soll mein Leben sein ...Brot & Spiele stehen nicht auf der Agenda. Pläne gibt`s immer ...man muss sie nur umsetzen, aber dazu fehlt ein wichtiger Part, ohne den die Rosen niemals blühen. Nun sind`s nicht mehr die Pläne der Vergangenheit die mich bewegen, sondern Pläne die mich selbst und jene betreffen, die mir aufrichtig und ehrlich begegnen.

Die Welt gehört denen, die aktiv leben!`:-))

Wie entsteht Glück in einer Partnerschaft?

Ich glaube, sofern man Gemeinschaft in den Wertesystemen entdeckt, kann man sich freudig um den Hals fallen und jubeln! Wer in einer Liebesbeziehung an diesen Punkt gelangt, ist ein wahrer „Glückspilz". Ein Partner, der imstande ist, wahre Liebe zu geben, der keine ständigen Ausreden erfindet, schenkt dir Frieden in den gemeinsamen Stunden ... und du wirst in der Lage sein, echte Harmonie zu erleben. In diesem Umfeld kann man immer wieder neue Sachen ausprobieren, ohne sich einzuschränken, weil man sich in Sicherheit wiegt -dieses Gefühl ist bombastisch! Das ist vermutlich auch der einzige Weg zur freien Entfaltung. Wenn dir Bälle zugeworfen werden im Leben, dann fang sie auf. Man muss sich nicht mehr zurückhalten, wenn man sich „sicher“ fühlt, ...kann sagen was man denkt und sich fallen lassen, weil man aufgefangen wird. „Dinge ganz bewusst erleben und jeden Tag auskosten“ -das ist pures und aktives Leben. Um leichtes Glück in der Liebe zu erfahren, bedarf es einem Partner mit hohem Selbstwert der es ernst meint, denn die haben`s nicht nötig nach aussen abzudrehen oder nervös zu sein. Jene Artgenossen sind in der Regel friedlich, beobachten das Geschehen selbstlos und strahlen eine angenehme Ruhe aus, weil sie mit sich im Reinen sind. Man fühlt sich wohl in ihrer Gegenwart ... und diese Energie zu spüren ist genial, denn man spielt das Spiel des Lebens einfach, unkompliziert und vor allem spielt man es fair, ohne Lügen, Versteckspiele und ohne die ewig verborgenen Geheimnisse! Für eine funktionierende „Liebe“ ist es erforderlich einen Menschen mit Herz zu finden, der logisch denkt und erwachsen handelt, ... ein Partner, für den du nicht mehr austauschbar bist, „jemand“ der dich auf all deinen Wegen voll unterstützt und respektiert, weil er dich so liebt, wie du bist ... schlicht ein Mensch, auf den man sich verlassen kann -in guten wie in schlechten Zeiten! Ich denke, es ist das schönste Geschenk, wenn man den Menschen den man liebt an seiner Seite glücklich und zufrieden erleben kann -wenn möglich dauerhaft. Ehrlichkeit und Zuneigung, wie auch gegenseitiges Vertrauen sind das allergrößte Vergnügen, welches wir dem Menschen an unserer Seite bereiten können. Es geht um die Verkörperung der Lebensfreude, um soziale Wärme und die Erweiterung der Sinne. Fest steht: Mit dem richtigen Partner, kannst du dir was aufbauen, das Früchte trägt. Das Ergebnis ist ein erfülltes Leben! Wenn du solch einem Individuum begegnest, dann brauchst du nicht eine Sekunde zögern, sondern musst einfach zugreifen (ohne Zeit zu verlieren). Auf die Frage „morgen oder übermorgen“, gibt es nur eine einzige, richtige Antwort: Heute, sicher heute und jetzt gleich! Höre niemals auf zu träumen, von einer besseren Welt ... wenn du jemanden gefunden hast, der die Welt mit den selben leuchtenden Augen sieht und auf der gleichen Welle schwimmt wie du.

Wir alle haben nur ein Leben - und nur diese eine Chance, das Beste daraus zu machen!

Epilog ...

„Ich habe Eva und gleichzeitig die Illusion von einem gemeinsamen Leben verloren. Ich habe sie über alles geliebt. Wir waren ein schönes Paar (oder was auch immer wir waren), das unendlich vertraut miteinander umgegangen ist. Wir machten ständig Späße, waren leidenschaftlich und unsere Treffen hätten nicht harmonischer sein können. Sie umschrieb unsere Liebe oft als „unzerstörbar“. Wo existiert diese Vergangenheit? Vielleicht hat sie nie existiert, da all meine Erinnerungen nur auf Trugbildern basieren, ... auf vielen Fotos, in Mails, den SMSn und in meinem Gedächtnis. Sie hat mir meine Illusion vom trauten Glück genommen. Jeden Tag quält mich die Frage: Was war überhaupt ehrlich? Gab es jemals ernsthaft einen Kinderwunsch? War alles Schall und Rauch, Versteckspiel, Lüge? Ich bin immer noch fassungslos, denn so wie ich sie zu kennen glaubte, gab es sie nie. Dabei weckte sie in mir den Eindruck, als wäre sie anders, „etwas ganz Besonderes“, aber vielleicht ist sie auch nur ein winzig kleiner Fisch in einem großen Teich, der an der Oberfläche schwimmt. Mit ihr auf einer gemeinsamen Welle zu reiten, war nicht möglich, da sie Angst hatte vor tiefen Gewässern. Sie war nicht anders -es ist immer das selbe Muster: Geld geht vor Charakter und Seele, Oberfläche geht vor Tiefgang!

Mir hat`s den Boden unter den Füßen weggerissen. Mit aller Herzenskraft wollte ich an uns festhalten. Ich kannte nicht mal ihre Familie ... sie hat mich vor allen versteckt! Es war eine Liebe voller Heimlichkeiten, die *nur im Verborgenen stattfinden sollte. Hilflos versuche ich die Wahrheit herauszufinden ... ich möchte wissen, wer sie wirklich ist und warum sie mich so lange Zeit belogen hat. Irgendwann muss ich akzeptieren, dass sie mir eine fiktive Zukunft vorgespielt hat, oder doch nicht? Ich glaube, dass sie niemand wirklich kennt. Manchmal bezweifle ich, ob sie selbst weiß, was sie tut. Das Glück hat sich in Luft aufgelöst. Liebe, Verlust und Lügen -damit hatte ich nie gerechnet -nicht bei ihr! Wieso kann man nicht wissen, aus welcher Richtung das Leben manchmal mit Dreck auf einen wirft? Für die Leere, die plötzlich in mein Leben kam, finde ich keine Worte. Wie soll ich diese Leere füllen? Jeden einzelnen Tag versuche ich es zu verdrängen, aber jeden einzelnen Tag kehrt sie in mein Bewusstsein zurück. Ich würde die Geschichte zu gerne aus meinem Kopf verbannen, wünschte ich könnte sie vergessen, aber sie geht nicht mehr aus meinem Herzen, denn eine Hälfte ist zerbrochen. Ich will mich nicht im Elend suhlen und auch nicht die unendliche Hoffnungs- und Sinnlosigkeit des Seins beschwören. Gibt es überhaupt eine Wahrheit oder bleibt der Menschheit letztlich nichts anderes übrig als mit Perspektiven, Modellen und Theorien zu spielen?*

Wie soll ich um einen Menschen trauern, den ich im Grunde gar nicht kannte? Eine große Liebe ohne richtiges Ende, ... wie findet die je wieder einen Anfang?

Falls dir meine Geschichte gefallen hat, freue ich mich über einen „positiven" Kommentar / Buchrezension bei Amazon & Co`:-)) **DANKE!**

Never ignore someone who cares for you because someday you`ll realize you`ve lost a diamond while you were busy collecting stones.

(unknown)